环亚旅行

A Grand Tour of Asia

丁海笑 著

中国地图出版社

图书在版编目（C I P）数据

环亚旅行 = A Grand Tour of Asia / 丁海笑著 . —
北京：中国地图出版社，2017.1
ISBN 978-7-5031-9654-6

I . ①环… II . ①丁… III . ①游记 - 作品集 - 中国 -
当代 IV . ① I267.4

中国版本图书馆 CIP 数据核字 (2016) 第 319027 号

策划编辑　于至堂
责任编辑　于至堂
审　　校　王　毅
出版审订　余　凡

环亚旅行
A Grand Tour of Asia

出版发行	中国地图出版社		
社　　址	北京市白纸坊西街 3 号	经　　销	新华书店
邮政编码	100054	印　　张	23.5
网　　址	www.sinomaps.com	版　　次	2017 年 1 月第 1 版
印刷装订	北京华联印刷有限公司	印　　次	2017 年 1 月第 1 次印刷
成品规格	170 × 240mm	定　　价	68.00 元

书　　号　ISBN 978-7-5031-9654-6
审 图 号　GS（2016）2843 号

如有印装质量问题，请与我社发行部联系，联系电话：63533909，如有图书内容问题，请与本书责任编辑联系，联系方式：dzfs@sinomaps.com。

纪念我的外祖父徐宗成（1924—2012）

也献给
王越和刘谊
郭玥因和莫振华

卷首语
Preview

A Grand Tour of Asia

虽然我一直在讨论生活是如何荒诞、旅行是如此盲目，但我想更重要的一条，是旅行者的经验都是片面的、东拉西扯的，因为经历千奇百怪，像奇妙的罗马烟火筒那样不停地喷发火球。所以，亲爱的你是否和我一样，渴望去广阔的真实世界流浪，在日渐衰老之前，仍然热爱着上路，肆无忌惮地，掀起青春的浪潮，就像年轻时的他们。

至今，我仍时常想念德黑兰和贝鲁特，想念她们，以及打着伞走在水凼里、无端漫步穿行的伊斯坦布尔，想念这些城市带给我的感觉：少女、屋顶与遗迹，以及人们虚着眼、探着身子望远方的迷蒙。在你还陶醉于你的角色，彰显着你的清高，被异乡女子牵动着你的情绪时，现实向你放了一个屁。每个人都认为他生活的那几年是非比寻常的，可谁又知道呢？

每日我一如平常的起床，刷牙、洗脸，翻开一本旧书，或推开窗，凝望陌生的城市。我开始写去伊斯坦布尔的故事，那些灰暗低沉的日子、雨云扑腾的海面，所谓最美的风景，不过是我一个人度过一年。

无论是读书还是旅行，如果它使你有沉浸感，是你在未来日子里消磨时光的工具，又不至囿于欲望与情感中无法挣脱，那么你就应该坚持下去。对生命、上天的泽厚保持敬畏之心，不要轻易陷入溺爱或者绝望的关系中，也不要盲目的乐观。永远不要忘记这个世界有它残酷的一面，也有它可爱的一面。

目 录 contents

A Grand Tour of Asia **环亚旅行**

Troupe of little vagrants of the world, leave your footprints in my words.

——泰戈尔《飞鸟集》

缘生

泳池里冒着白色的水泡，我再度确认这是泳池，而不是加尔各答的海滨浴场。鲜艳的色块，像古勒斯坦皇宫里的波斯细密画一般，迫不及待地溢出水面……

喜欢旅行，有时候就是单纯的喜欢陌生的地名，这些地名或许只会出现在某件跨国商品的标签上，或许来自童年记忆里某个夏日炎炎的午后，盯着世界地图上某一块着色板块——一个让我神往的地方，指着它说等我长大了一定要去那儿。感觉只要到了那里，就会遇到撼动人生的重大事情。

我就这样莫名其妙的长大了，但我脑中奇异运行的世界并没有消失，随年岁增长，反而愈演愈烈，那些曾反复出现过的地名又清晰起来，眼前不时产生一种旅游海报般的浮光掠影，就像在巴扎里陈列的异国商品——骆驼、清真寺尖塔、蒙面女子、拉比、水稻梯田、赤脚医生、皮影戏、吠陀经、左右摆头的印度人、表情错乱的市集、加沙神秘的地道、帕慕克笔下那燃烧的雅骊[1]……我相信总有一天，我要亲自到达那些地方，感觉到心怦怦直跳。

我不厌其烦地向人们谈起环游亚洲的计划，却迟迟没能迈出脚步。

“你的旅行怎么还没开始啊？”

身边的人不耐烦地问道。这其中有对我不屑一顾又富有同情心的朋友，素未谋面的教授和只有一面之缘的路人，他们多半对我的计划保持礼节性的好奇，但坚持认为我在说一种濒临灭绝的语言。因为无论是旅行者还是作家，都似乎已经成了一种古老

1：雅骊（Yali），18 到 19 世纪奥斯曼土耳其时期建造在海边的避暑别墅，窗户又高又窄，房檐很宽，有凸窗和窄烟囱。从 20 世纪开始这种建筑风格就已经过时，被看作没落文化的代表。奥罕尔·帕慕克《伊斯坦布尔》一书里常提到，并写过和初恋情人一起欣赏一栋美丽的雅骊在对岸燃烧。

的身份，而不像律师、银行职员、装卸工或仓库管理员等既定的职业，你的职位、分工、等级已非常明确，你的未来也只需要看看旁边的人即可。

我甚至还为此选修了一年的人类学，获得一所知名大学的博士面试机会，不过那里的教授似乎对此并不感兴趣，他们认为我的研究过于笼统，不能取得专业方面的成果——“我们通常只会专注一个村落或者一支族群，你要去的那些地方的语言，都不可能在短时间内掌握，而且有些冷门，我们没法帮你。”然而他们并不知道就在这一刻，我的语言地图已从乌尔都语延展到了地中海沿岸。我感到有些灰心，但这一封拒信也激励了我，使我不得不踉跄地开始我的旅程。

生活的剧情很少按照它所应该的那样。当我就快要被琐碎的生活消磨掉所有热情，人们都对我感到前途无望的时候，一个偶然的机会向我抛出了橄榄枝。我从一家世界级户外品牌那里得到了一笔还算丰厚的奖金[2]，全世界有很多优秀的旅行者都得到过它的资助，其分量虽然无法企及一百年前斯文·赫定的亚洲探险，但也足够我在亚洲任何一国快活上几个月的了。

我打算用一年时间从拉萨到尼泊尔，再到印度，接下来的路线让我更加兴奋——巴基斯坦，这个因政治诉求不同而分离出来的共同体，曾与我近在咫尺；伊朗，什叶派穆斯林建立起来的伊斯兰共和国，贪婪地占据着沟通亚欧大陆的咽喉；土耳其，继承了哈里发和恺撒的双重遗产，君临“四分五裂”的欧洲；我将在春季穿过黑海，到达俄罗斯的索契港，再跨越西伯利亚大陆桥，回到亚洲腹地。

于是有人说道：“一年时间才环绕个亚洲？”语气中充满轻蔑。

可我丈量了接下来要去的国度，有好几个中国的面积那么大，为何在他的眼中，亚洲被无限缩小，甚至变成贫穷、落后、灾害、拥堵、混沌、肮脏的代名词呢？也许人们对亚洲的了解，不过是和当地人向观光客们吹嘘自己对当地了如指掌一样，他们总会自信满满地对初来乍到的你说道：“有什么好逛的。”

再者，对于一个日新月异的快餐时代，一年时间未免有些奢侈，当我们下班后坐在电影院里捧着爆米花喝可乐欣赏佳片时，导演都能带你环绕完好几遍地球了。如今你更可以足不出户地与全球对话，收集世界各地的鸟类羽毛，移植不同的植被带的植物，饲养不同的大陆上的流浪者。

2：2012 The North Face 去野行者大奖。

但所有这些无聊的乐趣，都不足以比拟在异国的旅馆里邂逅一个在单人床上哭泣的人。

我在提交的计划书中这样写道：

“我”的旅行打破了旁观者视角，将“自我”的概念融入异质文明中，用一种传统的马可·波罗式的行走，意欲表达个人对探险与旅行的精神层面上的追寻，抑或通过这个过程达到认识自我的目的。用民族志书写、狄更斯式的散文和影像记录等形式，探寻亚洲社会结构和古老仪式。

我的口吻听上去像一个狂妄自大的登山者，在还没有迈向阿尔卑斯山的时候，就俨然一副“前不见古人，后不见来者。念天地之悠悠，独怆然而涕下”的姿态。

不过，无论我再怎么自嘲，也难逃冷眼旁观者们的冷嘲热讽。偶然中看见同样获得奖金的旅行者，受到其他参选者的质疑，而这种质疑也几乎波及我。

“很多事情在这个国家是没法解释的。”这样愤世嫉俗的说法不仅颠倒了因果关系，还在逻辑上把自己排除在这个国度之外。

中国缺乏的向来不是批评的声音，而是有太多的泛阴谋论者，这些人认为一切的比赛都是主办方精心设计和操控着的，还会在适当的时候轻轻抛出一句：“呵呵，你懂的。”在这一点上人类都一样，还有西方人天真地以为是共济会[3]或光明会[4]操纵着世界。最后，对一件事情的成败从阴谋论又转向了宿命论，成事在天，故怨天尤人。

连我自己也不例外，不过我来不及去考虑正当性问题，一切都因为旅行的临近，而悄然改变了。

在过去很长一段时间里，出国像是一个人要告别身后事的一种宣告。为此，远方的亲戚答应给我一些实际的资助，我还从一个表亲那里得到了一套专业的相机、手表和 GPS，我卖掉了相机中不需要的镜头，换成了存储设备和一些钱。又将我的一本书的版权卖给了出版社，只等奖金和装备到位。

就在我准备就绪之际，突然接到外公辞世的噩耗，连夜乘坐火车回到故乡。浮生

3：共济会（Freemasonry）是一种准宗教的兄弟会，会员包括众多著名人士和政治家，反对者则认为共济会主要是富人和权贵的阴谋组织，其有着不为人知的统治世界的秘密计划，比如世界新秩序（New World Order）等。

4：光明会（Illuminati）通常被描绘成其成员试图阴谋幕后控制全世界。“光照派”有时也被作为“新世界秩序”的同义语。

似梦，一切都好像是注定的，我精心策划的远行竟然成了永别。

列车正咣咣地穿过隧道，我试图用黑暗去隐藏脸上的眼泪，怕被别人看见，也怕被自己看见。在明晃晃的车窗倒影上，我仿佛看到一位与我年纪相仿的青年，穿着灰色的粗布军装，脸庞消瘦而俊俏，正襟危坐，看上去受过良好的教育。他大概也是要前往远方。

1945 年，这个年轻人先被国立西南联合大学政治学系录取，后转入国立四川大学修国际法学。毕业后参军，担任文化政治教员。1950 年朝鲜战争爆发，奉命赴朝的他因病未能启程，只留下一些朝鲜的货币和票根，统统在“文革”中被没收。年轻人复原回乡后，曾经志气恢宏，要在那里建一所大学，但“文革”期间，他因家庭出身而遭到批斗，学校也遭受关门的厄运。在那个大江大海的年代，他的一生如清水般平淡寡味，但对年少的我而言，却是神秘而超然的。没有人知道他是否到过昆明，在那里发生了什么，为何没有跨过鸭绿江，一切都因他的死讯而变得扑朔迷离起来，永久地变作一段尘封的往事。

我翻出过去我们谈话的录音，外公缓慢地用富顺与成都方言夹杂的口音说道：

“我的毕业论文是关于如何评价门罗主义[5]的，从而谈到了美国的金元外交。……我将‘Doctrine’翻译成‘主义’，那时候‘主义’一词还不至于那么泛滥，印象中只有‘三民主义’可被称作‘主义’，而‘共产主义’当时是禁止谈论的。”

我们的话题从家庭、求学到任教，关于“文革”他只轻描淡写地提道：

“我喜欢钓鱼，可是‘文革’期间学校禁止娱乐活动，我便偷着去钓。因为钓鱼的时候，我的脑中非常的空灵和新鲜，顿然觉得天南地北、海阔天涯[6]，和一切美满的未来，都在水中浮现……”

录音戛然而止，仿佛空气中的尘埃随风飘逝。[7]

我终于回到了家。夜里的水汽肆虐了这座葱茏的南方小城，远处层叠的山在沉默中黯然，一群白鹭萦绕着墨绿色的山沿，化作一条白色的丝带。风吹动百叶窗敲打着

5: 门罗主义（Monroe Doctrine）是美国总统门罗发表于1823年的主张，宣布美国不再受到欧洲殖民者的干预，亦不插足欧洲的事务。金元外交（Dollar Diplomacy）是美国用经济扩张手段来控制拉美等地区的经济，使各国日益依附于美国。

6: 这里保留原话“海阔天涯”。

7: 一百天后，我在微博里写下这样一段话：悼念外公百日，此去经年，恐再无福聆听教诲，叹一介书生，报国穷途，盖生死有数，奈何不得。花冠陋室，油灯青衣，烟纸斗笠，日历花镜，灶台胡琴，阳春白雪，山水画，黑白棋，打油诗。新校长的拆迁队，白色的推土机，小楼灰飞烟灭，也湮灭掉我童年的记忆。

桌角，偶尔飘进了几滴雨，溅在显示屏上。雨后栀子花香飘四溢，湿气中混杂着书柜回潮的气味，四周安静得只听得到汽车车轮划过积水路面的声音，让我想起十二岁那年搬到这里的那个夏天，兴奋的人们告别临时的住所，他们有家了，永久的、唯一的家。

我想要写点什么——1909年的印度地图、南亚研究文献、萨义德的东方学、喜马拉雅纪录片、圣经死海古卷——过去的知识架构在悉数遗忘之前又迅速地被建构起来，冥冥中将我与这片大陆交织在一起，并时刻给我注入一剂想要挑战和征服的热望。我带着这些狂热、梦幻的情感和海报景象，注定要开始一段洋相百出的旅行。

我幻想着加尔各答的海滨浴场，冒着白色水泡的沙滩、住满精灵的都市、魔幻般的神话岛屿、海市蜃楼。“人生或许还有另外一种可能，但你还记得当初的梦吗？”——想到这里我放下手中的笔，仿佛一切又回到了起点。

恒河的清晨，瓦拉纳西

可可托海转场，新疆

喀纳斯，新疆

独库公路，新疆

雪山之国
A Grand Tour of Asia

亚洲铜 亚洲铜
击鼓之后 我们把在黑暗中跳舞的心脏叫作月亮
这月亮主要由你构成

——海子《亚洲铜》

01 通往喜马拉雅

一个沉闷的正午，炙烤的季节刚刚过去，柏油路便恢复了硬度，同时预示着旅游旺季的离去。懒洋洋地趴在路边晒太阳的狗，丝毫意识不到自然的须臾变化后，它将面临一个艰难的生存期。牛羊也将迁徙到新的领地，来应对漫长的冬季。昼长被突然缩短至十一个小时，这里的人们还来不及调整生物钟，就像无法适应喧闹后的孤独。河床枯竭，大地像被重新粉刷了一番，雪山开始泛白，轮廓清晰可见。珠峰的营地已经开始下移，318 国道上的车辆星星点点，不合时宜的旅行季节。

你背着孤独的行囊，独自走在路上，路过的人对你微笑，你也对他们微笑，这仿佛再平常不过。时而错过一辆车，飘过来一些欢声笑语，让你感到莫名的羡慕，又充满焦躁。你的血液里流淌着家族那种过了时的傲气，一点儿也不愿意服输。目的地就在前方，知止而后有定，你坚持认为你的人生应该是不同的，可又没有指路的人，只有倔强地竖起拇指，向着茫茫的雪山，向着雾气初沉的大地，一条蜿蜒的路，将你带去远方。

你是一个与众不同的搭车客，抱着厚厚的书卷，身后是淡淡的回忆。

来到西藏的第四十天，五针冻干疫苗注射完成[8]，我终于可以启程去下一个国家，感觉仿佛获得新生。我决定与从小认识的 Nicole 一起同行，但旅途开始不久后我们便各自远行了，使得她匆忙的加入更像是一场短暂的送行。

我们在日喀则郊外的 318 国道上开始搭车，和所有城市的边缘一样，这是你最初到来的地方，最终也从这里离开，一切都显得顺理成章。

搭车是一门艺术。若一心只想尽快地从起点到达终点，那估计是一种最糟糕的体

8：这里有一个伏笔。

验。搭车路上有很多不确定性因素，制造出无穷的乐趣，让你的人生第一次产生撞大运的错觉。不过也有些人单纯为了省钱，谈不上什么精神上的追寻。对他们而言，旅行只是为了离开一个地方，不是释放自我，也并非要寻找什么自由。

不一会儿，我们就搭到一辆四座的白色皮卡。半路上来两男一女，都很年轻，背着崭新的背包——像是为搭车而临时凑的。司机让女人们坐驾驶室内，其余人全被赶到敞开式货箱里。货箱装的是煤渣，上面还随意堆放着两个液化气罐、几捆蔬菜和一些来不及处理的垃圾。一个男孩衣着单薄，又不愿意屈身，迎着冷风瑟瑟发抖。另一个男孩和我一样蜷曲着身子，倚在杂物的缝隙中，但感觉风还是不停地从领口、裤腰、裤腿、鞋缝里钻进来，钻入身体，无孔不入。头顶的天空瑰蓝而绚丽，太阳光偶尔照在暴露的皮肤上，会感觉暖和一点。

“去哪？”我向旁边的男孩打了声招呼。

“樟木。”不用问也知道，相比已进入淡季的拉萨，樟木那头的欢乐才刚刚开始。

我被风吹得有些吃不消，他们一上来还显得兴奋，现在全都蔫了。年轻的身体仿佛是炙热的钢铁，这一切只当是新奇的刺激。而到过了可以肆意流浪的年纪，减少了许多不切实际的梦想，已近透支的身体就开始每况愈下。如今短短的几十公里，却异常的漫长，甚至感觉毫无必要。

皮卡把我们送到了吉定镇前面，另外三人坚持要徒步到镇上，我羡慕他们，但还是和 Nicole 留在路边等下一辆车。

公路绵延向前。路的一侧是传统的藏式村庄，黑色乌鸦挂满了院墙，将屋的影子延长。另一侧是收割完的青稞地，更远一些是已近褪色的山脉，细云在那里疯狂地滋长。偶尔会听见几声犬吠、小鸟的啁啾和拖拉机的声音，接着便是更为恒常的万籁无声，时光仿佛早已迷醉，被永远遗忘在了拉萨。

这时候通常会出现一辆越野车，也通常是一辆白色的“丰田陆地巡洋舰”，缓慢地停在我们面前。透过车窗我看见了一位面容消瘦的中年男人，皮肤被晒得黢黑，眼神里透着光，一个女人坐在他旁边，后排还坐着一位抱小孩的藏族妇女。

上车后我们挤在后座上，都没有说话，气氛有些尴尬。突然身旁的孩子把牛奶吐得到处都是，坐垫被弄得黏黏糊糊的。司机的脸看上去有些不悦，向我们抱怨道：“我昨天刚清洗过，早知道就不搭她们了。”

“她们也是搭车的？”

“对，看她一个人带着孩子挺不容易的。每次出门都会搭人，举手之劳的事情。”

司机解释道。

车厢内，人便进入一个封闭的空间，你和司机的对话内容构成旅途中全部的故事。司机是四川自贡人，来西藏承包工程项目，已在这里生活了十年，比任何的藏漂都更资深，不过他并不是为了来找寻生活的意义，或许他早已找到了生活的意义，那就是赚更多的钱，让自己过得好一点，至少看起来好一点。西藏交通不便，当地人出行也难免搭便车，除了佛教讲的布施行善外，藏区是个互惠的社会，举手之劳的事情，没准下回真能帮个大忙。

一路上都在限速，司机们默契地将车开到关卡跟前，站着撒尿或蹲着抽烟。限速检查站的工作人员不小心将限速单的时间填错了，但这些都不是什么问题，几句交代后我们又往前继续赶路。

车飞驰在平坦的国道上，过了定日，再翻越几处高山垭口，海拔便一直维持在五千米以上，居高不下。在珠峰观景台等待着限速的时间，珠穆朗玛抬头便可望见，我并没有表现出过多的兴奋，它本来就应该在那儿，况且我已经在纪录片、书、明信片中从不同角度观摩过它数遍。

保罗•索鲁曾说过旅行者的噩梦就是碰到另一个旅行者。车过岗嘎镇，司机开了一段又突然倒了回去，说道："好像有个你的同类。"——另一个搭车客上了车，他看起来是个真正的旅行者，行李只有一个脏兮兮的国产双肩包，每到一个国家，便在上面绣上那个国家的国旗。看见我们，他并没有表现出应有的诧异，似乎在故意装作老到，又像是挺不情愿。

"我是个作家。"他开口向 Nicole 自我介绍。这是我此趟旅行碰到的第一个作家。

他看上去对我有些成见，这或许源自男性之间天生的防御。Nicole 坐在我们之间，我和他的对话需要通过 Nicole 才能到达。这样的交流也仅限于"去过哪"和"将去哪"，他见我并没有表示仰慕，便不再和我说话，转而将手机拿出来，向 Nicole 推销他的旅行书。

我好像想起什么来了，前两天无意中瞥见过一本和我的游记同名的书，没想到此书的作者现在竟坐在我旁边。直到下车我也没有提起这件事。说了无非是让人觉得我所做的一切不过是重蹈他的覆辙，旅行者们对远方的私欲就像是情敌之间的竞争，先来者总是会对后到者嗤之以鼻。我原本可以保有自信地说我才是那个名词的拥有者，但现在也显得底气不足了。

那就让上帝的归上帝，恺撒的归恺撒吧。我将头移向窗外，路边倏地窜出两只白狐，拖着漂亮的大尾巴，又消失在草丛里。

小河被破碎的山地勾勒成流苏状，蜿蜒曲折，就像高原女人的头发，颜色深的地方都已结冰，隔着车窗无法感知外面的温度，但目光所及处都是寒冷。远处的山壁边冒出一小簇白色的村庄，那里应该是水草最丰茂的地方。

许多牧民都迁移到了国道旁——离城市更近了一些，等到旅游旺季时，车流多了，商铺开张，连废弃的土夯房子也会被改作餐馆——旺季一过，这里又立刻恢复成了公路边的羊圈，路上都是野狗，垃圾随处可见。我们在一家四川饭馆吃面，作家蹲在外面晒太阳享受孤独，不一会儿就被一群要钱的小孩团团包围，纠缠不清。

在吉隆县与聂拉木县的岔路口，我们和丰田越野车分道扬镳了。前方是垭口，一侧便是希夏邦马峰，不远处的路边有辆四轮朝天的大货车，不知从哪冒出的一群人在清理着散落一地的货物，司机不知去向。

又是一场漫长的等待，等待总是叫人绝望，风飕飕地刮着，有种壮烈的感觉。一个小时后，公路的尽头有一个移动的黑点，由模糊到清晰，是一辆正在发力爬升的大货车。司机费了好大的劲才在我们前方刹住车，笨重的车身滑出有几米远。驾驶舱内是一名藏族司机，说只可以载两个人到樟木，另外一个人必须赶在聂拉木检查站前下车。作家有些犹豫，嫌货车太慢，我说“上吧”，总比站在路边吹刺骨的寒风强。

接下来是反反复复的盘山公路，车速果然变得越来越慢。翻上最高的一处垭口，突然豁然开朗，眼前的雪山层层叠叠、连绵不尽，傍晚的霞光正妩媚地照射过来，像打开一把光线的伞。垭口最高的地方有一个观景点，停了几辆返程的自驾车，藏族司机下车检查发热的轮胎，作家也跟着跳下车，说要在这里等日落，搭下一辆车。

太阳突然便坠入山谷，消失得无影无踪，一路上，再没车超上来。

黑暗中的路，没有尽头，也不知所终。笨重的车头，在悬崖边缘迅速地打着转，仿佛只要稍晚一步，便会坠入万丈深渊。远方偶见一束光，黯淡不明，在黑夜的静寂中失踪，半个时辰后，又呼啸着从路的拐角钻了出来，一闪而过。山的边缘连接着星空，峡谷里挂满了玉帘，天空中一弯弦月，孤悬在天幕。此外，便是无边无际的黑暗。

一路的下坡，货车的轮胎持续冒出白色的烟雾，司机不住地叹气，刹车冷却水箱需要不断地注水，所以时走时停。过了聂拉木检查站，似乎进入了深山中的峡谷，海拔在急速地下降，检查站也变得多了起来。不由得同情检查站的士兵，要在这样的黑夜里耗掉几年青春，也一样同情老婆在樟木的司机，每月要来回十几趟，若有半点闪失，便无缘相见了。

通过最后一道关卡到达樟木时，已近深夜。樟木是个属于山的城市，像高行健《灵山》里写的乌伊镇——一下子就走进了童年。也正如《灵山》里所说：如果不是命运的机缘，也许就在这小镇上出生，长大，成亲，也娶上个美人，也早给你生儿育女。

或许，只有山的精灵，才会将你留住。

02 去加德满都的公路

苏醒的时候，樟木的青旅里一片狼藉，这是一个通往尼泊尔的驿站，就像一夜欢愉后的男女，不会过问彼此的身世。旅途之残酷，亦如人生种种，从此地至彼地，从此岸至彼岸。

跨越国界，才体会到人类并不比候鸟自由，你的国籍被烙印在护照上，你的身份被烙印在表情上，每个人都是一个个标签，传递、检查、盖章、归还。

终于顺利通关，早就习以为常的彼国人望着一脸茫然的你，你或兴奋，或惊讶，你开始数落这个国家的落魄、生意人的世故，欣赏这个国家的表情、百看不厌的风景，好奇额头上红色的颗粒、特殊的手势、不断摇晃的脑袋。你就像个孩子，世界对你来说是陌生的，一切都得重新学习。

Lonely Planet 上说旱季初期的尼泊尔是最好的旅行季节，季风刚刚过去，乡间一片青翠繁茂，空气清新，喜马拉雅清晰可见。黄金旅游季节并不意味着实惠，不巧撞上尼泊尔最大的节日——宰牲节（Dasain），散居在各地的人们从四面八方赶回家，原本拥挤的交通变得停滞，店铺纷纷打烊，物价飞速地膨胀，被称作“一切停滞的宰牲节”。中国人便以自己的惯性思维，称其为尼泊尔的“过年”。

尼泊尔物价并不便宜，近年来由于国内局势日渐稳定、旅游业复苏，物价翻了几番，使得过去所有的旅行攻略和建议都失去效力。这个国家的价格、通信、交通、承诺本来就具有可变性，无论遇到什么状况，尼泊尔只会以微笑示人，然而这样的微笑后面充满着些许无奈，有的人也会迅速收起笑容，像经过了职业训练。我偶尔会厌恶这种微笑，因为这时候的我，无法回应得真实。

我们准备从边境小镇科达里（Kodari）搭车去加德满都。越境的友谊桥上坐着很多闲散的边民，一点没有跨越国境的严肃。过境的气氛轻松得让人觉得不用拓章也可以，尼泊尔入境大厅是一个狭小的办公室，稍不留神很容易就错过了，还真有人从对岸的镇上走回来，问到底需不需要盖入境章。这里甚至无法辨认出谁是工作人员，谁是游客，谁又是商贩，乱成一团。只有我极力扮成游客时，才有人过来殷勤地问我需不需要帮助。

入境的松散也间接地反映出中尼关系还不错。办公室墙上挂着一本中文日历，上面写着浙江某公司赠送，从科达里至加德满都公路也是1963—1967年由中国援建的。但这并不代表两国世代友好，历史上尼泊尔的廓尔喀王朝曾于1788年和1791年两次入侵西藏，被清军击退，史称廓尔喀之役。尼泊尔有绵长的国境线，若非地势险要，形成天然的屏障，可以一夫当关，又经常游移在两个大国之间，否则以弱小的国力和人口数量要维持庞大的边防，边境也形同虚设。

科达里镇仅有一条小街，一刻钟的脚程便穿到了尽头。镇上的人们正忙着节庆的仪式，宰杀牲畜，弥漫着节日的气息，连掮客都好像消失了，没人搭理我们。往前徒步了两三个村落，一路上空空荡荡的，下山的路无穷无尽，逊科西河奔流直下，形如天堑。村落里也是寂静无比，只有鸟语和潺潺的流水声，阳光从屋檐的缝隙里泄漏下来，被淹没在崇山峻岭中。

问路边孩童的名字，换来一大串莫名其妙的发音，才觉得自己似乎是来到了国外，身处在异质空间，感受到异国情调，呼吸着异国的空气。

一辆二十世纪六十年代的丰田皇冠车缓缓地开过来，里面载着一对入境时碰到的中国情侣，女生邀我们拼车，价格也便宜得令人不好意思拒绝，果断放弃了搭便车的打算。

科达里到加德满都的距离只有115公里，但这等于纵穿了半个国度，道路险恶，年久失修，又经过漫长的雨季，许多路段都已塌方。山泉顺着滑坡面流淌下来，冲击着山坡上的碎石，道路便夹在碎石间，另辟蹊径。

道路上行驶的多为日产车，丰田尤甚，此外是韩产车和日印合资的品牌Maruti，印度的品牌TATA也不占少数。终于见识了过山车式的尼泊尔客车，车门是敞开的，车顶上堆满了年轻的尼泊尔小伙——偶尔混进一位紧紧抓着栏杆的西方游客，看上去像杂耍一样，车身摇摇欲坠，马上要失去重心；只有妇女、老人和儿童才有资格坐在车厢里，罕见的几名游客也享受着特殊人群的待遇。TATA牌的货车一般都比较笨重，货箱上也可以坐人，和成堆的货物、牲畜一同分享着逼仄的空间；每个货车司机都是街头艺术家，车头被涂上五彩的涂鸦，有美国总统山、阿迪达斯广告、切·格瓦拉头像和英文艺术字等。客车、货车、摩托车都在狭窄的路面上拼命飞驰，会车时车速却并不见减慢，从旁边呼啸而过，偶尔几辆车被冲挤到路基外。

一路海拔梯级下降，村庄逐渐增多，青山和稻田矗立两旁，一条河贯穿始终，流向加德满都腹地。山野间都是徒步、漂流、骑行的游人，享受着这里最佳的旅游季节。但凡经过一个小镇，交通就陷入无比的瘫痪，不仅让我们提前领略了加德满都的交通状况，还留有足够时间去适应印度的拥堵。沿街商铺里的商品伸手可拿，电器、轻工业品以中国制造为主，音像制品、日用品则多为印度制造，但共同点是看上去都十分的廉价。

随着地势的变化，我所见到的尼泊尔面孔也在不断发生着变化，有时是蒙古人种的脸形，有时又突然过渡到了印欧人种。族群复杂的尼泊尔，境内至少有11种主要语言，尼泊尔临时宪法虽然将Devanagari语定为官方语言，但仍把所有语言都纳入国语范畴。

街上人们的服饰也都花花绿绿的，有传统的纱丽，也有美国式宽松运动装，但就是没有见到有人穿着时髦的尼泊尔粗布服装，大概只能有机会在游客的身上一睹风采了。到加德满都前有几个检查站，才见到几名真实的士兵，也友善得跟这里的神像一样，工作就像在玩，丝毫不吝啬他们的微笑。

几个小时后，加德满都突然出现在视线中，老城与新城交汇，气势磅礴。黄昏的光照下，车辆、人群壅塞在一起，似乎等待了几个世纪。

SECONDARY SCHOOL
Bhaktapur-7, Golmadhi, Ph.: 6615433

03 迷失加德满都

气温的急剧变化，让汗水腻在衬衫上，来不及挥发掉，到阴凉处又感觉冷。旅馆房间的冲水马桶坏了，散发着恶臭味；水槽里积起厚厚的一层水垢，洗漱支架上的金属都已生锈，黄得像发霉的衬衫。推开窗，一幢房屋挨着一幢房屋，可以清楚地听到对面房间的耳语。装修的噪声和交通工具的声音交织着，仿佛在演奏一种实验音乐。

我下了楼，置身于泰米尔区的车水马龙中，不断闪避的摩托车，贩售零食的小贩，招揽顾客的生意人，纸醉金迷的 Pub House，让人产生不真实的幻觉。

我想试着去调整时差，将便携式计算机、登山手表调到尼泊尔的时区，智能手机接收到“Ncell”（尼泊尔移动）的信号，自动地跳到了“+5:45”加德满都时间，但身体似乎还活在北京时间的起居——幸好我这样的人还不算多，否则尼泊尔会另标出北京时间。更让我无法适应的是，我还没有完全进入度假的状态，不能像别人一样在这里纵情放肆、卸下疲惫，我是为了去印度，似乎还有更大的使命在等着我，但很快我就发现了同类。

在出发后几天，我决定还是一个人走。我发现其实我是一个非常偏执的人，这一点上和大多数的游客不同，旅行似乎本来就不应该挑剔太多，付之一笑意味着大多数地方你都不会再来，但我就是有些较真。我每天都在换地方写稿，找便宜的旅舍，再被迫出去觅食，这种“垂死”的争斗到印度后愈发难以持续，代替你选择的不是品质而是价格，“讲究”的味觉最终演变成“将就”的味觉。

有人说加德满都更具生活气息。嗜爱享乐的人都不愿意在此久居，因为它离现实的平民生活实在太近。想想也是，当世界上大部分的城市将房屋修建得四四方方、街道上一尘不染时，我不禁想问，人们为何要创造与他们的祖先完全不同的生活环境呢？

一个个荒谬的城镇，无非是不想再回到丛林，于是设计得人造味十足，连动物都要先遵从人类社会的法则，再加以保护。是建筑师改变了世界，还是不切实际的理想主义在作祟？然而那些同样试图改变世界的人，有的可爱，有的可怖。

我必须停下来审视一些事情，可废气蔓腾在城市的上空，雪山隐匿在视线的尽头，或许那是我臆想出来的地方。不断有陌生人过来跟我搭讪，打断了我的游思，我甚至不知道下一秒将要干什么，于是继续随着喧闹的人群漫无目的地移动，寻找一块巴掌大阳光的地方，静下来喝一杯茶。

我现在什么也不想做。

我在塔希提（Thahity）广场要了一杯 Milk Tea，对自己说，他们都是不存在的，他们或许来自李查维王朝、马拉王朝、廓尔喀王朝，他们或结盟缔约、或异族入侵、或洗劫杀戮，和我没直接的联系，我所要的，就是在昏昏欲睡前，享用完我的 Milk Tea。

就在这时，旁边的男人问我来自哪个国家，他的姿态卑微得都不敢抬头看我，褴褛的衣衫显示来自贫贱的种族。我说我来自中国，见我应他，他立刻变得鬼祟起来，但还是没有自信，又随便问了几句。他自我介绍道他是一名画家，在一所全是孤儿的唐卡学校里学习，就在后面的街区。我说你领我去看。

穿过血管般的小巷，尘土在阳光下飞扬起来，颗粒变得清晰可辨。“画家”依旧埋着头，似乎在暗自盘算什么，又问了我的工作、结没结婚，同样的话题我几乎每天都会回答上一遍。

“我目前没有工作。”我的工作似乎太难解释。“工作”是个现代名词，如果在过去，我完全可以说我是个吟游诗人或者落魄画匠，但这显然都不是容易谋生的手艺。有的时候，我比乞讨者更缺少归宿感。

挤满市侩的衡门深巷，存在一所唐卡的学院是荒谬的，虽然尼泊尔人反复强调他们的唐卡传统，那不过是生意之便罢了，但我还是存在有侥幸心理，抱着看戏的心态。

我被引向街巷中一间不起眼的小店，阁楼上的办公室让人眼前一亮，阔大的红木办公桌上，一位矮胖的尼泊尔生意人若有其事地敲打电脑，身上穿着看上去像 5000 卢比定制的“高档”西装，脸上的胡须刮得干干净净，活像帕坦动物园里的河马。

“画家”正在向我引荐他的“大师”，回想一下，“大师”这个词也是从我这里借用过去的，“大师”满脸狐疑地望着“画家”，过了几秒钟才明白过来，满脸堆笑地连说“我就是大师”，但拙劣的演技还不足以支撑这个新名词。“大师”看上去并不感激为他带来顾客的托儿，相反他对“画家”摆出一副鄙薄的表情，似乎在表示他们来自不同的种姓。但钱是不分种姓和贵贱的，“大师”开始推销他桌子下面的高价唐卡，唐卡看上去十分假，没有度量更谈不上艺术，“大师”见我不感兴趣，又拿出几件其他的哄骗游客的劣质纪念品，这些玩意儿在中国满大街都是，尼泊尔商人巴不得把身上能卖的都推销给你。我尴尬地将眼神转向墙上的曼荼罗——漂亮的染色像一朵绽放的花，或许里面就蕴含着宇宙的真理，看得我入了迷。

“您的钱都将用于捐助，先生。”所谓的大师打断了走神的我，开始我还不太习惯他叫我先生，但后来我便厌烦了他的这一套，因为他像个讨厌的推销员一样喋喋不休，是要唤醒我内心的怜悯吗？就算我愿意相信他的鬼话，但加德满都有成千上万的流浪儿，也不见得他们的处境将有所改善。

困境就像绳结，越解越紧，面对两个地头蛇模样的男人，即使强买强卖也是符合国际惯例的。倘若现在拒绝交易的话，会不会遭遇不测，早就阅读过尼泊尔的近代政治史，里面充满着血腥和暗杀。于是我耍了个把戏，说我只有100卢比，反正如果成交，也不算多少钱。这招果然奏效，一场表演立刻就落幕了，桌上的电脑从睡眠状态恢复。

我夺门而逃，那个“画家”在后面追着问我，要不要大麻。

如同“雪山之国”的称号，尼泊尔越来越让人觉得是个格外冷漠的世俗国度，纵然在泰米尔区一路上都会听到“Namaste”（你好吗）不绝于耳，虔诚的人们也会时刻让你感动得热泪盈眶，但如果一个陌生人对你过度热情，多半是另有原因。

尼泊尔的知识分子对此更为悲观，《喜马拉雅时报》上到处都是这样的故事：

一位当地记者同两名欧洲人在喜马拉雅山区徒步旅行，当路过一座村庄时天色已晚，突然雷雨倾盆，遂向当地人投宿。第一家的老阿妈很富裕，家里有很多间房屋，但拒绝留宿陌生人；第二家里只有两名妇女，男子在外谋生，也不方便留宿陌生的男人；村民们从窗户、门缝、过道、茶铺里伸出头来，看热闹似的盯着这几个不速之客，欣赏他们遭罪的表情，竟无一人伸出援手。浑身湿透的欧洲人没了绅士风度，呵斥村长道：“你是一村之长，有责任解决我们的问题！”这招竟然奏效了，村长碍于情面，将他们安排在一户退役军人的家里，每人住一个房间。故事的最后，记者回到了加德满都，向朋友们谈论自己的遭遇，大家都惊讶地问道：“这是在尼泊尔发生的事情吗？”

从那以后我格外小心，以免将自己陷入难堪的处境。尼泊尔以游客的腰包为生的人实在太多，普通人家的小孩子也不忘说："Sir！ Candy！ Candy！ You can buy in the shop！"就连印度使馆的尼泊尔保安，也会悄悄地掌握着排号、续签等钱权交易，他们不会放过任何一笔可以增添家用的交易。一位法国导演曾经说过，加德满都的每个人都有多重目的，"修行者"们忙着和国外的女人结婚，以摆脱这个没有安全感的国度，而女人则从他们那里悟了道。

加德满都不分昼夜地停电，很容易使人在黑暗中迷失，一墙之隔的 Pub，每晚八点开始演奏，到十点结束，声音沙哑的乐手声嘶力竭地唱着 Radiohead 的《Creep》，或者老掉牙的电影配乐，为最后一曲。一个月的时间在尼泊尔是远远不够的，即便是待在已看上去毫无乐趣而言的加德满都，雾气腾腾的傍晚，龙蛇混杂的走卒小贩，还有相遇的你我他。

04 消失的王国

几乎所有西方人的旅游胜地都长得一样，就像旅行地明信片上所应该呈现的那样，在一个旅游街道的转角，比如深受背包客青睐的泰米尔街，你觉得这或许是泰国，但你忽然分不清商店招牌上面的文字是尼泊尔语、泰米尔语还是泰语，这都不重要，你关心的不过只是车票票根上的目的地。

加德满都有数不清的英文书店，我时常辗转其间，面对不熟悉的书籍分类方法，就像进入了一个神秘的坛城。欧美进口图书的价格不菲，其次是印度的出版社，包括印度牛津这些著名的出版社，最便宜的就是尼版书，质量良莠不齐。此外在泰米尔区还有一定数量的英文、日文、韩文的二手书，偶然会在一排韩版书里发现夹着一两本中文繁体读物。

虽然在许多街道上都会见到挂有“学院”字样的建筑，但尼泊尔仅有六所大学和两所研究机构，都是由政府建立的，那些建筑很可能是数目庞大的分校之一。很多年老的学院已在历史长河中被废弃了，仅剩下一些遗置的建筑物。年轻人都习惯奔赴欧洲和美国，只有在那里，才意味着有机会。加德满都虽然拥挤，但还是有大量楼宇看起来人去楼空，让人觉得诡异。

每天，黄色的校车总是在如瀑的车流中左冲右突，不经意从你身边经过，车上穿着英格兰制式校服的小学生痴痴地凝望着你，那眼神透明而清澈。校车大部分是TATA 牌，偶尔能窥见几辆破旧的奔驰，似乎也应是外国捐赠，或从什么地方淘汰下来的。如果你多加留心，会发现这里的道路是援建的，水利工程是援建的，学校甚至寺院都是援助的。整个尼泊尔就像是联合国扶贫计划的一部分。

在尼泊尔生活的外国人，都要活在一个什么概念中。但凡是任何事物沾上喜马拉雅，就为之增添了不少神秘。但最近这样的幸运正在减退，一车车的游客来了又走，要不了多久，这里将会被遗忘，夹在缅甸、泰国、菲律宾这些亚洲的地名中一同出现。它的使命已经完成，有人在这儿捞足了政治资本、发了学术财，奔赴下一块铺满黄金的大陆。

还是说说宰牲节的事情吧。宰牲节和新年没有关系，正如过年和“年兽”[9]毫无关系一样，尼泊尔历法里2070年的新年应该是公元2013年的4月13日。即便是援用早在1912年已停止使用的Sambat历法，1133年的新年也应是公元2012年的11月14日。

宰牲节有无数的庆祝活动，加德满都仅有的几间商场都会在节前打出折扣优惠，但当真正的节日来临之际，街上的店铺却大门紧闭，仿佛又回到了宵禁的时期。餐馆不再提供食物，即使是在平时，尼泊尔有满大街的快餐店，当地人还是习惯在家里吃饭。

人们在寺庙、佛阁里点灯、献花、献祭，在对方的额头点上Tika，仪式烦琐得让人惊讶。荡秋千、玩牌、摩天轮、市集这些传统的项目在节日期间比比皆是，节庆仿佛没完没了，永远都不会结束。

风筝在尼泊尔人的节庆中扮演着重要的角色，宰牲节就是一场关于风筝的盛会，10月的喜马拉雅最适合风筝飞翔，人们团聚在一起，欢庆雨季的结束，用风筝来和天上的神灵通信。随处可见被遗落的风筝，在交错繁茂的树枝，在古老的屋顶和旅馆的橱窗，在电线杆、草坪、天空和孩子们的手上，风筝无处不在，就连畅销书的书架上，也会像样的摆放着一本《追风筝的人》。我经常会路过那些挤满小商品、速食品的市集，神庙和佛塔平台，还有那像经络一般的小巷，注视着那些追风筝的孩子。

夜晚，人头攒动，跟随迎接象头神的队伍，一路吹拉弹奏，环绕老城的每一间神庙，每一处街头巷尾。象头神被安放在轿子的中央，由八个大力士抬着，方向交替进行，跌跌撞撞，由于缺乏默契，几次险些撞到了地面。抬过了这条街，又由后面的人轮换。队伍领头的几个人指挥着小巷的交通，人们都是自发加入的，一旁的人三言两语，仿佛是传统习俗的造物主。经过的每户民居，人们都会从窗户探出头来，敬拜着，也有跟我们一样看热闹的，占据了一条条的小巷。当来到杜巴广场，举行完最后的仪式，轿子被交接到象头神塑像的后面，便宣告了仪式的结束，人们转过头去，就像什么也没有发生。

一位当地人告诉我，尼泊尔有一种节日，那天街上的人都会在狗的身上套上花环，

9：关于中国过年的“年兽”的说法有很大争议，有人认为这是一个新造的传说。

但节日一结束，狗又立刻被人踢来踢去，这便是他所理解的命运箴言："Easy come, easy go."

除了送象头神外，我还在街上见过一次送佛像的，不过规模较之小多了。

尼泊尔信仰多神宗教，传统上接近于印度教，但你倘若问他们是不是印度教徒，通常会听到不同的答案，令人匪夷所思。这里还有许多来自西域的音乐和舞蹈，不知是不是因为它也曾被穆斯林入侵过，偶尔能看见几座清真寺，高高的铁门看上去谨小慎微。

不同的理论体系无法解释不同的世界，每一种人都生活在自己编造的狭小天地里，读再多的外国经典，理解事物的根基没变。就像尼泊尔人不能理解无神论的存在，他们睿智地认为不同地方的神只是名字不同。印度人信印度教——暂且统称印度教，中国人也拜神佛，但大多数人对宗教的理解还是武断的，还有人断言中国人没有信仰，继续说下去就是对概念和逻辑的玩味了。不过，中国人确实没有尼泊尔人那种对宗教仪式的代入感。我一开始还对送象头神什么的兴致勃勃，到后来就渐渐感觉乏味了。

毕竟文化上隔了几重，就像我至今仍无法适应男人之间以牵手表示友好。

在一个陌生的国度，当你觉得它比你的家园更熟悉，可能是因为你没有家，所以你觉得哪儿都一样。这是一个神奇的社会，贫富之间如此悬殊，贫者并不安贫乐道。一位佛教徒告诉我："街上的人追逐金钱就像不断向前的奔马，永远也不会向后看。"

在写字楼里，在泰米尔的街上，你可以清楚地分辨出人们的社会地位。写字楼里的人耀武扬威，穿着笔直的西服，走在路上头也不偏，甚至不多看你一眼，连保安都狐假虎威，显得那么神气、那么有派头。而一旁送餐的小工，卑微而谨慎，蹑手蹑脚，生怕一不小心，便触犯了某条隐形的律令。

而王宫的参观就更让人犯疑了，在这个充满贫困、脏乱和危险的城市，怎么可能容忍这样一个安静的所在。所以已被改作博物馆的纳拉扬希蒂宫在努力地迎合出这样的答案：尼泊尔人民多么的渴望共和政体，沙阿王朝的奢靡和专制以及急于求成的西化是它迅速崩塌的诱因。

王宫的装潢相较尼泊尔微薄的国力，可谓奢华。神像、艺术品、名画摆满了王宫的各个角落，豹皮、虎皮、鳄鱼皮、犀牛头、鹿头、水牛头、黄金珠宝将房间布置得富丽堂皇，刻画着虎、鸟、鱼、鹿、象、牛形象的雕塑，日本的丽声钟表、电视、浮世绘，中国的铜奔马、唐三彩，泰国的罗摩衍那绘画，中国西藏的格萨尔王画像，让整个王宫看上去更像一座世界博览会。然而这还不算什么，现在尼泊尔政府部门的驻地辛哈杜巴王宫在一百多年前曾被认为是亚洲最大的宫殿。

王宫的讲解员语速飞快，几乎听不到换气的间隙，俨然是世界上最快的Rapper，虽然听不懂他的语言，但顺着他的手势，我观察着房间里的吊灯、床饰、书柜，书架上摆放着莎士比亚、狄更斯、雨果等文学巨匠的全集，隔壁屋子里有几幅关于雪山、鸟、村落的油画，还有一些抽象主义的画。王宫里的凳子被塑造成象腿模样，也不晓得是否为真正的象腿，会晤大臣的觐见厅的地毯是用虎皮做的，充分体现出王公贵族们狩猎的嗜好。

画像里的国王 Mahendra 活像一位英格兰绅士，他的父亲 Tribhuvan 国王的收藏室更是摆满了琳琅满目的各国珍品，有万花筒、地球仪、天平、温度计、瓶中船，像回到了一个世纪前的探险时代。王国的 VIP 接待室里摆放着一些关于世界历史的英文书籍，有《消失的文明》、《西方文明的诞生》、《中世纪》等。就在王宫的一隅，便是 2001 年尼泊尔王宫惨案的发生地，这也间接地断送了尼泊尔的君主立宪制度。2008 年 5 月 28 日，尼泊尔废除君主政体，建立民主联邦共和国。

我独自穿过静寂的街道，一束蜡烛的光线点燃了寒冷的空气，照着我单薄的身体。把裤腿绷紧，小心翼翼地绕过脚边的神龛、神出鬼没的野狗和满街游荡着的幽灵，我就像是在梦里独自寻觅着什么。这是曾令我魂牵梦绕的地方，等到它悄然光临，又有什么理由能阻止我继续留在这里呢？大多数的观光客只会跳过加德满都，或作短暂停留后去往印度，直到邂逅失落的文明，又疯狂怀念加德满都丰富的食物、便宜的衣服和形形色色的人，于是即刻飞往泰国寻求身体和心灵的安慰。

旅行者总是这样，欲求不满。

05 加都旅馆

清晨的塔希提广场是我最初的栖息地，要上一杯 15 卢比的奶茶，让血液苏暖，便能精神抖擞地过完一个上午。

她坐在一堆纽瓦力人中间，白皙的肤色可清楚地将她与周围的人辨析出来，她满腹狐疑地打探着四周，对经过的人和物保持警觉。我本想绕过这个茶摊，因为我还不确定今天是否想与人交谈，可今天又是屠宰节，鱼鳞般的店铺大门紧闭，这是唯一幸免的。于是我上前要了一杯奶茶，紧贴她有一个空位，尚在考虑是否入座。犹豫须臾，坐了下去，但还不确定是否开口。右边戴摩托车头盔的青年在阅读报纸，她就这么坐着，也不吭声。

如果这时我喝完茶，转身走掉，而又在某一处街角与她重逢，我想我们会迅速将眼神回避，甚至直接在记忆中抹掉。我们每日要阅读不同的嘴脸，他们长得有的像我们，有的完全不同，有的世俗，有的超凡脱俗，但都不会有交集，因为惧怕彼此，就像胆怯这座污秽的旅游城市。所以固然我是思想上的痞子，却是行动上的老实人。

我扭头盯着戴头盔的青年手中的报纸 *The Himalayan Times*，瞅见头版上的悬赏启示，上面写道：

尼泊尔 Baitadi 地区，谁能猎杀一头吃人豹子，将获得 25000 卢比的奖赏（约合人民币 1700 元）。尼泊尔曾出动 100 人的军警未曾将其捕获，所以用“高额”悬赏当地的猎手参与这场搏斗。

看来世界上的报纸都一样的骇人听闻。我眼神匆忙，从报纸移到小贩，从小贩移到自行车，从自行车移到寺庙上怒目的金刚，直到跟前所有的景物都对我失去吸引力，才将眼神转向了我的左方。旱季的清晨有些微凉，她缩紧袖扣捂着双手，手里的茶杯有些烫手，热腾的水汽上升，她不住地对杯口哈气，想将它吹凉，像晨曦要驱赶走山中的水雾。

或许我如往常一样，像个禁语的修行者，我也会与旁人闲聊几句，为我的文章增添素材。然而在泰米尔，任何一种搭讪都显得别有用心，在礼貌地回避开四目相交之前，必须找到合适的话题，此时若要飘来一段 Jazz，我定会主动评论当日的天气，或过往行人的奇异运行，我们可能迅速达成共识，并对将来的旅行满怀信心，于是在几天的旅行后分道扬镳。

从自己的无聊思绪中苏醒，以一句冒失的搭讪开始：

“中国人？”

她毫无惊讶地点了点头，街上都是亚洲面孔，除了当地人便是中国人。这种对话每天会被重复无数次，如果一不小心就会被误认为是另有所图的当地人。和她开始有了简单的交谈，聊起她的辞职旅行，以及每个人都会抱怨的肠胃问题。此趟是她第一次尝试搭车旅行，来加德满都的每个人都有一些故事，或被放逐，或被遗弃。

外面的街道开始嘈杂起来，人们又要为每日的节庆仪式准备，巷子里张灯结彩，流浪的孩子四目无神地望着我们。将喝完的茶杯物归原主，又要了一杯红茶，慵懒的阳光开始蔓延开来，照在脸上让人睁不开眼睛。

她是一个独自旅行的中国女人，可惜翌日凌晨她便要乘坐夜车离开。

“好想再非法逗留几日”，她看上去斯文而弱小，但我相信她所说的“非法逗留”是真心的。不过，加德满都就是一个驿站，每个旅行的灵魂都似飘浮的灯火，人生短暂，谁又愿意在这里多浪费时日呢?

“还有很多地方没去，听说在靠近印度的蓝毗尼，夜晚有无数的萤火虫环绕着你，像一双双明亮的眼睛。”

“那只是人们一厢情愿的心情吧！”我不打算去那里，所以反驳道：“在我的家乡就有很多萤火虫，摊出手掌，会停在你的手上，于是你的手也亮了。它们永远都在那，只是没有人会真的上山寻找。”

旅行中的大多数人疲于奔波，粗糙模仿别人的生活，炫耀路过的景点和突如其来的好运，仿佛周遭的运气都被他独享。而你越走越远，路越来越长，殊不知风景都在身后错过了。

她手里的红茶见底，站起身来对我说：“我们走走吧。”直率得让我惊讶的同时又感觉就应该是这样。

于是我们穿过大街小巷，熟悉的街道仿佛比往常要长，当评论完当日的天气，和过往行人的奇异运行，理所应当地达成共识，并对将来的旅行满怀信心，只是还没等一同旅行，便在路口分道扬镳了。

我想，她不过是在给我传递一种讯息，在加德满都迷失是有原因的，你随时将被遗忘在鱼贯的人流中，没有短信，没有信号，有时也没有电。

当我持续在路上的时候，当我觉得自己离别人越来越远的时候，我便越来越被束缚在孤独的旋涡中，偶尔有一股神秘的力量在空气中盘旋，偶尔会觉得空乏。美国旅行作家保罗·索鲁（Paul Theroux）在《旅行之道》（*The Tao of Travel*）一书中写过：“在所有最优秀的旅行书籍里，‘孤独’一词都暗含在每一页精彩的篇章里。”

我们留了联系方式，但都清楚这样做的意义，便是毫无意义。我们只是打了个照面，就连最肤浅的认识都没有，这感觉就像是往水面上扔石头，前面几个圈你可能都没有印象，只记得入水后荡起的涟漪。

在若干天后，我偶然发现了她的一点小秘密，这其实也不算什么秘密，因为日志是公开的：

“亲爱的，让我快点遇到你吧，趁我还怀着美好的期许，趁我还想好好爱。我不介意你抽烟，喝酒，偶尔还小赌博，我也不介意你大男人主义，那样最好，我就可以不用聪明，不用学习人情世故，可以一直二，因为知道有你，什么都不怕。只要我们好好相爱就好。”

或许，她在路上是为了寻找爱情，而我又是为了什么呢？

我不断地寻找着更便宜的旅馆，直到有一天我来到一间兼营住宿的中餐馆，位置就在泰米尔街的最中心，房间干净又便宜，不过住客尽是些中国人，偶尔混进几位吝啬的欧洲背包客，不久后也会觉察到哪里不对劲，而最终悄然地搬出这里。只要能忍住不在餐厅消费，住上一个月也花不了多少，但老板很精明，知道客人们每天上上下下，即便意志再坚定的人，也无法抵挡一顿家乡味道的诱惑。

我就坐在大厅里写作，这里有 WiFi，还会听到一些古灵精怪的事情。只是住客们谈话的内容全都变了，变成哪里有便宜的中餐、几点面包房开始打折、哪家赌场可以蹭饭，或在哪里能买到靠谱的菩提子。大部分人都不屑于住在这里，但是进进出出，又回到这儿的占多数。更为重要的是，许多人留下来就是为了等到印度签证——到印度他们又想得到伊朗签证，仿佛多认识几个获得签证的人便能攀上好运。一些人几乎每天都要去一趟印度使馆，将那里变成了熟人碰面的茶馆，其余的人留在旅馆大厅打听消息，生怕会错过了什么重大新闻。从表情上便能分辨今天又有谁得到了签证，大家吃完散伙饭就一哄而散，有的甚至连招呼都不愿意打就悄悄地离开了，他们看上去只是为了签证而活着，对其他的人事物则表现得漠不关心，就像很多人读大学只是为了混个文凭。越来越多的人开始失去耐心，他们选择飞去第三国——泰国或者埃及，继续在那里混日子，直到跨入印度的国门，就已然一副已经历过千锤百炼的世故样子。有一部分人后来我在约旦或埃及的街上碰见过，回国后彼此便默契地失去了联系。

说来我和印度还颇有些渊源，我曾在研究生时期做过印度法律文献研究，发表的论文受到了研究界的肯定，但促使我去印度的动机，却是因为一张 1909 年出版的印度地图，这张地图又重燃起我的渴望，在地图的时代，南亚次大陆还在被称为“British Raj”（英属印度帝国）——“Raj”在印地语和乌尔都语里通指王国。孟买、德里、克什米尔、迈索尔对我而言，不是国家或具体城市，而是含糊的地理名词。许多王国已不复存在，英属印度也被划分为四个现代国家：印度、巴基斯坦、孟加拉国、缅甸。如果我能亲临这些地方，就像是梳理了一遍看过的文献。

轮到我前往使馆的那几天，我似乎预感到有什么情况将要发生，印度使馆最近突然收紧了签证，最后干脆不再发放了。虽然我顺利获得了印度使馆的回函，但我还是不太放心，一个月后我再度来到印度使馆，才知道印度签证已改成网申，以印度人的工作效率，没准得再拖上一两个月。使馆不再发放新的回函，只接受有回函的申请者申请。我排了一上午的队，终于在临下班之前来到了签证窗口。

“我不能给你签证。”

“你们的伙计说我随时可以过来办签证。”

签证窗口的印度小姐将我的护照扔了出来，不屑地说道：“我们这里没有伙计！”

“对不起，是先生。”我纠正道，“我有回函。”

但她还是一副不肯给我签证的样子：“你的回函已经过期了！”

回函上并没有限定日期，但她的辩解完全符合印度人的逻辑，她只是一个低阶的职员，却完美地掌控着这一丝一扣的权力，特别是拒绝的权力，这回便是好说歹说都不再给我签证了。

我被滞留在加德满都，续尼泊尔签证时我碰到的都是熟悉的面孔，以防万一，我又跑了六个国家的使馆——它们要么签证手续严苛得不可思议，要么让我回北京再办。这样也好，对一个年轻的旅行者来说，加德满都无疑是充满欣喜的收获，因为在日常生活里，我们无法拥有这些超常规的体验，也不能轻易地收获他人的内心。我们在长大，首先便是学会接受被骗和被伤害的事实。

不过，有时候甚至觉得一个“质朴”的人，不应该卷入一场长途旅行，因为旅行的人是敏感的、脆弱的，有的时候甚至是狡诈的。在路上的人，似真似假，没有人在生活面前可以表现得像旅行书中所写的那样从容与优雅。

加德满都是一处莲花瓣状的谷地，在尼泊尔最后的日子里，我游览完附近的每一座古城、每一座山头上的每一座寺院，逛完每一个书店和每一处名胜古迹。

没有见过库玛丽女神，倒是有天在街上看见了窦唯，那天并没有什么特别，就在泰米尔区，我熟悉的地方，他与我擦肩而过。后来我还试图去找一间语言学校，学一项技能，感觉未来的生活充满着无限可能，可是没几天便决定放弃，人是那么容易适应安逸的环境。在泰米尔区的酒吧，喝源自喜马拉雅山区的小米酿酒 Tongba，在竹筒酒杯上撒上面粉，吃次大陆风味的手抓咖喱饭，将盘中五颜六色的彩虹搅乱。

夜晚，华灯初上，环绕着加德满都的 Ring Road，巴士五步一停，从白天到黑夜，路起起伏伏，仿佛无比的漫长。城市的星光燃起，望着万家灯火，车钻入黑夜的深处。我只身一人，停滞在这座城市，在幸福感弥留之际，对周围的喧嚣充耳不闻。契诃夫曾说：“假如你惧怕孤独，不要结婚。”保罗·索鲁则将它改为：“假如你惧怕孤独，不要旅行。”

加德满都没有红绿灯，也没有路牌指示迷路的我们，一切都似有似无，在存在中寻找着虚无。加德满都随处可见流浪汉，他们被驱逐、被遗弃、被打发，坐着他们的愚人船[10]四处流亡。

10：愚人船（Narrenschiff），指在中世纪的欧洲，市政当局把游荡的疯人遣送出自己的管界。

06　神会保佑你

造物主总在你一无所有，接近崩溃时，让你得到片刻的喘息，当你觉得接近幸福安宁后，再度将你置于枯燥无情的旅途中。在这座城市最晚的角度，呼吸着世俗的尘埃，我也是其中的一枚颗粒，我们都是神的孩子，纵不能在菩提树下修成正果，也不至于万劫不复，吹着源自喜马拉雅的风，想各自的心事。

城市像一个心脏，一排排通往城市各处经络的小巴，是躁动不安的分子，初来乍到的陌生人，游走在破败的街巷，静静地倾听城市的呼吸。远处的山被黑暗侵吞，皇后水池一盏盏燃放的水灯，漫无目的地飘荡着，像抽象派的画。

旅行中的安危让我学会了敬畏自然和命运，但我仍然是一个执拗的人，在科达里小镇初尝搭车的苦头后，我不想放弃，可运气之神似乎并不眷顾我，机会总和我擦身而过。

当喜马拉雅寂静的光线漫射下来，一杯 10 卢比的红茶或一杯黑咖啡，一份 10 卢比的报纸，就能虚度完一整个上午。科技的推动，人类的知识在迅速膨胀，人类制造的东西越来越复杂，这似乎仍不足以让尼泊尔步入现代化，人们依然过着简朴的生活，即便这样的生活在现实面前显得那么脆弱。孩童的玩具是风筝和板球，情侣们在广场上晒晒太阳度过一天。年轻人空闲的时候就在天桥上站成一排，目光呆滞地望着远方，让我联想到猴庙上的那些猴群。

连去商场看场好莱坞电影也算是一件奢侈的事情，每个人都衣着得体、满脸笑容，甚至还有人会在电影院门口留影——正式的留影，像是在出席某个盛宴。电影开头的广告是温泉 SPA 会所、OLAY 香皂、薯片、快递，让人有种已经步入大城市生活的幻觉。但走出商场，你会看到现实的落差，到处是随意抛掷的垃圾，地摊上都是中国或印度制造的廉价轻工业制品。

在这样的一个资本主义经济膨胀的国度，经济主要来自游客的施舍，贫困被认为是堕落和贱民的象征，要想搭便车几乎不可能。但我最终还是搭到了车。

Nicole 去印度之前，我们在 Dharahara 塔（这座白色巨塔在几年后的大地震中变成废墟）附近的市场乱逛，在一家小吃店内碰到一位戴墨镜的尼泊尔大哥，他用粤语和Nicole开始交谈。大哥说可以搭他的车去巴德岗，但车还在修理厂，明天才可以启程。

大哥在香港生活了十六年，做玻璃建材生意，一旁的弟弟英文不太好，在马来西亚做厨师。香港的尼泊尔人有六七千，会讲粤语并不是小概率事件，对此我并不怀疑，学者 Gordon Mathews 在《香港重庆大厦》一书里有提到这个南亚来的群体。

他俩打了辆车带我们去帕坦动物园。动物园对本地人来说简直就是童年的天堂，让我想起最近上映的电影《少年派的奇幻漂流》。但这里难免会让人有些失望，园区并不大，有一些体形瘦小的鹿、牛、大象、孔雀，他们看上去也饥饿得不行。

第二日上午尼泊尔大哥变卦了，打来电话说车要下午才修好，但等到下午却还是没有结果。我早已做好心理准备，找了几个人拼车去巴德岗，车绕到城市的边缘，刚开出没多久就到了。

巴德岗是一个小镇模样的古城——联合国世界文化遗产，来过的人都会对它由德国资助的地下灌水系统的精妙之处津津乐道，大家拿的都是上一个版本的旅行指南，等到下一个版本问世时，或许潮流又会变成这里的酸奶或者池塘。

赶上旅行旺季，客栈都住满了游客。找到一家简陋的家庭旅馆，客房里有一个漂亮的阳台。问老板才知道房子有两百年历史了，墙壁和梁柱刚刚加固翻新过，但地板看上去还是倾斜的。尼泊尔是板块碰撞地带，地质灾害频发，1255 年大地震造成尼泊尔将近三分之一的人口罹难，所以真替这些建筑感到担心（写下这段话时我隐约感觉到是一种对未来的预言）。在国内但凡一座上了百年的历史建筑，倘若侥幸逃过拆迁，都已经圈地保护起来了，但这里的建筑还能用。

旅馆老板的小孩一晚上都在楼下趴着写地理作业。为了更彻底地国际化，尼泊尔实行英语教学，教科书也是英文版的，很多尼泊尔人毕业后一旦有机会，就会选择去国外工作和生活，到他们在语言中的向往之地，语言也是扶贫的一种手段。

半夜，楼顶的老鼠开始夜谈会了，这次的议题是尼泊尔经济发展规划纲要。隔壁的老人已陷入崩溃状态，愤怒地用力敲击着墙面。

巴德岗城外也有很多神庙。第二天我独自来到一个河边的微型寺院，那里的老人们正在举办仪式，一位中年男人似乎刚经历了亲人离世的痛苦，将头发剃光、沐浴。一阵反复、冗长的传统音乐从寺院的楼上传出。

“神殿去了吗？”一个身材瘦小的尼泊尔人上前搭话，他有着暗褐色的皮肤、酒糟鼻。

“神殿？哪里有神殿？”

“就在二楼。”

“音乐是从上面传出的？”

“对，那是神的音乐。”

他将我引到寺院二层的神殿里，努力做出主人的样子，扮演一个他并不熟悉的角色，可是扮相太不像了，说话的时候显得没有底气。但我没有第一时间觉察出来，以为他和寺院里的人是一伙的。

绿色的地毯上放置着红色的座席，座席前面摆满了各式各样的乐器，一位老人和一个小孩在那演奏，人们对宗教音乐的兴致总是乐此不疲。我在旁边就座，尼泊尔人端来一杯奶茶。

神殿的四周被神像包围，花、乐器、铭文、神像、地毯、时钟、锡壶摆满了房间的每个角落，空闲的地方还有一些镜子，让人感觉空间不太紧凑。墙上挂着湿婆神的画像，很容易就能分辨出来，印度教的神都有一位妻子，但湿婆神却具有“雌雄同体”的性征。墙上还挂着一些当地人的照片，据说这需要给寺院捐赠1000卢比。

瘦小的尼泊尔人将锡壶中的红色粉末取出，点在我头上，道了声：“Bless you！[11]”，然后让老人教我演奏“阿里格斯”——歌颂神迹的歌曲。

一开始我还碍于情面，后来就有些疲倦了，如果是我中了圈套，那他的这出戏也演得太认真了。我往楼下走，想赶快拆穿他的把戏，更像是在仓促地逃离，瘦小的尼泊尔人鬼鬼祟祟地跟了下来，来到光线阴暗的楼梯拐角，他那张在暗处的脸突然像变换的灯箱，面目狰狞了起来，一点也不客气地说道：“给我200卢比！听到了吗？”

“多少？”我装作没听到，他又重复了一遍。

通常这种情况是可以讨价还价到100卢比的，甚至不给，但我显得很没有经验，也不确定这样做的下场，外面剃头的人正在磨刀霍霍，气氛让人感觉凶险，我不知道他们究竟是不是一伙人。付了钱，我赶紧逃离了这里。

11：英语，“保佑你”的意思。

我在大路上越走越快，穿过一片正在收割的稻田，阳光下的人们平静、悠然，让人无法联想到刚才的处境，感觉有些讽刺。回到古城内，这时候感到肚子饿了，周围却没有看到餐馆。旁边的路人说对面的泰国寺庙有免费的午餐，此刻就算让我赴下一个免费陷阱，也心甘情愿。这回的人没有骗我，混合咖喱的鹰嘴豆、辣椒、豆腐，放入浇了咖喱汁的米饭，再加上一杯热气腾腾的牛奶，让饿昏了头的我，顿时又有了精神。

佛寺是由泰国政府捐赠的，从经济学角度分析，寺院首先要存在一个稳定的供养系统，所以施主是其核心，将神职人员控制到一定数目，这是历任住持的责任。要维持寺院的昂贵开支是寺院经济学思考的问题，要么由国家供养，要么有一个庞大的市场链条，要么有足够的布施者。

画像中各种魑魅魍魉都是当地的神怪，蓝色的脸让人联想到印度教的神像，而故事的最终结果都是被佛收服了——《西游记》式的标准结尾。弗雷格在《金枝》中说道：在各种不同的时代，许多人都曾企图通过破坏或毁掉敌人的偶像来伤害或消灭他的敌人。

泰国寺挽回了我对巴德岗的好感，又好像让我理解了一大堆东西。

当我第二次前往巴德岗时，从这里换乘去了纳加阔特（Nagarkot）。一直徒步到喜马拉雅观景台，准备眺望雪山的夕阳和落日，不巧天气不佳，云雾迷蒙，只能瞧见近处的小山。

和观景旅馆的年轻人聊了一阵，他在巴德岗上大学，平时也喜欢摄影，但只有一台便宜的 Sony 卡片机。是一些泼水节的画面，照片看上去比较随意，有种专业摄影师拍不出的自然。尼泊尔的孩子们从小就受到全世界优秀摄影师的耳濡目染，史蒂夫·麦凯瑞的照片挂在商店橱窗、出现在泰米尔街上的书店和沿街贩卖的明信片上，像是某种成功的标志。在这里可以亲眼见到不同风格的摄影大师以各式各样的姿势、设备拍照。摄影师们来尼泊尔寻找灵感、返璞归真，而尼泊尔人天生就生活在这里，如果这些孩子有更好的条件，或许这个国家便能诞生许多艺术天才。一味地追求技术的更新只会让我们失去创作的乐趣。

我沿着小路往回走时，又碰到了两个穿着时尚的年轻人。他们是周末过来兜风的大学生，听说我来自中国，便告诉我上海是他们的“梦想之都”，准备毕业后过去学医。这样的说法我听了很多，仿佛全世界都在注视着这个古老国家的崛起。我坐他们的摩托车回到纳加阔特小镇，一起喝完奶茶，又聊了两国年轻人的生活，并没有让我意识到有巨大的差别。告别的时候，年轻人告诉我猴庙附近有一个叫作“White Gumba”的寺院，有时间可以去看看。

天色已暗，小镇的班车已经停运了，下山的车越来越少，但我并不心急。偶尔看见几辆军车，满载着全副武装的军人，不知道要开往哪里。我开始搭车，一旁的几个孩子冲我叫嚣起来，充满挑衅的味道。

我等来一辆FIAT小型车，招手后停了下来，里面的一男一女正好是巴德岗的人，男人犹豫了一下然后答应了。我开始有些顾虑，怕他们会随时变脸，后来转念一想，随便吧，又不是第一次了。女人的表情很奇怪，问我到底来纳加阔特干什么，我只是说想找个地方过来写写东西。她说可以送我回加德满都，但是需要给一点钱。我谢绝了。这里的所有人都表现得很需要钱。

红色的太阳在群山之间渐渐地下沉，随后又被啃了一个缺口。林海很美，像绿色的裙摆，随风轻拂。小车在曲折的山路上左右晃动，我开始有时间欣赏这美景，如果和一车人挤在充满异味的TATA上，心里想的可能只是“怎么还没到呀”。

旅行者终究无法将自己融入当地社会，最多不过是如保罗·索鲁所说：“在一个看似毫无乐趣的地方，生活相当长的一段时间。”几个月的走马观花，让我开始有了停下来的念头，就像玩塔罗牌突然翻到倒吊人，预示着需要一段反省的时光。我想让时间变慢，观察当地人怎么生活，然后停下来问问自己，是否在虚度时日。

坐在异国的巴士上，看着城市的万家灯火，冷漠地望着庆祝的人们，他们也同样望着车窗内的我。和每一个人擦肩，然后形同陌路；等到一个人到来，再倔强地在人群中设立防备。以为最好的爱情是精神至上，却在滚滚红尘中失去方向。终点太难到达了吧，对挥霍的青春忏悔，又鄙视碌碌无为。我就像一只倦鸟，呼吸着异乡的灰尘，幻想着某一天会出现我所眷念的土地。

平日就沉默寡言，也少与他人交心，假如我说话过多，又容易与人交恶。在这善恶不分的世界里，我是一粒空气中的尘埃，赤身裸体，一眼就能被人看穿。

07 再见，朋友

到巴德岗时已近天黑，从巴德岗至加德满都有方便的公交车，只需 25 卢比。上车后，一个穿绿色帽衫的男孩走过来坐在我旁边，问我是不是中国人。我点了点头，表示早已习惯了这种搭讪，也不得不习惯，直到有一天走到某个陌生的国家，街上的人们看我的脸就知道是中国人。

男孩看上去只有八九岁，但他告诉我他已经十三岁了，在上八年级。我并不十分惊讶，虽然在中国一个十三岁的少年已经发育得有些成熟了，但这里的人身材瘦小，看不出年龄。这些小孩的心理往往也成熟得让人害怕。曾有一位穿着校服的小女孩，对我一阵超越年龄的轻佻后，用我的手机拨了一个号码。事后我才意识到那可能是她的号码。

“我有十块中国的钱。”这或许是他从某个善良的中国游客那里获得的战利品，随后他继续向我展示他的收藏，有美元、欧元，还有英镑。我以为他在向我要钱，可他很聪明，只问我有没有一块的，我回答说没有，我厌恶这样的做法。

但他说明天带我逛逛，我也没有拒绝。我想交到当地的朋友，而且他不过是个小孩，可后来的经历似乎是向我证实了那句令人讨厌的老话——“无钱无朋友。”

他叫 Sushant，在杜巴广场附近住，父母是做被褥生意的，最近他在假期状态，一个人来巴德岗旅游，当然这些都只是他告诉我的。为了卸下我的防备，他还给了我他的 Facebook。

Sushant 一直缠着我说话，旁边的人都好奇我怎么会跟一个尼泊尔孩子在一起。一位个头不高、戴眼镜的年轻人向 Sushant 问了几句，Sushant 装作自己是中国人，不会讲尼泊尔语，年轻人无可奈何地摇了摇头，转而跟我用英文聊天。他是加德满都

猴庙，加德满都

当地一份时尚生活杂志的记者，自豪地说他去过中国和印度，采访过许多有头有脸的人物。下车时我要了他一张名片，说有时间让他带我去采访。

明天是灯节，街头巷尾开始挂起彩灯，幽暗的灯光下，湿漉漉的地面看上去亮晶晶的。而加德满都大厦对面的广场上，一场声势甚大的摇滚音乐节正在进行，是法国文化组织举办的 Planet Nepal 艺术节的一部分。即便是再贫穷的国度，音乐和快乐也是共同的。

我们加入了其中。平时这里就是一块沙地，现在被狂魔乱舞的人群践踏，不一会儿随着五彩的灯光，好像从什么地方喷出了干冰烟雾，后来才发现是空气中扬起的沙尘，混合汗水、呼出的二氧化碳和城市废气，在天空中飞舞。伴随着雪山之国的摇滚乐，人群越聚越多，狂欢的声音已经盖过了音乐，仿佛只要纵情狂躁，听什么都无所谓了。乐迷们嗨过了头，粗糙地复制了一场西式的摇滚音乐节，但场面混乱极了，倒让人感觉有些假。Sushant 觉得太吵，而我受不了满广场飘荡的粉尘，就没有等到狂热的人们散场。

第二天清晨天刚蒙蒙亮，Sushant 便打来电话，问我宾馆的地址。我挣扎着起了床，尚处于无知状态，才想起昨晚约好要一起去 White Gumba。

我请 Sushant 吃了午餐。穿过猴庙时，遇到一对年轻的台湾情侣，他们一边旅行，一边帮独立杂志撰稿，在高雄拥有一家青年旅舍。我们一同享用了午茶，匆匆与台湾情侣告别，出发去 White Gumba，就是之前骑摩托车的年轻人无意中提起的那个寺庙，Sushant 说他知道在哪里，并执意要带我去。我心领了他的好意，并感激他带我去了一个别的游客没有“践踏”过的地方，那里仿佛是属于我的领地，是我日后回到旅馆向别人炫耀的谈资，我已经迫不及待地等待他们羡慕的眼光，他们一定会好奇地问我：“你怎么会认识尼泊尔的朋友？”然后我再从头到尾地把故事的经过阐述一遍……这一切都只差临门一脚，你将会读到一篇“你误会了尼泊尔”式的文章，Sushant 就会成为挽救尼泊尔旅游声誉的一个英雄。

到了山下，向一个摩托车司机打听到的结果是“White Gumba 山高路远，若走路得大半天”。我将信将疑，Sushant 却开始跟司机用当地话交谈起来，这让我感觉自己像一个傻子。Sushant 要司机亲自带我们去 White Gumba，不一会儿到了跟前却发现大门紧闭，司机才说：“寺院每逢周六开门”，我感觉自己上当了，但我并不甘心，司机也不甘心，问我想不想去山上当地人的村庄看看。我想既然都到这里了，总得看点什么吧。

又翻过两座山头，来到前面的村庄。脚下的泥土是红色的，村庄就是村庄的样子，司机和村里的人都认识，看家犬跟着我们撵了出来，让我回想在拉萨经历的一场噩梦。我忐忑地跟着司机，走到村庄背后一片漂亮的花海，鲜花在旱季的清风中颤颤巍巍，从这里能俯瞰整座加德满都，俯视它的过去、现在还有未来。司机大哥给我戴上黄色的花环，我这时什么都不去想，心里只有一个念头：好了，到了，下山吧。

下山的途中 Sushant 一直在和司机说话，我觉得自己受了冷落，也不想去猜测他们究竟在密谋什么。但我很清楚他是准备向我要钱了。最后，司机向我索要 400 卢比（这笔钱够我在尼泊尔租上一天的摩托车），但我只打算给他 200 卢比，司机觉得我失信了（我们并没有提前约定），看起来非常恼怒，这是我在尼泊尔见过的一种陌生的表情，我感觉他随时可能冲上来揍我一顿。Sushant 看上去更加的失望，或者说失算？他可能觉得我十分卑鄙，虽然我一天中都表现得慷慨十足，请他吃喝玩乐，但临别时却突然变得吝啬，让他一点好处也没捞到。而我也失望，我感觉自己被出卖了，他骗取了我的信任，到头来却变成一场雇佣关系，甚至是一个精心策划的圈套。

我生气了，Sushant 也生气了，但我不知道他为何会对我生气。回去的路上，我们都相互不再理对方，或许我们都认为是对方的伪善欺骗了自己。

杜巴广场上正在上演一场法国摇滚乐队的表演，舞台就在广场的中央，在这些标志着千百年来的宗教、权力、神像的符号上面。我和 Sushant 一直保持沉默，最后在杜巴广场的佛阁上，他打破了沉默，也敲碎了我最后的一丝幻想：“请给我 50 卢比，我想学计算机。”我彻底失望了，我明白了我为何生气，也似乎懂得了他为何生气，这是一场彻头彻尾的骗局，“我想学计算机”，听上去多么的理直气壮，直到最后他依然在骗我。我拒绝了他，他扭头便走。

随后我感到无比的内疚，他会怎么想呢？如果他是乞讨集团中的一名孤儿，他的幕后老板肯定会为他没有骗到钱而为难他；如果他是普通家庭的小孩，我又错怪了他，或许施舍本该就是游客们的一种习惯，和对善良的一种考验，如果他真的是想用这笔钱去学计算机呢？

无论如何，我们度过了快乐的一天，50 卢比还不及半杯咖啡的钱，我可以给他，而他为什么又偏偏向我要这一点点钱呢，我们相处得不错，区区 50 卢比，将这一天都毁了。

到底是谁错了？想到这里，我再一次输给了我的善良，我追上了他，他正在给某人打电话，眼神看上去快气炸了。我塞给他 45 卢比，这是我身上最后的零钱，他将

5 卢比还给了我，消失在熙熙攘攘的人群中，头也不回。

我失去了一个“朋友”。

法国乐队 Mademoiselle K 的女主唱此刻在反复地吟唱着“life is short，life is shit……”，似乎是在对我说，一切都会结束的，旅行也是如此，人生也是如此，这就是你的命，让他去吧。这大概是我这些年听到的最美妙的音乐了。

第二天 Sushant 又出现在了我的住处，但我们互相好像都不认识了。他又开始寻觅他的下一个“朋友”，并没有表现出任何惭愧，就好像这是一个可以反复重启的电脑游戏。倒是我为自己的天真感到了羞愧，我要逃离此地，这是我应该付出的代价。

我坐车去了博达，这里有全亚洲最大的佛塔，白色的穹顶和尖塔让人仰望。博达下了一场雨，是我在尼泊尔遇到的第一场雨。我在山上的寺院里住了几天，唯一的邻居是一位早上有晨练习惯的上海男人，他好像还不太习惯这里的生活，也不出门；还有一个口齿不清的德国人，我发觉我都没有跟他有过一次完整的交流，因为他老是躲着我们，好像跟寺院里所有的人都不认识似的。

我每日无事可做，就坐在房间里一个人发呆，将杂乱的思绪清空，像反悔的嬉皮士一般，感受到了心灵的召唤，后来还是因为尘缘未了，无法超凡脱俗而匆忙地下了山，重新遁入滚滚红尘之中。

“我得走了，我必须用网络工作。”我抱歉地向寺院接待处解释道，我并没有撒谎。一个藏族的小伙子领我下山，他说他最大的愿望就是能找个工作，我才反应过来这里的人也是需要工作的。

不过比起走后，我更怀念那段清静无为的生活，并后悔没能多待几日，至少那里浴室的水管里能流出正常的热水。

08 日落之前

我似乎梦见一个女人，她那清秀、美丽的面孔正在衰老，被毁坏、被抛弃，但她，仍然清晰地记得自己疯狂的一次，那是令她自豪的资本。

Laura 的重新出现，是我始料未及的。那天我突然接到她的电话，说她很想见我。

“你在哪？”

我本来想随便编造个地图上没有的地方，但她并不打算等我回答：“我知道你在哪里。我已经到拉萨了，明天来找你吧。”

事实上，连我自己也不知道我在哪，我急忙找旅馆老板要了一张名片，上面写着我在加德满都的地址，给她发了过去，让她到了后直接打车到这个地方。这时我忙乱极了，我有一大篇稿子等着交；我的思绪还未从昨夜的失眠症中抽离，我睡觉时经受不了任何响动，但最近旅馆里常有深夜离开的人；我是不是还应该去理个发，几个月没理了，我已经很久没有关注过自己的形象，还有那该死的干净衣服也不知道被我扔哪去了。在旅途中，你很难保证自己能像个人样。

我以前没有什么艳遇的经验，听上去或许很令人意外，连我自己也感到意外。但她是个例外，我们在川藏线上搭过一段，是的，就因为我们还拉过一次手，但我根本就记不清那天我们说了什么，为什么要牵手，只记得那天我喝得有点多，因为旅行第二天就完了，大家心里都明白，我们没有理由再在一块儿。但我想就这样结束了吧，我们再也不会联系，不是所有旅行小说里都会这样写吗？我都忘了给过她我的联系方式，她的名字也是后来我费了好大的劲才想起来的。

但她居然如约地出现了，敲开我的房门，把我吓了一跳。虽然这两天我都非常紧张，但一工作起来就把一切都抛诸脑后，差点忘了这件事情。

“看吧，我还是找到你了。”她有些激动地说。

“你是怎么找到我的？”我下意识地说了出来，之前想到的欢迎词都没能用上。

“我打了个出租车，到楼下就喊你的名字，他们说你在这儿。”

“我应该去接你的……”但我的确忘了，准确说是我故意忘的，这样显得不会那么的刻意。

“嗯。我也不希望有人来接我。你知道吗？一下车我就爱上这里了，我走在街上，没有人认识我，这里没有人会在意你的穿着，你想穿什么都行。这个城市我就只认识你，这感觉真好。”

说话时她披着一件灰色的披肩，站在光线昏暗的房间里，把我给迷住了。她以前做过模特，我过去认为跟那个人群不会有任何的交集，因为她们总在T形台上，一副高高在上的样子。而且我不知道该跟她们说些什么，我想无论我说什么，都没办法将她们吸引住。但现在她就站在我的面前说话，仿佛这个T台就是为我而搭建的，这感觉就像是年轻时的你在某一个早晨醒过来，晨曦从窗户照射进来，你觉得你的人生还有无限的可能，每天都会有壮丽的事情发生，在某一刻就会改变你的生活。

我们共度完整个下午，除了风吹树叶的沙沙声外，听不到任何多余的动静。香味在空气中不规则地漫游着，仿佛肆意跳动的音符，仿佛会一直这么下去。

Laura看上去还是那么年轻，女人到三十岁以前都不怎么会变，而男人却老得很快。我问她有什么打算没有，其实是想问她想不想和我一起去印度。

“我刚辞职，还没有计划。你呢，为什么留在加德满都？”她说。

“其实留在加德满都也不错，你会看到很多和你一样的人，和你一样的贪玩，和你一样的吝啬，没有人是成功的，没有人值得羡慕。任何人都很容易在这里找到优越感，你所要做的，就是发狂的快乐，纵然这种快乐转瞬即逝。你的签期到了，你得离开这个国家，另一批同样的人过来接替你，你知道他们会像你一样的快乐，经历同样的事情。如果明白了这些，你就释然了，就会明白那些古老的庙宇背后的禅意。”

此刻我终于真正地理解了加德满都生活的实质。加德满都就像一个诅咒，让我等到她，然后我忽然明白我应该离开了。去哪儿呢？当我第一天被抛掷在旅途中，就不再是个问题，我们可以远走，到几百公里外波光荡漾的恒河边，去看混浊的河水，清晨启航的驳船，沐浴的人，失去亲人的送葬队伍……

每个在路上的人都十分清楚，这种生活将不能持续太久，你总会突然地遇到一个什么人，将你的过去中断。我们的祖辈在我们的故乡出生、生活，最后在那里死去，一代又一代，我们也那样，只不过换上不同的衣裳，但本质没有变，我们跟我们爱的人结婚，然后迁就对方，我们被困在了那里，知道自己走不出去了。

……

我突然好希望她就是那个人。她的出现治愈了我旅途中的幻想，我大步走在加德满都的大街上，我想兴奋地拉着她向全世界宣告，这座古老的城市完全是为了这一天的到来而建，之前所有的不快在这一刻都释放了，虽然前一天我还在抱怨加德满都的交通、食物、住宿条件，和印度签证给我带来的挫败感，但这一刻我似乎全部原谅了，这是一个多么友善的城市，人们对你微笑，你也对他们微笑，世界的每一天都是新奇的，罗马人会对着你跳舞歌唱，天空中出现烟火，越燃越烈。

“我想去趟博卡拉，我们应该有一次旅行。”她说。

旅游巴士沿着绿色的干线，一路雪山连绵，景色让人不知疲倦。经过的村庄呈现出热带的景致，谷底鲜花满地，微风轻抚着棕榈树，看似太平洋上的岛屿。博卡拉是个美丽的城镇，一个和混乱的加德满都截然不同的地方，这里整洁、有序，是度假胜地的标志模样，从加德满都到这里，仿佛一夜之间脱离了贫困。我无法相信自己仍置身尼泊尔，逃离了车水马龙的世俗世界，灯火通明的寺庙、破败的街巷，到了一个精工巧匠的秘密花园。

橡树种满了博卡拉的山谷，鱼尾峰（Machhapuchhre）高高在上，似含苞待放的花蕾一般。住在山脚下的小屋，连绵的安纳普尔纳（Annapurna）山脉尽收眼底，滑翔伞赶着旱季拼命地飞，好像加德满都那满天挂着的风筝。白日的光线充足，费瓦湖是波光闪烁的巨大帝国，夜晚的流星倏然滑落，消失在远方的某处夜空。满山遍野的萤火虫，像爵士乐里肆意窜动的音符，将通往鱼尾峰的道路照亮。

我们骑摩托车去了周围的一个接着一个的村庄，那感觉就像是童年时代走出家门，要去探索附近那些有着稻田、农舍的乡下，山的那边对我来说是一个完全陌生的世界。而我终究还是个孩子，对这个世界充满好奇。

她从后座上抱紧我。我们一直开了有几十公里，已经离博卡拉很远了。日落之前，金红色的夕阳被淹没在乌黑的山谷中，整个世界忽然变得特别安静，仿佛是因为颠簸和气流而造成的幻觉，黑色的村庄呼啸而过，穿过黑色的丛林，路变得越来越漫长，仿佛通向遥远的欧罗巴。我们就像是两个不更事的少年，约好在午夜一起逃亡。

我们逃避生活，也逃离爱情。

在博卡拉只住了几天，她就开始感到厌倦了。有天晚上她跑出去一个人吃饭，迷了路，一个脚有些跛的香港男人送她回来，男人看上去是那种想占些便宜的有钱人。她像是在惩罚我，我们大吵了一架。

“这里的食物不合我的口味。”她说。

“我们不是每天都在吃西餐吗？”

“不，我要的是中餐，正式的中餐，我喜欢起司，但也不能天天吃。”

“那你跟我说，我可以将就你。”

“不用，我自己去吃就是，我不想你是因为将就我才跟我吃饭。”

“这里的食物太贵了，我们去印度怎么样，到那里你想吃什么都行。”

“我无法想象我能到印度。你让我一个人回去吧，我受不了这样的旅行。”

“几年前我们走川藏线的时候，我们从没有进过像这样正式的餐馆……”

“难道你还不明白吗？我们再也回不到那个年纪，人都是会变的，环境、身体、想法，我受不了那样的折腾了。”

我们点燃了一场无休止的争论，到后来主题就不只是食物那么简单了。我们的身上都映射着这个社会的影子。争论不会有输赢，但我很清楚我败了，败得如此彻底。我依然骄傲地走在路上，这种骄傲此刻显得孤注一掷，我的身体在衰老，这是我所不能忽略的。我秉持的生活理想，终究会葬送浪漫，我们迷恋旅途的短暂，不就是因为它与现实看似毫无瓜葛吗？

争吵让我觉得厌倦，它像一只张牙舞爪的狮子，吞噬完旅程最后的浪漫。我答应送她回加德满都，在博卡拉的最后一天里，我突然有点留恋这里了。我们就坐在费瓦湖边，她穿着红色的纱丽，看湖心的云雾升起，金乌沉入湖底，挣脱开夜晚的梦呓。听岸上嬉皮乐队演奏，好像是特意为我而唱的：“If you go, leave me down here on my own. Then I'll wait for you.”[12]

一切都疑似美好，就像初次相遇。费瓦湖，此刻，沉睡的像我梦中的情人。

回到加德满都，就像过了一个世纪。在加德满都满目疮痍的街头，我问她要不要一起走走。我们来到灯火辉煌的杜巴广场，此刻闪过的画面，仿佛似曾相识：依旧灯火通明的寺庙，破败的街巷，中世纪的塔庙、亭台。

12：这是 Coldplay 演唱的“In My Place”，歌词大意为：如果你要走，让我独自留在这里，然后，我会在这里等着你。

她拉紧了我的手，我们爬上了嬉皮塔，杜巴广场的灯光黯淡了下来，嬉皮塔上早已没有了嬉皮士。她说得没错，曾经以为会永远年轻的我们，却再也回不到那个年纪，是这个社会重新刻画出了我们吗？不是，是我们把自己塑造成了自己讨厌的那个人。当我说起几年前搭车的事情，又仿佛是在说一件已经过去很久的事情了。

“你真的决定了吗？不和我去印度？”

“我从没有向往过那个地方，我已经见到你了，这就足够了。”

“我可以去北京，或者我现在就跟你一起回去。”我的挽留听上去像一个漫不经心的玩笑，更像是一种哀求，我为自己感到可悲。

“别傻了。你的未来在前方，我的未来在我来的那里。”

我们说好要分开走一段，让彼此保留最后的一份陌生感，如果能再次遇到，两个人就再在一起。是我们太挥霍上天赐予的缘分了，以至于在路上一次次地相遇，又一次次地错过，缘分这东西在川藏线上还管用，但我越走越远，就很难说了。

夜越来越深，深得我已看不清她的样子了。新闻上说今晚有狮子座流星雨，但在雾气朦胧的加德满都，却什么也望不见，只有载客的人力车，不时将我唤醒。

凌晨五点，酣睡中的泰米尔区，像一片迷雾笼罩的森林。两列氙气车灯，缓缓地，刺穿黑夜的雾气，越来越近。她在黑暗中消失，我不能透过车窗玻璃，凝视着她的眼睛，只有汽车尾灯照着我的脸，然后越来越远。

我突然意识到自己像一个温顺的仆人，在纵容她的离去，让她回到未来的某个人身边。而我继续走着，让孤独继续将我吞噬。这里的一切都将会变得熟悉，又终究会变成陌生，会有新的接替我的人，和新的故事发生。

我们都是赶路的人，在日出的清晨，在日落的黄昏，等待另一个匆匆的人，抚慰彼此不安的灵魂。或许还有下一个人，更善良的人，穿着美丽的衣裳，包裹我敏感的内心。

旅行中的爱情，就像一纸印度的游客签证，不能延期，也无法续签。

一段可卡因般的艳遇，加德满都像贫瘠、拥挤的瓦拉纳西，他在衰老，日光依旧明亮，他被滞留，被蒸发，被平庸，被遗忘。爱情来得太晚，但还是来了，就像臀部的文身一样，留下美丽的谜语，和几句归结于幸运的谈资。

邮政秤，瓦拉纳西

5
MAN
10

次大陆

A Grand Tour of Asia

09 印度

我根本没想到会获得印度签证。传真的回函已过期，网上申请更是杳无音信，飞去泰国以期获取签证的人们也绝望了，新政策的落实变得遥遥无期，所有人都措手不及。我已签出了孟加拉国的签证，准备择日便飞往达卡，不长的里程却需要 137 美元，因为中间要越过一小块印度国土，坐巴士理论上是不可能的。尼泊尔签证也只剩下三天时间，我准备再碰碰运气，如果能顺利签出，我必须连夜赶往印度。

这是我第七次来到印度大使馆了，墙上的钟、地板的图案、顶棚的颜色都是那么的熟悉，只是再没有见到一张熟悉的面孔，也没有一个来自中国大陆的人，冷清得反常。

“请问，可以申请签证吗？”我有些不放心。

问询处的印度小姐今天难得心情好，纡尊降贵地对我微笑着说了声：“Yes！”通常良好的开端并不意味着好结果，经过漫长的排号，耳机里正循环播放着 Kings of Convenience 的 *Rule My World*：“所以不知何故，我们都一样，正在让人们痛苦。”

将发散的思绪拉回，目光又回到单调的时钟上。我每隔十五分钟便像只仓鼠一样，环视一圈；每隔一个小时去一趟洗手间，再围着签字台左右徘徊。每当我迫不及待要冲上去的时候，一个年长的、身材矮小的保安总是用手掌向下的手势耐心地示意我：再等等。

所以当轮到我的号码时，已经考虑到最坏的结果了，我将签证材料递了进去，只想快些结束，肚子实在太饿。签证官皱了皱眉头，翻到下一页，眉头皱得更厉害了，发现我是一个多月前提交的申请后，将我的材料扔了出来。

“对不起，你不能获得签证。”

“刚才那位小姐说我可以申请。”我辩解道。

“现在已实行新政策，您之前的申请完全作废。”他埋着头像是在整理资料。

“那别的国家的人为什么可以？”我说。

“那你等等。”他不耐烦地站起身来，把我支到了一边，交给一位身材有些臃肿、西装笔挺的长官，从他诚惶诚恐的神情看得出那人的地位很高。印度官僚的傲慢是有目共睹的——民族主义运动后各个亚非拉国家都一样的敏感和脆弱，特别是许多中国人在此“马失前蹄”后，闹得很不愉快。当我表明我的国籍时，他变得有些不可理喻，甚至还厉声地呵斥我：“回你自己的国家！”

令他没想到的是，我早已在使馆学会了印度式忍耐。我仍旧礼貌地向他说明理由，并声称不同国籍的申请者应该一视同仁，这是印度民主的象征。对付这样的人就得反复磨，看似你在消磨他的时间，殊不知消磨时间也是他身份的一种体现。

他找不到理由反驳我，最终平和了下来，宣布了妥协的方案：“如果你既有书面回函，又提交过网上申请，明天下午就给你签证！”

“一言为定！”

事实上我早有准备。自签证政策变动的第一天起，我便又重新递交了网上申请，即便是都提交了两份申请，也只有极小部分人的申请才被受理，概率和中乐透彩票差不多。

我将准备好的材料递到签证的窗口，签证官的表情看上去有些惊讶，悄悄地问我：“领导怎么说的？”

“He said OK！”我义正词严地告诉他。

接下来一切事情便容易多了，原来拖拉费事的烦琐手续都抵不上领导的权威，交完签证费后，深吸一口气，听天由命吧。

度过浑浑噩噩等待的一天，什么事情也不想做，我已经在这里待得足够久了，再没有什么新鲜事能够吸引我。我也没有计划，更不想去做被拒签的打算，我够倒霉了，Laura 离开的这段日子我过得很不好，她彻底地失踪了几天，每日我游荡在不同的国际长途话吧，和一些非洲、东南亚籍劳工抢电话——他们的脸上总是带着幸福洋溢的表情。电话的那头永远是“无人接听”，然后我又会辗转到另一条街上，换一家人挤人的话吧，最好等待的时间久一点，这样仿佛时间也可以过得更慢一些。我开始躲避旅馆的那些熟人，我怕他们会问起 Laura 来，我不知道该如何回答。我的情绪变得很容易懊恼，又很容易悲伤，觉得恐怕再也见不到她了。

取签证的时间是第二天的下午，我独自走在去使馆的路上——第一次在午后惬意地走过这条街，这里原来还有一间精致的服装店，未曾注意到过。天色逐渐暗淡下来，使馆内三三两两，只有几个人在等候签证，直到印度小姐亲手递给我护照、看到那一页粉蓝相间的签证纸后，我才确定自己可以去印度了。我终于松了口气，压抑的兴奋被瞬间释放了，这一切都好像是注定的，我不知道前方还有什么波澜在等着我。

造物主总在给予你这一半的时候，夺走你那一半。所以世界对每个人都是公平的，即便最后你什么也没得到，你也会懂得世界的美好与残酷。

回到旅舍，向那些仍在为了签证苦苦挣扎的同胞告别，突如其来的好运，让我就像是做了错事一样的于心不安。没人为我送行，也不知道下一步该往哪走。

离开泰米尔区的时候，天色已晚，向路人询问去口岸的夜车，都说不知道。走过几个街区，才有个大叔告诉我车站的地址，正好他也要去那，便挤上同一辆 Tuk-tuk。旁坐的一个中年男人问我喜不喜欢尼泊尔，他刚从迪拜回家，对加德满都和我差不多的陌生，他不喜欢自己的国家，因为这里的贫穷与动荡。而我究竟喜不喜欢尼泊尔呢，却因为今晚的匆忙离开，变得不再重要了。

“苏诺里？”

“苏诺里。”

跳上一辆开往印度边境的夜车，漆黑的过道里挤满了人，谁也没有发现我，也不知道我来自异国他乡。《旅行的意义》在耳机里循环播放，木吉他的拨弦，敲动我每一寸睡眠神经：“你迷失在地图上每一道短暂的光阴……”然后就没了记忆。

半夜醒来，在一个不知名的小镇，灯光从两侧的车窗渗透进来，突然记起半月前，与 Laura 曾途经此地去博卡拉，而现在是我一个人，不由地觉得鼻酸。GPS 无法在车里定位，尚不知自己身在何方，像个盲人一般，穿梭在黑夜里。

旅行的时空变换，真的会让人遗忘掉一些事情，变得健忘，不过千万要小心当时空又回到相似的场景时，这些回忆又会像回潮般的涌上心来。直到你变得麻木，不再为过去感到伤心，就像奈保尔所说的：“你践踏着过去，你把过去踩烂。一开始，你感觉是在踩踏花园，到后来，你会觉得不过是走在大路上。”

凌晨五点到达派达瓦，被告知这是最后一站，在人们的簇拥下跳下车。灰暗的浓雾占据了视线，仿佛迷走在仙境之中，愈往前走，愈发让人感觉神奇。迷蒙中，又被人推上一辆小巴，前往苏诺里口岸。

还未到通关的时间，但口岸上已经聚集了许多人。和身边的尼泊尔人闲聊起来，他刚从中国留学回国，正在准备国家医学考试，从一千个人当中选拔五个人到印度学医，或许这是一个不错的摆脱贫困的途径。

坐在一旁喝茶的德国佬是个登山向导，不仅是中国通，还自称对南亚的国家了如指掌。他每隔几个月就得经印度中转去巴基斯坦，但这一次他抱怨印度给的七天过境签上只写了三天——最近连德国人也是如此的待遇，他才不得不选择“糟糕”的苏诺里口岸出境，再马不停蹄前往德里，以印度的交通要在三天内赶到巴基斯坦，只能自求多福了。他嘱咐我，如果你觉得尼泊尔贫穷，当你到了印度，将会感觉那里是穷人之都。

入境办公室是为我们这些人准备的：德国登山向导、来自威尔士的艺术家 Tobi 和我，其他的印度人、尼泊尔人可以直接走过去。Tobi 是一个不折不扣的嬉皮士：叮当的耳环、手镯和项链，像瑜伽士那样单薄的衣服、破旧的肩包和脏辫，包里通常放着一本发了黄的二手书，英文的，混在一堆脏兮兮的“贱民”中也无法分辨。他要经过瓦拉纳西去德里，德国人便说你可以跟着他——意思是不要缠着我，瓦拉纳西才是初来乍到者必须感受的。但 Tobi 行色匆匆，一溜烟就不见了。

我原以为会有什么人冲过来跟我说：“欢迎来到印度！”但每个人都显得特别的冷漠，也没有人过来拦着查你的证件，这倒有点出乎人的意料。

浓雾中一辆巴士驶出，锈迹斑斑的车厢有些年头了。我看见了 Tobi，跳上车，向他打了招呼，他嘟哝了几句我根本没听清，威尔士人说话时总感觉嘴里含着什么东西，字正腔圆的口音像是要把我多年的英文单词发音都纠正一遍，Tobi 说话的语速却从不放慢，一点都不跟我见外，好像故意让我听不懂似的。

我问他到这里几个月了。

“六个月。”他回答得很小声，感觉在南亚如果没有待满一年都不好意思开口。这些人就像候鸟一样，印度签证待满后，他们就“飞”到尼泊尔住段时间，到时候再“飞”回来。

车厢最后一排的座位被人扒得只剩下空架子，我在倒数第二排找到了自己的座位，风从窗缝钻进来，冷得我蜷在座位上，将冲锋衣紧紧地裹住身体。

一位没有穿制服的印度人跳上车，莫名其妙地盘问我从何而来，又查看我的证件。车继续在迷雾中寻找轨迹，阳光透过悠然的森林，逐渐地拨开云雾。我尚未感觉从耸立的高山过渡到狭长的河谷，又忽地闯入一片人类的热带丛林。

度过漫长且无聊的 12 小时，我时而蜷缩着身子昏睡，时而将耳机里塞满音乐，一切都不算太坏，不管怎样我已经到达了印度。当自认为熟悉的印度呈现在眼前时，我却没有感觉太多的兴奋，以前读过的印度文学作品，研究过的印度法典和欣赏过的印度艺术作品，都和眼前的印度不在一个世界。但我还是被震撼到了，当我看到脏乱嘈杂的街道，年久失修的建筑，露天的公厕，满街横走的动物，光着膀子、穿各种颜色毛背心的男子，面黄肌瘦的老人，心里仍会微微一颤，原来我只是活在印度上层的一个蓝图里，而印度的实际，我不甚了解。

夜晚，车缓慢地驶入瓦拉纳西，通过市中心唯一的高架立交，突然坠入繁忙的城市中，视线被成群的 Tuk-tuk[13] 车挤满，耳朵里是汽车喇叭的齐鸣。

在汽车站，Tobi 随便找了一辆 Tuk-tuk 车，给车夫说了一个旅馆，我以为他对这里很熟。但司机耍了小伎俩，带着我们满城地绕，到了另一家旅馆。Tobi 说不是这里，车夫说就是这里，又绕了一圈，还是回到原来的地方，旁边都是黑漆漆的巷子，这里只有一个破旧的大床房，意味着我们不得不挤在一张床上。这时的 Tobi 像只气急败坏的猴子，跳跃着和车夫争吵起来，车夫却显得特别冷静，也同样的生气。

我们都很疲累，而且 Tobi 说他发着高烧，只好勉强先住了下来，用双倍的价钱打发了司机。站在屋顶上俯瞰夜幕中的圣城，不禁怀疑它是否真实存在，还是自己尚在车窗晃动的梦境之中。

13：Tuk-tuk 在印度又叫“Auto rickshaw”，是一种用于载客的人力三轮车或摩托车，价格比出租车要平民许多。

10 恒河

被电视机声、犬吠、训练鸽子的哨声、发动机的轰鸣声叫醒，面对这谜一般的城市，我平静了，曾无数次想象初到印度的感觉，也几乎放弃了签证，她竟然会像个老情人般出现，既熟悉，又陌生，或许我本是个喜新厌旧的人，身在曹营心在汉。

Tobi 在印度和尼泊尔待了半年时间。除了感冒挺烦人外，生活节奏上和我挺对味。第三天我也病了，整晚就听见我俩的咳嗽声，交替进行，像演奏一种特殊的宗教音乐。我持续的高烧，又吃不下任何食物，也说不出来话，便在阴冷的旅馆房间里躺着，想象着窗外发生的一切。

然后便是 Tobi 给我带来外面的信息，是他给我描绘了瓦拉纳西的街道、码头、药店和二手书店。在巴士上他一直在读村上春树的《世界尽头与冷酷仙境》，讲一个与世隔绝的世界。读完后，花 100 卢比去二手书店换了另一本通俗小说，两天后他将它换成了 Lewis Spence 的《神话学入门》，他说书中的遣词造句很晦涩，读起来像本教科书，书也又破又旧，花了他 45 卢比。“也许这将是最后的一次交换，这本书毫无价值可言。”

他听说我在写书，便说可能他也要写书，他有一个博客，我问他从什么时候开始写的，他说昨天，我才想起昨天他告诉我说要去写博客。事实上，他过着简朴而原始的生活，两天才会买一支烟，身上没有任何电子设备——包括照相机和移动电话，更没有信用卡，艺术、爱和大麻是他的全部，和所有远道而来的西方嬉皮士一样，从一个因物质充裕而“堕落”的社会，到一个因物质匮乏而“堕落”的社会。

有次我忽然问起他圣诞节准备怎么过，他告诉我他从未过过圣诞节，因为小时候母亲就去了澳大利亚，留他一个人在英国。他也不信上帝，这么多年上帝也没帮过他，他更接近印度教的神。

Tobi 在寺庙旁边搞到一种可以食用的致幻剂，我问他为何这不违法，他说或许是出于某种宗教仪式的需要，他们使用致幻剂来与神灵沟通。我想到许多原始宗教和巫术常在节庆、仪式和医治病人时使用迷幻蘑菇作为致幻的药剂，让人产生幻觉以得到神的启示，或减少疾病和苦难带来的痛苦。

几日后，我们在恒河边的火葬场附近找到了更便宜的住处，除了生锈的水龙头外一切都好，每日都能看到人们在高喊着锯木头、唱歌、送走往生的灵魂。老人们双目无神，年轻人视而不见，仿佛都对这种仪式习以为常。在死后，不同种姓和贫富悬殊的人，也就平等了，最多在烧的时候多用几块上等的木料、仪式再隆重一些，但无论如何，终究都会归于恒河。人们在恒河边沐浴、更衣，重生和死亡也都一样。

彻夜难眠，病得更重了，未曾想过会被困在瓦拉纳西，看着签期一天天地溜走。祸不单行，我的手机在反复重启几次后，抹掉了这一路上的记录，努力功亏一篑。

我们大部分的旅途都在浪费时间，为了盘缠、时刻表精打细算，生活何尝不是处处如此呢？长期旅行的人们不过是换了个地方做同样的事情，马林诺夫斯基无聊时也曾在帐篷里看了两个月的小说。旅行并不是在比谁有更好的运气，就算是一路倒霉的堂・吉诃德又何妨，就算我不去德里那又怎样呢，我将收获一个月的瓦拉纳西。

清晨，我硬撑着起了床，站在天台迎接第一缕阳光——我又复活了。一对德国情侣在练习瑜伽，他们在中国生活了五年，见到我像见到了同乡，看上去比我还激动。

也许是太久没有空闲的时间看日出，当看到赤红的太阳从恒河中迸出，将紫红色的天空渲染，然后天越来越亮，竟会让我感觉恍若隔世。四周是废弃的城堡、徒然矗立的尖塔和桅杆，不知已过了多少年，这可是一座有着六千年历史[14]的城池啊，想想周围的一切都是那么的古老。

我迈出了门，朝恒河大跨步地走去。瓦拉纳西的清晨日暮清晰可辨，清晨是声音的交汇——小贩的吆喝声、鸽子翅膀的扑腾声、早间电视新闻、红茶摊上炸煎蛋饼的嘶嘶声；日暮则弥漫着木材、粪便、垃圾生火的气味，这里面可能还夹杂有火葬场的烧尸味——火葬好像永远都在进行。有一次我竟然闻到了硝烟的气味，急忙逃离开拥堵的人群，寺庙前荷枪实弹、全副武装的士兵，似乎意味着异教徒随时可能逼近，战争一触即发。

奇怪的是，恒河的另一边什么都没有，与此岸的喧嚣形成鲜明的对比，仿佛那是

14：作者按，事实上现存的瓦拉纳西建筑历史并不长，但看上去依然十分古旧。

恒河之岸，瓦拉纳西

另一个世界，那么这些驳船又将漂向何方呢？通往另一个彼岸？

“一个阶层有多豪奢，另一个阶层就有多贫穷，一边是宫殿，另一边是救济院和‘沉默的穷人’。”——在瓦拉纳西，你能深切体会到梭罗说这句话的含义，贫富是隶属两个世界的，在穷人的地方，你无法窥见富人的影子，正如奢华的场所总是好像大门紧闭一样。街上的人们面无表情，目光总是呆滞地盯着前方，在这里你很难见到胖子，许多人蜷缩着身子，或许是因为饥饿而引致的习惯。饥饿也很难让人情绪激动起来，这里就连争吵都如同低语。在圣城瓦拉纳西，我并没有发现人们表现得多么快乐，街上路人一闪而过的表情，我仅在对生活绝望的人那里见过，也许是因为对来世的解脱寄予重望，才能使他们在现世中唯唯诺诺地活着。

生活在印度，若你不能活得倔强，就只能活得绝望。印度的问题不是靠一纸法令、一条清规便能解决的，这或许是人类共通的诟病和难题。街上争吵的人们，各持己见，有那么多互相矛盾的食物、宗教、天气、贫富，人们又是怎么平衡自己的内心的呢？

四处可见的牛、马、羊、猴、狗、鸟、老鼠、壁虎，像一个勉强维生的集中营，想想他们本来属于另一个大自然，因为人类贪婪的繁殖，破坏了他们原有的生存空间，又或者说城市提供了他们的生活空间，让他们不用再回归丛林，遵循可怕的弱肉强食的竞争，但这样是否又违背了自然规律呢？

1989 年生态学家 G. Scott Mills 在关于鸟类繁衍和城市化影响的论文中提出，由于城镇化增加了人工植被和人工食物等额外资源，鸟类群落的丰富度和多样性反而会因为城镇化而提高。似乎可以解释为何动物们甘愿与贫苦的人们在一个城市里共存。但这样的结果是，动物为保护他们仅有的领地而争夺得你死我活，没有一种动物的眼神看起来是安详的，时刻保持着警惕，因为危险随时有可能降临。南亚诸宗教所标榜的众生平等，是否正因为在这里众生永远无法平等呢？

很多类似的问题依然在脑中萦绕，是不是我应该学会残忍，无视苦难呢？

气温骤降，恒河多雾，天气变得越来越冷，听当地人说瓦拉纳西的冬季还曾降雪，真担心露宿街头的人要怎么度过这寒冷的时令。清晨我总会坐在天台发呆，想想过去的事情，或者什么也不想，喝一杯咖啡，继续完成自己的小说。Tobi 的灵感似乎也降临了，每日不停地作画，时而我们会交流画中的内容——那些抽象的线条和夸张的色块，或者让他支持我奇怪的想法与接连不断的疑问。我们都是生活的理想主义者，在哪儿都是一样的活着。

Tobi 梦见他孤独地坐在船上，一只鲸鱼从他旁边游过。而我梦见通往山上的路都是大龙虾，像伍迪艾伦电影里的几个镜头。他绘出的图案，有时会在旅途中重现，我则经常将梦里的画面写下来，放进自己的文章里。最后我们都梦到了船和飓风，这意味着我们都病得不轻。

有时候我们会一同出门，在路上碰到美女，Tobi 总喜欢打招呼，我说你对谁都这样？他说不，只有离开英国了才会，他的前女友是个嫉妒心很重的女人，他曾两个月不和别的女生说话。不过我并不相信，后来我发现他对每个微笑着迎面而来的人也都会微笑着问好。

在天台上我认识了各个国家的人，他们看起来都很友善。有一次我听他们聊到了中国，仿佛是在说一个遥远的国度，即便他们中有人才刚从北京翩翩而来，他们也不打算和我讨论这个话题，假如从我口中说出来就跟作弊一样。

德国情侣侃侃而谈在中国的这五年——北京的生活、云南的旅行和在内蒙古的高速上堵塞的经历。他们要返回家乡工作一段时间，但坚信很快就会再回到北京，去柏林倒更像是出了趟远门。

一位优雅的英国女士——我第一次感觉英国的人口实在是太多了，到哪都能碰上——喝着同样劣质的速溶咖啡，聊的是全球新闻制度，这样的话题也只有在喝这种咖啡时才会聊，她是中国国际广播电台的前旅行节目主持人，带有新闻主播那种客观中立，对任何事情的评判都不失偏颇。她说她最想去的国家是伊朗，我便说我也是，这时我根本就连伊朗在哪个方向都搞不清楚，怎么去也不知道。

还有一个脸被冻得通红、看上去有些质朴的丹麦高中生 Andy，长得像《丁丁历险记》里的丁丁，常会让人毫无防备地突然笑出声来。他一边旅行，一边赚钱，准备凑到钱后便去大学里学新闻。他总是会找机会夸耀自己的国家——丹麦的经济很好，福利不错，又说自己出生在一个不错的中产阶级家庭，他像那种会时常流露出强烈的优越感、又不愿意多帮助别人、但还甘愿住在廉价旅馆的年轻人。而且，他总让我觉得丹麦的国民还沉溺在若干年前统治瑞典和冰岛的盛世之中。

Andy 看过不少印度电影。印度是个穷人也能存活的国度，但印度屌丝逆袭高富帅的可能只会出现在印度电影里，这是印度电影的一贯套路，换用 Andy 的话说：两个男人争一个女人，最后总有一个获胜。

我说要去伊朗，Tobi 说我是第一个跟他说要去伊朗的外国人——“过去只有伊

小巷，瓦拉纳西

朗人跟我说他要去伊朗。”Tobi 买到一张去拉贾斯坦的票，而我则准备去德里看看能不能弄到伊朗签证。

我们在疯狂地享受着瓦拉纳西最后的时光。我还亲历了一场婚礼，新郎坐在婚车里去迎娶新娘，迎亲的队伍非常华丽，亲属抓着我的手激动地说：“一起跳舞吧！”于是有了欢快的印度歌舞，幸福洋溢。看着这喜庆的场面，不由得滋生羡慕，就在博客上写道：“如果将来结婚，一定要在印度举办婚礼。”写完又觉得这太不切实际。倒是一位好事者给我留言道：“我们结婚吧，去印度！”我说：“孩子你别傻了，你办不到印度签证。”

回到住处，我想起要给 Laura 写封信，拿起笔又只写了个开头：

“停了阵电，你那边已经很晚了吧，以前爱没日没夜的写东西，现在不会了，身体要紧。关于你说的那个问题，我想没人知道答案，有时内心也不听话，像个长不大的小孩。我想像过去一样给你写信，但我没有收信的地址，怕收不到你的回信。远方，它真的像个魔咒，倘若有天我找到了收信地址，会不会人们之间不再通信呢？”

我一直在不停地旅行，所以会无比怀念没有旅行的日子，阅读、写作、约朋友看演出、聊天，那段时间我总想着跑出来。旅行会让原本规划好的生活变得断断续续，现实中棘手的问题，在旅行中更无从解决。当乡愁蔓延时，打包好了行囊，然而回头的路却漫漫，也没有人会在路的尽头。

“他没有告诉他住在西门町有一个最重要的好处，就是当他想起他们时，就下楼到处走，西门町一直都会有人迎着他。跟他一样寂寞的人，都住在西门町来了。西门町是寂寞的人的宅心。”[15]

15：摘自陈升《风中的费洛蒙》。

街道，瓦拉纳西

TAN
BAL VIDYA NIKETAN
AN ENGLISH MEDIUM SCHOOL
C.B.S.E BOARD · PLAY WAY to CLASS VIII
वन्दना
ट्रेडर्स

寺院，瓦拉纳西

恒河边的修行者，瓦拉纳西

शोषण विहीन समता मुलक समाज बनायेगें।
बच्चे स्कूल और बड़े काम पर जायेंगे।
डॉ. शम्भुनाथ सिंह रिसर्च फाउण्डेशन
प्लान इण्डिया

11 预兆

事情都有预兆，但预兆不会空穴来风，有时它像个读心术的吉卜赛人，有指示但是含糊其词；有时它又像个诗人，只念给管鲍之交听。预兆她不会说谎，不会像你那挽留不住的情人。

疾病的困扰刚减退，身上的毛孔依旧被堵塞着，莲蓬里只有略温的水，不过也较上一家旅馆要好，不会从龙头里流出冒着黄色气泡的液体，然后在几道声嘶力竭后，便再没了动静。我不再依赖 Tobi，可以自己出去闲逛，虽然偶尔也会忍着饥饿、额头冒着冷汗地寻路回来，狼狈不堪。最初几日，多与药店打交道，印度的药铺摆满了大大小小褐色、黄色、绿色、红色的药瓶，不同的颜色代表不同的厂商，进而代表不同的价格，同一种药的差价可达十倍以上。药店也分两种，专营医药兼营保健品的，和专营保健品而兼营医药的。而后一种，则很容易落得人财两空。

早就听说这里的旅行社，就像盯紧你钱袋的小偷，随时会趁人不备地捞上一笔。就连街上游手好闲的人，也会随时紧跟着你，按你跳跃的频率，亦步亦趋。所以我早练就了一番特有的节奏，在一阵奋力疾走后，戛然而止，以躲过那些借跟你握手之名而“Hand Massage”（手掌按摩）的人，和死缠烂打的 Tuk-tuk 车司机——他们总有招数让你掏钱。而其他的观光客则多半以更快的速度脱身，甚至只盯着手中的《印度旅行指南》和身上的钱袋，还未来得及看清身旁矗立的宏伟城堡，就已在文字的旅途中完成了对整个瓦拉纳西的徜徉。

“阔里吉瓦”的声音却不绝于耳，潜伏在恒河边闲聊的掮客发现了我，常常会相互之间先用印地语猜测我的国籍，再找寻时机下手。“甲板？甲板？”（意为日本人），“哦——”，长吁一声后终于吐出一句：“阔瑞安”（意为韩国人）。当觉得在游客身上揩油无果后，又转为异常失望和楚楚可怜的表情，让人纳闷——为何这些人仍这么执着，屡战屡败后还高扬斗志、乐此不疲呢？可转而又想，还有人会对金钱感到厌倦吗？

我却依然死性不改，存在侥幸心理，对印度人民抱有天真幻想，这样的想法其实没错，但我们却无法去揣测鱼龙混杂的底层人民的真实想法，更何况人前马后的商人，是唯利是图、见利忘义的啊。

随后我即明白了这种人海战术背后的意义，让人防不胜防。那天我拖着虚弱之躯，走进了一家门面装潢华丽的旅行社。办公室的中央铺着一尘不染的绿色地毯，墙面上一本正经地挂着泛黄的世界地图，一面笨重的“Ajanta”牌挂钟像是殖民时期的产物——让人有种百年老店的错觉。实木办公桌上摆放着一摞干净、齐整的多色文件夹，一杆金色的雕花钢笔插入墨水筒，仿佛把我带回到了半个世纪以前。

室内的空气阴冷而潮湿，夹杂着印度薰香和地下室发霉的气味，一位蓄八字胡、身穿单排纽扣的灰色西装背心的经理——这位可比尼泊尔的唐卡商人看起来要高级多了——瞄了我一眼，高傲的脸上流露出极其自负、敏感的中产阶级表情，说话的语气盛气凌人，似乎此刻我并不是上门的顾客，而是前来求情的雇员。

“我想换点钱。”我怯怯地说道。

“没问题。”

自在苏诺里换汇损失掉一笔差价后，我便多加小心，随时注意着对方以低汇率、课税、计算器等方式蒙骗我，不轻易在街上找人换汇。我小心谨慎地掏出一摞 20 刀的美钞——是之前借钱给一位中国老妇人奉还回来的散钞。这时我尚未适应美钞的质感，摸上去竟如玩具纸片，原来人对金钱的认知也是需要培养的。浑浑噩噩地抽出其中的五张——心想够我在瓦拉纳西花上好一阵了，交给面前这位西装笔挺、彬彬有礼的“绅士”。

“可以了，让我帮助你，先生。”他假装在数钱，“ēk、do、tīn、chār……再给我一张，这里只有四张。” 我紧盯着兜里的钱，脑袋里蒙蒙的，竟然没有看清楚他手上的伎俩，老老实实将第六张钞票递给了他。随后立马感觉不对，明明给了他五张，是他做了手脚。

经理仍不知足，眼睛一直盯着我包里的钱，贪心地说：“你都换给我吧，我给你瓦拉纳西最低的汇率！” 我假装咳嗽不止，接过他手中的钱，低声说了句“谢谢”。

一张 20 刀的美钞不翼而飞。对 Tobi 而言，“20 刀在印度可是个大数字。”我找到他时，他正和一个脸色卡白的荷兰妞在一起。

是的，谢谢你带给我这么有意思的故事。让我想起《牧羊少年奇幻之旅》（*The Alchemist*）里塞勒姆国王向牧羊少年讲述的寓言，大概是说当你看遍了世上的美景之后，你勺子里的油却漏走了。之后牧羊少年果然因注视着美丽的剑，而丢失了所有的钱。多好的一则寓言啊，旅途之中的我们总是顾此失彼，为了下一站的风景而贪得无厌，人生旅途又何尝不是如此呢？

我站在拥堵不堪的街上，注视着来来往往的、依然面无表情的人们，眼前的景致让我昏昏欲睡，我想我需要休息，但何时才能真正放下自己紧绷的神经呢？我大概快忘记要去德里的事情，去那个喜马拉雅山下的小镇摩洛甘济（McLeod Ganj），也几乎忘记了我的使命。这么说来，我倒和保罗·柯艾略（Paulo Coelho）笔下那个牧羊少年一样，无法自己做决定。但眼下的现实却是，只剩下半个多月的签期，放弃德里，还是放弃那些著名的旅行胜地，我必须选择其中之一。

随后我决定将选择的权力交给印度那令人费解的火车系统，如果能让我买到即日前往德里的车票，便听从命运的指引，前往德里。Tobi 的打算则是去拉贾斯坦，事实上他根本就没有打算，瓦拉纳西的火车站一票难求，Tobi 一早便去了在几公里外的火车站，排了一整天队，结果却只拿到一张尚处于“等待名单”（Waiting List）的没用票据，天知道到底要等多久。倘若要是运气足够好，找一家靠谱的旅行社，托人可办上一张加急签。运气不好则很可能钱票两空。

我们于是挨家挨户地去找，终于有一家承诺可当日取票，价格也公道。由于有前车之鉴，Tobi 虚张声势地吓唬了那家老板一番，代理商老板忙解释说自己是做正当生意的，耸耸肩、晃晃脑袋，又将手指在空中绕了一圈——实打实的整间店铺。

几个小时以后，车票送到手里，我们才放心了。代理商还意外地退还了 Tobi 几十卢比，表示弄错了票价，这一天才让我感受到了印度人的童叟无欺、一视同仁。蓝色的车票上印着我的姓名、性别、出生年龄，车型、车次、车厢和座次，当然还有“瓦拉纳西”和“德里”。

晚上，为了网上预订德里飞往伊朗的离境机票，同银行卡的发卡银行跨洋电话了一番，经过无数次的转接、等待、转接、等待后，被告知我的银行卡无法在境外网上支付。大多数机构人员设置的价值就在于，将看似简单的事情折腾复杂，用他们廉价、机械、日复一日的简单劳动，置换掉我们人生中大量宝贵的时间，也许是他们的日常生活实在太无聊了，需要用这样的额外代价，好体现出他们的人生意义。

最后只好让表姐替我垫付了德里至德黑兰的机票，半个月之后的凌晨航班，事情日渐明朗，便决定先到德里再做打算。

昂贵的越洋电话和不确定的 WiFi 连接让我尝尽了苦头，为了通信方便，我下决心要办到一张当地电话卡。

印度的通讯公司也普遍流于形式，办一张普通的手机电话卡，通常需要三天时间的政府部门审核，人工致电你下榻的旅馆，再拨通你的手机，以确认你自己的身份和你父亲的姓名——在印度，“父亲的姓名”或“某先生的子女”是一种身份鉴别的方式，包括护照申请表、纳税表、共同基金、银行账户、大学入学资格都需要确认父亲的身份，有女权主义者和宪法学者曾对此进行过抨击。当然别的国家也有同样的情况，但都没有印度这么夸张，我猜想这或许还有另一层含义，父亲的名字上能更清楚地标明种姓。

这些烦琐的形式比起寻找一家靠谱的电信营业厅来说根本不算什么，当然你也可以找一家代理商，只需付上额外的代理费用即可办妥，但据说有的卡出了瓦拉纳西就不能用了。

起初，我找到一家叫 Uninor 的手机服务商，去了两次却碰了一鼻子灰，墙壁的广告上印着西方 Style 的标准年轻笑脸——牙齿一定要露出来，狭小的柜台里站着的却是个不折不扣的印第安小伙子，我耐心地听完了他用蹩脚的次大陆英文、公式化地背完了收费标准，看得出他很享受背诵的过程，当我同意要办理时，他才提出：

“请给我你的印度身份证。”

“我是外国人。”

“没问题，请给我你的印度身份证。”

我说别的公司不都可以吗，他说你可以去别家试试。他说话时的样子非常诚恳，叫我第二天再过来。第二次去他好像忘了这件事，直接说他英文不佳，无法为我服务。

后来我辗转找到了据说是印度最大的手机服务商、全球移动通讯企业前四强 Airtel 的营业厅。这里没有外国人，柜台职员也不会讲英文。

经理 Pooja 女士——“Pooja”为印度教里一种祈福的方式——热情地接待了我，她是我在印度正式接触到的第一位印度女士，有教养，有着甜美的笑容，身材微胖而性感，时而冒出几个宝莱坞式的浪漫玩笑以示幽默。在她眼中我或许是个冒失天真、尚未步入现代化的东方人。

奇怪的是在印度，要认识一位年轻的、受过高等教育的印度女士并不容易，或许是她们很少形单影只地出现在公众面前，又或许是我树起的防备使得我在人群中缺乏吸引力，更有可能的原因是，印度不同性别和种姓之间存在某种隔阂，这隔阂使得我只能透过 Maruti Suzuki 的车窗凝望着她们，或在德里的某个写字楼里与她们一瞥而过。

在 Pooja 女士热心的帮助下，我完成了形同虚设的申请程序，我又跑了好几趟，直到前往德里的前一日，手机终于收到了服务商的信号。Pooja 帮我拨通了服务电话，用英语和对方说了几句，替我确认了身份，连她自己也觉得好笑，一个操着印度口音的女人，有一个中文男子名和中国的父亲，而电话那头只是例行公事，随即替我开通了服务。我连声感谢 Pooja，她仍以微笑示我，说有问题再给她打电话。

而我即将离开瓦拉纳西，也没有再给她打过电话，她让我对瓦拉纳西留下了好印象。

临别时，我问 Tobi 咱们买的不是假票吧，他说要是假票一定要回来通知他，以免他再白跑一趟。旅馆经理叫作“巴布”，人到中年的巴布长得身材短小，肤色棕黑而眼白发黄，平日嘴里总是咀嚼着槟榔和蒌叶，说话时张开血红色的大嘴，像一只黑色的蝙蝠。巴布并不直呼我名，需要时总是用包着槟榔的含糊口音傲慢地叫我“China”，有一次他聊起对中国的印象：假货和“Made in China”。

“巴布，我要退房！”最后一次，他用标准的印度式英语说道：“No broblem[16]！”

径直走出旅舍，天色已暗，恒河上闪着微光，朦朦胧胧，周围的房屋五颜六色，这或许归功于众多的油漆厂商的广告，比如“Asiapaint”就是贡献者之一，是这些颜料商筑造了这个彩色之城。沿着小巷还张贴着许多旅馆、餐厅和旅行社的广告单，Tobi 曾纳闷为何广告上面只有名称，没有地址和电话。我说这些广告抓住了游客心态，须得你费上一番功夫才能找到——但凡你努力寻找的，都是最好的。

最后回望了一眼恒河，想起当初来时兴致勃勃，觉得她是代表印度的标志，此时兴奋感已失。而我却再次迷了路，背着沉重的登山包，走进了无人的小巷。

16：印度式发音的“No problem”。

SHRI NARAYAN PRASAD
VISHNU PRASAD
Fresh Dryfruits & Pure Spices
CHOWK VARANASI

小贩，瓦拉纳西

流动的小巷，瓦拉纳西

ZXI 521
SPORT

槟榔摊，瓦拉纳西

小吃店，瓦拉纳西

Welcome to
Anjani Cafe
Rs. 30
Rs. 20
Rs. 25
Large
Rs. 30
日本の本屋

印度人模仿的并不是真实的英国，而是由俱乐部、欧洲大爷、印度马夫和佣人组成的童话式国度——‘盎格鲁印度’（Anglo-India）。

—— V. S. Naipaul

12　移动的城堡

误入的巷子里漆黑一团，脚下偶尔会粘连上不明动物的排泄物，别小看这些令人恶心的粪便，在当地可是相当不错的燃料。光脚踏过的人也不会觉得不雅，因为这本身就是自然的一部分。

最糟糕的情况便是将要离开一个地方时，却踏入从未涉足的领域，入站时间、车站距离、交通方式尚不确定，唯一的信息却是来自 Tobi，他只说不用担心，火车准会晚点，到时候你走到那的时间都够了。我急得像热锅上的蚂蚁，头顶冒汗，后悔自己为寻找捷径，竟落入了如此两难的境地。亮着烛光的杂货店、Guesthouse、牛奶摊、茶摊、槟榔摊、小吃摊、擦身而过的摩托、眼神奇怪的路人，陌生的景致里找不到任何线索，又怕上前搭讪的陌生人，让自己陷入更不利的局面。

“朋友，你在找什么？”在交错巷口迎头撞上的印度青年，一句再熟悉不过的问话。此刻没有时间多想，脱口而出：“大路。”他顺手一指。尽管他的初衷可能是想向我兜售什么，或许他在附近有一间可吸食叶子的咖啡铺，但此刻已足以让我原谅了印度，至少他主动帮助了我，并给我指明了道路。有时候，人与人的关系就像一面屏障，若不去追问屏障背后的尔虞我诈，便会觉得世界一片美好，世界上大多数所谓的民主政治也是这样。

终于走到正路上的 Chowk[17]，夜晚来临，平日发狂的 Tuk-tuk 司机此刻垂头丧气，清闲地抽着烟。但我还是立刻被人发现了，像一无所获的猎人窥见一只夜晚出来觅食的野兔，我迅速地被一群 Tuk-tuk 车团团围住，与其说他们包围我，不如说拥挤不堪的路面也让他们自身身陷囹圄、寸步难行。我时常会好奇狼多肉少，他们是怎么平衡他们的利益的，随即便明白当一个人首当其冲地报出价格时，你身后就会不断有人低

17：“Chowk”在印度的语言中有中心、广场的意思。

声下气地压低报价、抢夺客人，而无辜的乘客经常会因他们的争吵甚至大打出手而感到手足无措。

最终我找到一辆人力三轮车，因为车夫们相互杀价、歪鼻子瞪眼的竞争，被迫接受了我的价格，不料走出一百米车夫便反悔了，原来他并不打算拉我，只是担心对手得到生意。我只好下了车，搭上另一辆人力三轮车，马不停蹄地赶往瓦拉纳西火车站。车夫骑得满头大汗，我随即便为这廉价的雇用而感觉于心不忍，但转而一想，谁又能够不受金钱的奴役呢？

此刻再无心欣赏这座夜晚闪着星星点点光亮的城市，沿途经过的一切再度显得陌生，我紧紧握住背包，摇晃在这颠簸不平的路面上。

“Varanasi”的字样浮现眼前，金色的阿育王法轮悬挂在白色建筑的中央，印度的国旗上也绘有法轮图案，象征着真理与道德。视觉符号能增强人们的民族—国家认同，他们甚至将树干上的涂白剂涂上印度国旗的颜色。车站建筑仿佛是一座梦幻的白色城堡，直到你走近它，现实才会将梦境打碎，这是一座移动的城堡，从一个贫民窟，通往另一个贫民窟。

我淹没在突如其来的滚滚人流中，陌生的旅客盯着更陌生的外国人，他们是危险恐惧症候群，每个人都小心翼翼地看护自己的行李，提防他人，无论里面装的是万贯家财还是仅够糊口的干粮。站前广场、售票厅、候车室、站台通道和月台上，里里外外塞满了候车的人，墙上挂着红色 LED 显示屏，像醒目的政策标语，显示列车到站的时间和站台信息，许多人来来回回地看，看了一遍又一遍；站台上的小贩、警卫、无业游民和旅客混杂在一起，一起漫无目的地四处张望。

正巧，眼光机警的猴子流窜在站台的顶棚，从人们的头顶跃过，或许它闯入的是世上最危险、拥挤、流动的场合，但也因此获取了最丰富的食物资源。在印度国家艺术展览馆里，一幅现代油画描绘了这样的情景：趴在国会大厦屋顶的一只猴子，盯着外表光鲜亮丽、暗地里你争我夺的绅士们，弦外之音或许是，讲究公平秩序的人类社会，可能还不如朴实无华的自然生物界来得透明。

我拖着行李，摆脱来来往往穿梭的“沙丁鱼”，寻思其中定会有心存不轨者，他们对食物趋之若鹜，但旅客们都行色匆匆，没人有空闲的工夫招惹我。

之前，许多人将印度描绘成背包客的天堂地狱或终极之旅，事实上印度的旅游服务业再发达不过，因此还滋生了许多以掮客为生的集团。印度拥有着服务全球的第三产业，如果用个简单而粗俗的比喻，印度社会的商业结构应该是这样构造的：妓女—老鸨—掮客—嫖客，妓女是提供服务者，但因为不能直接获取交易资源，需要通过第三者掮客作为中间人。在印度的商业社会里，掮客的作用无论是在正当行业或灰色产业都举足轻重。

这和英国人的统治不无关系，想想在大英帝国统治下的印度，有多少人甘愿充当英国人统治的桥梁。甚至在印度艺术史中有这样一个时期，叫作“东印度公司时期”，艺术家们甘愿被赋予体现英国殖民生活的使命。印度人似乎也不在意，他们拥有引以为傲的多元宗教，神的历史自然地接替了君王们的历史。

印度的火车总是不准时，原本晚上七点十分的车，延误至八点三十分，仍不见到站的迹象，这让我之前的匆忙举动显得十分可笑。Lonely Planet 上说印度的铁路永远别想完全搞懂，瓦拉纳西号称铁路交通枢纽，有上百次列车从这里经过，真好奇印度人是怎么依靠他们发达的软件技术，去调节铁路运输系统的。似乎在这一点上，科技的推动并不奏效，经历了上百年历史的铁路运输业，发展停滞不前，也严重阻碍了其他交通业的发展。记得在《India Today》上看到印度的一个邦，最近几年才实现公路畅通，印度发展的速度实在让人感到惊讶。

躲在站台二楼的冷清餐厅，我点了一份简餐 Thali，正努力地适应着辛辣、粗糙的印度食物。回想这一段时间，虽和 Tobi 共处，我们的心灵和身体的历练却截然不同。最终他获得了禅修的捷径，就是吸食大麻的不同方法——有卷纸吸的、裹上烟丝的、直接食用的、混合酸奶 Lassi 喝的，暂时忘却身后孤独的行星。后来他到达了菩提伽耶，在通往成就的路上越走越远。

印度的餐馆总是让人觉得幽暗，车站餐厅也不例外，仿佛时光在倒退，我在等待一辆回到过去的列车，这辆车上除了我，只有不断上下车的乘客，他们总是莫名其妙地坐上车，又不声不响地换上另一辆；在寒风凛冽的夜晚，一个来自远方的陌生电话，你以为会是这寒夜里的救命稻草，她却告诉你这世界有多他妈操蛋，而从此，她也从你的世界里消失无踪……

终于，推迟的到站时间还是准时的，但离站时间又推迟了。这是趟陈旧的邮车，我预订的是最次的卧铺车厢，印度人最大限度地利用每寸车厢空间——若干隔间，每个隔间有八个床铺，三个下铺可改作座位。床铺是用绿色的人造皮革硬板制成的，没有被褥和枕头提供，床边有一面狭长的镜子，头顶上有一个生锈的风扇。与我相连的

火车站，瓦拉纳西

几个隔间里都是外国人，无座位的乘客挤着一张空床，或横七竖八在地上躺着，更有可能半夜突然醒来后，发现一双目光深邃的男子正在枕边与你相濡以沫。

我喜欢跟不同国家的人做朋友，但在这里，却不自觉地变成了一个民族主义者，从踏上火车的那一刻起，我们的等级就已经被安排好了，你开始猜测不同人的阶级、地位，就像是一场战争，如果你的种姓、肤色让你有点吃亏，那么你一定要在气势上表现出来——我来自高贵的国家、我有一份不错的工作、我来自显赫的家族。否则，你走到哪里都会被人踩在脚下。

下铺的印度人歇斯底里地霸占着床位，像守着什么易失的财宝，岂知这财宝也会随着列车到站而即逝。小孩子们哭闹着、捣乱着，把仅有的珍宝也挥霍一空。床位数是有限的，而车票可以反复地、无限制地出售，车厢自然拥挤不堪。

一帮颧骨平坦的美洲混血儿，像被大麻叶子浸泡过度的精瘦身子，一头乌黑长发，面容苍白、无精打采，眼神游离而慵懒。他们将臭烘烘的运动鞋悬挂在风扇上，不一会儿便挂满了，几乎要贴着我的脸。

讲西班牙语的哥伦比亚人占据了两个隔间，吵吵嚷嚷的，看上去并不十分友好，或许是因为来自另一个被彻底摆脱殖民或者说彻底民族解放的国度。他们在印度享受着白人的优待，有些瞧不起当地人，我夹在他们中间，像个没出息的亚洲小浑蛋，尽管他们所谓的“血统”也没有任何值得称道的地方。

我无法带有任何抱怨，事实上我总是忍气吞声，选择这趟最便宜的邮车，次得不能再次的车厢（不用购票的硬座车厢除外），人们便自动将自己归类为下层“种姓”，也自动地为他人分了类、做了预设，而每个人都表现得很好，自私得恰如其分，只是我来自那个号称“贫贱不能移”的国度，于是又显得做作了。

“在……哥伦比亚……用……比索，美元……相当于……”

哥伦比亚人在和一位高大的黑人背包客费劲地比画着，黑人是来自欧洲的非洲裔移民，操一口流利的英文，穿着一身当季最流行的运动装，当他介绍完自己的国籍后，还补充了一句他非洲的原籍，若是南亚裔移民，估计不会提及他来自哪个次大陆的“族群博物馆”。

哥伦比亚人聊了几句就聊不下去了，遂又改用西班牙语聊天，这回变成黑人讲话吞吞吐吐了，一会儿便无趣地中止了交谈，转而听歌玩 iPad。几个带小孩旅行的拉丁美洲人占据着另一个隔间，其中有一个空位，我礼貌地问是否介意我坐一会儿，头顶微秃的青年厉声厉气地说了句：“不行！”我便自讨没趣地挪开了，感觉自尊心受到了伤害。

“你可以坐这儿，他在开玩笑！”其他的人忙向我道歉，可看上去一点儿也不像是开玩笑。那青年极不情愿地挪出位置，我和他挤了一刻钟，浑身不自在，刚起身，对座的一个年轻人就立刻用屁股收复了领地。

我并非族群歧视，事实上我正在阅读一本巴西作家的书，我热爱拉美文学。用族群划分来衡量别人实际上是最简单、粗糙、愚蠢的做法，但在现实生活中，寻常人们的眼神、姿态、语气中无不透露出对你的肤色、长相、穿着甚至国籍的偏见评判，这种先入为主的判断听起来并非完全没有道理。但实际往往是别人说你是什么样的人，你就是什么样的人，你不停地在别人的眼光中审时度势，最后你就真的变成了那个族群、种族、身份和角色。

夜里的寒气沁入原本冰冷的铁皮车厢，我无法挪动蜷作一团的身体，耳塞里还有声响，音乐一晚上都没有停止。黑暗中从上铺爬下来，摸索着从背包里取出冲锋衣，裹了一层，才又勉强睡着了。旅途的温差变化，使我早习惯了这样的起夜。

“Chai！ Chai！”[18]

清晨被车上的贩售员的贩卖声和口哨声吵醒，他们日夜督促你莫要停止消费。印度的茶摊上都是一次性的陶土杯子，喝完了扔在路边，归于尘土，非常环保，只有火车上才是塑料的。车还是在继续晚点，只是车厢稍微空了一些，原本横七竖八躺满地上的人，早已不知去向。邻座的印度大叔将他过道一侧的下铺拉成座椅，同我分享一半，我的床铺又立即被别人登陆，随后便听到了哼哼的鼾声。

坐下来盯着景物停滞的列车窗外，风吹着树枝来回摇摆，空旷的地面上覆盖着浅浅的植被，画面仿佛是多年前中国的某处城郊荒地，现在早已被无孔不入的地产商篡改了记忆的内容。

车走走停停，偶尔路过小站，大伙儿会一窝蜂地下车，抽烟、活动筋骨，有人跑到远处的早点铺买了一些油炸品，看到列车启动又百米冲刺回来，挠挠头，让油渍黏稠着头发，形成自然的脏辫儿。无论是站在车厢边，或是位于两节车厢的连接处，都有一股不变的骚臭味道，让我无比怀念中国过去的绿皮火车。

当晚点的时间已经变得不再重要的时候，终于到达了让我魂牵梦绕的德里，在来之前有人就跟我打过预防针，说印度的每个城市都有几个火车站，对于这样的告诫我通常会不以为然，若是弄错了车站，费一番周折又何妨，下次再到德里的时候，便肯

18：印地语“茶”，源自中文。

定不会犯错了。但我们的阿 Q 精神，往往让我们在同样的问题上一错再错。

走出新德里火车站，确认无误，按照之前记下的路线，从 1 号站台 Paharganj side 出站，走到“臭名昭著”的 Paharganj 大市场。

“Yes，please！ Come，come！”

在还来不及做出反应的时候，龟裂的手掌、令人怜悯的双眼、永不停歇的车轮、枯槁的街景、污浊的路面……正迫不及待地向我迎面而来。

13 印度之门

"Good price！"[19]

街上游手好闲的人嗅觉灵敏，紧跟我的步伐，和我玩猫捉老鼠的游戏，在我陌生的目光中，透着初来乍到的敏感，无论如何掩饰，一眼便被识破。这里如同 V. S. 奈保尔描绘过的东方："脏乱、盲动、喧嚣、突如其来的不安全感——四海之内皆非兄弟，你的行李随时都会被人摸走。"

Paharganj 大市场像一个背包客博物馆，一位二十世纪七十年代的嬉皮士向我推荐的这里，可见年代久远。背包客挑选住所，如游牧的人寻找水草充裕的地方扎营，在疲惫不堪的旅程后，为了有一个仅容此身的巢穴，费尽周折。

德里是旅行者的一个临时中转站，而并非栖息地，人们从这里北至风景迷人的北印，南下历史名胜拉贾斯坦，东至印度教圣地瓦拉纳西。但凡这样的地方，匆匆留下笔墨的旅行日记都会令人迷惑。无论是旅馆、火车站外宾售票处还是旅行社，人们都积极地配合你焦急的心态。

如若旅馆的老板听说你要常驻德里，售票处的工作人员发现你要订一星期以后的票，旅行社的不良商人觉察到你对这里的一切了如指掌，他们都不约而同地流露出不屑与不解的神情。

我以最快的速度穿过这个市场，事实上超过二十公斤重的背包已让我笨重得像一只乌龟，但还是不断有人会说："嘿，瞧你的包就那么小！"这里的"小"指向的是体积而非重量，不过这让我感到心理安慰，我不用再为我的脊椎侧弯找不到心理安慰而难过，他们或许都比我厉害呢。

当我在一个牵绕着密密麻麻的电线、阴暗狭窄的小巷，按箭头指示牌寻找到预订

19：意为："好价格！"

的宾馆，却发现并不是我之前预订的那一家。

“The same one！”[20]蓄着络腮胡的壮汉表情诡异地说，他看样子是个锡克教徒，但一直披散着长发，像个发福后的金属党，岂不违背了锡克教传统？

“我有预订。”当他看到我这个来自孱弱东方的面孔，一脸疑惑。在萨义德的眼中，“东方”不仅意味着异国情调，还预设着政治权力和偏见。

在这之前，曾有一个骑小轮车环球旅行的长者传我心法：利用有会员评价系统的国际预订网站，可以享受和别人不同的待遇。这位长者戴着金丝眼镜，总爱夸耀自己的履历，对别人则不屑一顾。他曾在青年旅社里对老板大发雷霆，用带有南方口音的普通话抱怨道：“不是每个旅社的房间都有电热水壶的吗？”他总是和一帮号称穷游的城市人待在一起，一同取笑当地人的幼稚和粗鄙，或带着一个像刚从老板办公室掐完架的女性，招摇过市。过了几天，那个长者偷偷地向 Laura 借了一双袜子，说要擦他的自行车。

终于享受到了提前预订的待遇——络腮胡男顿时热情全无，拖长了脸说我预订的是单人间，但他没有单人间，所以第二日最好滚蛋。次日一大早我便将他吵醒，他说等你出去玩回来再滚蛋，结果我那天玩到很晚才回来。第三天我实在不想动弹，厚着脸皮问能否再待一晚，他毫不客气地说：“Impossible！”我只能回我之前预订的旅馆——

“The same one！”

终于能放下背包，躺在不知哪块弹簧断掉、松软而恶臭的席梦思床垫上，睡着了。醒来发现已过晌午，阳光从狭小的窗户里钻进来。《吠陀经》上说“时间是宇宙之上一个溢满的容器”，可我从未觉得时间有满过，可能北半球的冬日切断了我对昼夜的遐想。

打算去在 Lonely Planet 上恶名昭彰的伊朗驻印度使馆打探情况，我扔下那本印度指南已久，也不知道具体情况，满载中国人民对伊朗的美好愿望和向往，和对各国使领馆抱有的侥幸心理。这或许源于网上那些自诩好运环绕的旅行名博的信息，因为偶然得利而信誓旦旦地说所有人都可以如法炮制，尚且不知道自从民族—国家这玩意兴起后——或者追溯到前国家时代诞生之日起，无论是部落还是酋邦，人类社会就再也不如候鸟自由了。

向络腮胡恶汉打探路线的答案必然是：“Tuk-tuk”，言外之意是——连 Tuk-

20：意为：“同一家！”

tuk 都坐不起还不赶紧滚蛋？我只得按图索骥，打开 Google 导航，坐城市交通。当你向印度人询问不确定、解释费劲的地址时，只能得到一个终极答案：“Tuk-tuk”。Tuk-tuk 虽说按里程计算收费，但若不提前谈好价格，车夫会拉着你德里一日游。好在大部分德里人做生意还是挺实在的，跟旅游之城的那种殷勤好客不一样，你用不着猜测他们喜怒哀乐表情背后的嘴脸。

一路问到了伊朗驻德里使馆，却吃了闭门羹，已到关门时间，被告知明日再来。只好漫无目的地往回走，在地铁站边有一块旅游地图指示牌，一对高中生正指着“印度之门”的标志。我死皮赖脸地问是否可以一同前往——碍于外国友人的面子，破坏了他们的甜蜜时光。

原来他们正在度过一个用于散步的节日，人们专程从附近城市赶来，四处游玩闲逛。具体的节日名称我也没细问，一来他们的英文并不能流畅地交流，二来印度的节日太多，对游客的唯一影响便是：旅馆老板会以某个节日为由故意提高房价，或者使领馆、移民局因此借口放假而拒绝受理。

男孩说他是来自克什米尔的锡克教徒，女孩十分害羞，只是有时候向男孩补充几句，再经男孩转达给我。男孩告诉我他的姓名，嗓音太小我没有听清，不过据说大部分锡克教徒都姓辛格（Singh），是狮子的意思。

到了具有象征意义的“印度之门”（India Gate），我并没有立刻被眼前这座宏伟的建筑所倾倒，倒是有一家人过来问我是不是来自中国，其中一人激动地说他明天即将踏上去广州的飞机，到一所大学学医，问我知不知道那所学校，又问我有没有中国的钞票，他想看一看是什么样子。我猜想他连德里都可能是第一次来，若是进入陌生的中国，不知道等待他的会是什么。

印度之门的游客和瓦拉纳西不同，众生的表情充满自信的喜悦，新德里的人多为中产阶级家庭，城市欣欣向荣，具有现代印度的气质，足以满足中间阶层的爱国者们的虚荣心。

再往前走便是王子公园，天空中盘旋了许多老鹰，有一些便停在园区内的护栏上，并不怕人。周围理所当然的是政府、博物馆和艺术中心，走到司法部下属的咨询委员会，门口挂着一条关于保护失学儿童的法令，想到印度时报上的一篇文章上指出中国的城市应该向印度学习市民福利政策。

印度的报刊上经常会提到中印的经济、政治、军事比较，显然是评论员胡诌一通，只求赚取稿费，纸媒的影响力也在日渐微弱，但这些报道读起来却很有意思。印度看中国，正如中国看美国，这样比喻或许不恰当，但印度的报刊几乎每一期都有针对中国的文章，无一例外。

最近几日美国发生一起校园枪击案，《印度时报》便将世界持枪大国做了一个排行榜，枪支数量的三甲依次为：美国、印度、中国，但人均持枪的前三名却是：美国、中国、印度。不知用了怎样的统计数据，印度的人口总数竟超过了中国，而且中国禁止私人持有枪支，这么排序有何意义呢？旨在证明中国威胁着印度，但印度军事实力并不输于中国吗？更或许是意在向民众表达，虽然印度有着强大的军事实力，但人均持枪仍然比不上中国，所以对外是有利的，对内是安全的。

另外，我还在上面看到了一则更有意思的新闻：印度最大的家族企业TATA，不仅涉及钢铁、汽车、通信，还开始做起了军工产业的研发，制造出几十架榴弹炮销售给印度军方，并声称这是家族股东对印度国防的贡献。

当夜晚来临，聚光灯自四面八方照射到印度之门，和许多兜售灯光玩具的小贩们一起点缀了这座广场。这座殖民地时期的建筑，是为了纪念印度裔英军在第三次英阿战争中阵亡将士所立，又名“印度战士纪念碑”，其灵感来自法国凯旋门，现今却作为印度独立的象征之一、新德里乃至新印度的地标。奈保尔甚至将德里形容为“一座以纪念碑为模式打造的城市”，实在让人匪夷所思，但想想若是启用莫卧儿王朝的伊斯兰风格建筑作为首都的标志，岂不是更不对劲吗？东印度公司和英属印度统治时期对印度的影响，已然根深蒂固，以致后来的独立运动、民族主义运动，很难说没有受到这种英国模式的复制，这也就不难理解印度之门的标志作用了。

沿着拉加帕特街（Rajpath）向前走，碰到一位在国防部工作的军官，将我带到汽车站。一路上他不断地问我问题：“你是做什么的”、“去了哪里”、“印度怎么样”，好似要对我知根知底。在印度，即便是在新德里这样国际化的大城市，人们对外国人的好奇心丝毫不会减弱。当然好奇心不过是人类社会的共性，中国人喜欢围观，印度人并非不喜欢围观，中国人围观之事在印度人看来可能略显呆板，因为每日喧闹的印度巴扎[21]上，就是一座天然的大戏台，上映着形形色色的戏剧。

沸腾的德里冷却了下来，这里你看不到瓦拉纳西满街的牛羊，人们顺着地铁线路回到了他们的巢穴——无论大小。但据说德里是一座精灵之城，每栋房子、每条街道的角落都有精灵在徘徊，你见不到他们，但是如果很专注地集中心思，便能觉察它们的存在，听到它们的低语，甚至感觉到它们温暖的呼吸。

21：市集的意思，这里是一个比喻。

次日清晨，我早早便来到伊朗使馆，按好门铃，开门的工作人员检查完护照，示意我将随身物品寄存后可以入内。穿过一个回廊，推门走进一间中东粗犷风格的会客室，地上铺着一张精美的波斯地毯，墙壁上是一幅绘有伊斯兰风格建筑的画。

透过签证处的冷冰冰的玻璃窗，看见里面空无一人。我轻轻地问了一声，隔了一会儿，才有一个小胡子中年人探出脑袋。说明来意后，他便不停地重复问我有没有Number，我装作不知道什么是 Number，但显然这根本无济于事，即使我已经买好了去德黑兰的机票，也不行。据说中国人很容易得到伊朗签证，但后来我才明白了普通中国人在伊朗其实并不受待见。

他费劲地用英文解释了一番，遂欲转身离去，大意是说让我找在伊朗的朋友或者旅行社，去伊朗外交部申请一个入境的 Number，申请过程听上去十分复杂，也没有一定的把握，根本不可能在离境前完成，这些我早都了解过了。我又说中国人可以落地签，能不能通融一下，他便说那么您去落地签，我这里必须要 Number，语气很不耐烦。

我已经厌倦了与不同使馆、不同的签证官打交道，他们千人一面，带有那种孜孜不倦的、国家主义的敏感和不堪一击的自尊，也不想再让可怜的读者们阅读这些枯燥、乏味的琐事，要不然他们对国外旅行的印象便是：

“哦……中国护照！”

印度之门，新德里

人类之所以有理有权地、可以个别地或者集体地对其中任何分子的行动进行干涉，唯一的目的只是自我防卫。

—— John Stuart Mill

14 德里的案件

旅行就是从一个房间到另一个房间，遇见一个人到离开一个人，书本上的一站到现实中的另一站。旅行者们并不需要去太多地方，事实上他可能从未离开，就像智者并不需要读太多无用的书。造物主很公平，只是有人发现了他的使命，有人还在寻找的路上。

如果生活让你无从选择，恼怒也无济于事，你可能因此恨这个世界，恨那些爱恨纠葛。其实，你只需要对它吐吐舌头，一切都会过去的，造物主会驾着独木舟，拥抱赤裸的你。

在德里时，Paharganj 是我经常光顾的一个地铁站，从这里到城市的各个角落。有次我碰见过一个身材高大、方脸阔下巴、戴着眼镜显得很斯文的亚洲人，我开口问他是不是中国人——因为他长着一副出公差的公务员模样，他尴尬地回答说他是一名俄罗斯记者，他想了想又说："我的祖父可能是鞑靼人。"这让我感觉诧异，曾经纵横驰骋亚欧大陆的鞑靼人，竟然在文化上消失得无影无踪。

我在德里的首要任务便是修好 Kindle[22]。自从 Kindle 损坏后——液晶屏幕呈撕裂状地沁入墨水，我便失去阅读中文的机会，这一度让我陷入痛苦和绝望之中，眼盯着手机屏幕里那方寸间的几行字，像窥见什么惊天秘密般的感觉窃喜，但这始终只是权宜之策，而非长久之计。

我辗转在不同的市场，托言修理 Kindle，其实是想趁机呼吸城市里久违的混沌、混浊的空气，顺便淘到一些便宜货。我是城市病患者，若离开几个月就会浑身不适，乃至喝到一杯 McDonald's 的小杯冰可乐都会狂喜半天，若是碰上 Starbucks 则是恩赐。

22：亚马逊出的一款电子书阅读器。

为何我对德里的市场情有独钟？细心的人便会发现，德里的地铁站许多是以市场命名的，如“Bazar”、“Chowk”、“Market”，你在任何一个站下车，步入风格迥异的巴扎，感觉老德里的盛况又回来了。

市场里就连进口货的价格也低得让人震惊，所谓的便宜货都是“Made in China”，样式非常有限，看上去都是滞销好几年的东西，有的比中国国内卖得还便宜。只有电子产品价格贵得离谱，而且大多是转手淘汰下来的。我问过一个与印度做贸易的中国商人，他说有时出口到印度的商品会因为汇率波动而亏本，可见利润并不多。

在印度，一边是富丽堂皇的寺院、教堂、宫殿，一边却是沿街乞讨、眼睛里充满恐惧的穷人，时常会让我觉得不好意思，感觉自己有些麻木不仁。

Nehru 电脑城旁边有一座叫“Iskcon”的印度教新式寺院，休息之余便进去逛了逛，西方庭院的风格，正在装修的宾馆，豪华的陈列室、糕点铺和书店。被一群印度学生团团包围，要求和我合照，还要发到 Facebook 上去，这样的待遇国内少有，让人颇感尴尬。

去过不同种类、风格、主题的南亚寺院，无一例外的便是吸收了西方宗教的元素，比如佛教与科学的研究会、印度教和印度旅游业的结合、反传统的西式庭院风格、嬉皮文化和现代媒介的联姻，这样的创新显然有益于西方人接触东方文化，也容易让人觉得，原来印度不是一个单纯的东方国家啊。

走到旧德里的月光集市（Chandani Chowk），寺庙一座接着一座，应接不暇，仿佛时光出现了漏洞，放映着不同时期、不同国家和文化的幻灯片。

希斯甘吉谒师所[23]（Gurdwara Sis Ganj Sahib）斜对着基督教堂，这是为了纪念锡克教第九代上师得格·巴哈都尔（Tegh Bahadur）而修建的，1675 年 11 月 11 日，他因为拒绝改宗伊斯兰教，而被莫卧儿王朝皇帝奥朗则布（Aurangzeb）下令在此斩首，“Sis”在印地语里是头颅的意思，在德里的另一座谒师所 Gurdwara Rakab Ganj Sahib 里还放着他的身体。

中央浸会教堂（Central Baptist Church）在谒师所的斜对面，是一座典型的欧式建筑，这可能是整个北印度历史上最早的布道团了，建立于 1814 年。锡克教徒的餐馆不远便是麦当劳，往前走是一座气势磅礴的印度教寺院 Shri Gori Shankar Mandir，紧挨着伊斯兰风格的著名建筑红堡（Red Fort），全印度最大清真寺贾玛（Jama Masjid）——“贾玛”意为大——也在附近。

23：“谒师所”（Gurdwara）是锡克教做礼拜的地方。每个谒师所都放置一份《本初经》，并作为经文吟咏、歌唱、阐述等崇拜活动的集会场所，内设有图书室、托儿所、教室等。

当我驻足在锡克教谒师所前，一位身材瘦小、裹着浅黄色头巾的大叔递给我一本英文的宣传册，随手翻开便看见一则有奖问答：只要通过传真或电邮回答关于锡克教的 10 道问题，便有机会获得奖品，奖品是 32 英寸液晶电视、便携式电脑、手机。

“想进去看看吗？”

大叔准备擅离职守，带我进谒师所逛逛。我欣然应诺，依葫芦画瓢地脱鞋放进寄存室，在殿前的水池洗手，戴上用于礼拜的黄色布巾，对着门槛双手合十，用额头顶礼膜拜，再起身迈入大殿。

谒师所的大殿内金碧辉煌，人们装束奇怪，这里挤满了身材魁梧、头巾裹着长发、蓄络腮胡的锡克教男子，按传统习俗还需随身佩戴银镯、木梳和匕首。我突然恍然大悟为何大叔要单拉我进来，如今我的形象和眼前的锡克教徒没什么区别——披着长发、蓄着胡须。有几次在德里街头还有印度人找我问路。

所有的圣迹都需要叩拜一遍，我注意到大殿的中央放置着两台摄影机，演奏乐器的人席坐其间，其余的信徒坐在地毯上默读着经书。锡克教的谒师所完全颠覆了我对宗教场所的认知，清真寺、教堂、佛寺甚至印度庙我去得都很多了，那些过于熟悉的宗教，根深蒂固地影响着我对宗教的看法，但现在就好像突然有一个素未谋面且从未听说的远房亲戚到来，尚不知道怎么开场是好。

参观完做传统美食的厨房后，在餐厅我见到了谒师所的一位管家，老人的身材魁梧高大，面容和蔼可亲，裹着黑色头巾——用以纪念受英国迫害的锡克教徒，看上去地位显赫，坐在茶壶旁边慵懒地眯着眼睛休息。他笑着请我喝茶，和我拍照留影时也没觉得不妥。

这里的圣餐都是免费发放，为了救济穷人，但是男女分开，女人被安排在室外。每人取上一个餐盘，面对面席地而坐——像喇嘛庙措钦大殿早课后的就餐仪式。届时会有人分发薄饼（Naan）、咖喱米饭以及一些湿哒哒的蔬菜，人们双手捧上，以谢神恩。大殿里还可以领取一种味道古怪的甜食，据说吃完它会得到神的祝福。

走出谒师所，大叔将寺院的头巾送给我，让我带回自己的国家。因为脱离岗位一个多小时，他被几个管理员呵斥，只得又苦着脸去给人派发茶水。

临走时，我向他挥了挥手，他背对着我没有看见，但随即扭过头来对我笑了笑。

印度的官僚主义令人失望，这里的机构没有效率，仿佛每个人都信奉“慢比快好”。新德里火车站虽有专门的外宾售票服务处，但实际上要找到它并不容易，你甚至需要横跨整个火车站，绕过一些笑容诡异的不速之客。并且较之普通、空旷的售票大厅，这里显得有些多余。服务处只有四个服务台、一个咨询台，却有近百人在这里排队。没有自动发号机，人们就用椅子、沙发隔成弯曲的回廊，有时屁股还未坐热，便需起身，众人就像流动的多米诺骨牌一样，往前挪一个位置，站着的人坐下，坐沙发的人跳到椅子上，坐椅子的又站起来，场面十分滑稽。

离下班还有两小时，四个服务窗口突然变成了两个，剩一小时时工作人员就开始无可奈何地清场，这种印度式“无奈”的表情即刻变为僵化和无情。我已经拖着饥饿的身子，在这里足足等了四个钟头，房间里只剩下似乎还存有念想的五六个人，其他的人都早已放弃离开，轮到我时刚好到了下班时间。

“我们下班了。”

“您再通融一下吧，就剩最后的几个人了。”其他人都站着看着我，好像他们比我稍微幸运一点似的。

“对不起，系统已关闭，明早 8 点再来！”

他指着单色屏幕上不停闪烁着的光标，不一会儿就没影了，下班的效率倒是如此之高。最后拿到票的几个浓妆艳抹的韩国女生有些幸灾乐祸，深呼了一口气——终于可以走了。后面的人看见我失望和恼怒的表情，或许也从中得到了一丝安慰。

第二天我拖到 10 点才赶到，排在了浩浩荡荡的百人队伍的末尾。

旅途大部分的时间里，就像现在一样，什么也做不了。跨国旅行如果只是一个国家停留一两个月，可能一半时间都得浪费在规划行程、购票、交通、签证、续签和出境上面了，所以我并不羡慕那些长途旅行者，他们不过是在为各国旅游业的蓬勃发展做积极的贡献，当然他们更不羡慕我。

印度的官僚主义还带有一丝阶层和宗教色彩，比如进地铁搜身时，有时会刻意让你为难；出了问题首先看肤色，办事情也要看官员的眼色。不同族群的人当权会多少对彼此起到制衡作用，若你是少数群体，则很难争取到权益。在印度没有信仰是可怕的，你必须时刻彰显出你的身份，包括传统服饰和脖子上的文身，如果你不属于任何一个团体，永远没有人会愿意为你说话。曾听一位功利主义教徒地说起她与生俱来的宗教：我们信这个，是为了必要的时候能够抱成团。这就是印度的传统。

我想到在瓦拉纳西的街头，到处可闻见烧焦的气味，分不清是焚化尸体、焚香或是焚烧垃圾，有时候气味奇怪得像是在点燃火药，再加上看到那些背枪的士兵，让人担心恐怖袭击随时可能发生。

德里倒是没有奇怪的气味，但在所有的公共场所都要设卡，凡进入地铁、大厦、寺院等要进行奇怪的安检，有时则要求打开相机检查，有时是刻意地设置一道障碍——就像法庭中程序的作用，让游客生活在不安或心安的氛围之中。

不过这也难怪，奈保尔先生曾这样描写过英迪拉·甘地后的印度："在印度规模上的贫困，加上它的古代风俗，已经创造了一个深层的暴力和残酷的社会。"有的作家还毫不客气的批评道："在印度，我们的妻子、女儿随时可能受到凌辱。"

不管这些描写是否夸大其词，在我达到德里的第二日，印度媒体就铺天盖地地报道了一起恶性强奸案件：一名女大学生在公交上遭到轮奸。这个报道即刻成为全球的焦点新闻。颇为讽刺的是，就在前一期的《India Today》上还以赤身裸体的女性登上封面，头版是关于色情影片的大胆讨论，一位专家称："看黄片已在小镇青年中被广泛接受，它为性爱中取悦伴侣提出了建议，这没什么值得羞愧的。"许多人认为印度的强奸案是生活压抑的后果。

据报道称，印度每三分钟发生一起针对女性的暴力犯罪，每二十二分钟发生一起强奸案，德里被称作"强奸之都"（Rape Capital），这里的妇女们普遍抱怨缺乏安全感，地铁上也会专设女性车厢，并且实行较为严格的男女分乘制度，以保护女性的人身安全。

紧接着的几天是大规模的游行，地铁车站被封，人们聚集在印度之门，气氛一度很紧张。但我亲眼所见的游行只有一次，是小规模而和平的，人们在横幅上写着"Justice"（正义），发出奇怪的嘘声、口哨声、歌声，几个外国人混在其中，格外引人注目。游行示威在印度，是件再平常不过的事。与美利坚不同，印度式民主是在一个广泛贫穷的社会建立的西方民主，这是尼赫鲁的功绩，虽然英迪拉·甘地之后，民主梦曾被现实打碎，可知识分子们依然相信并坚守着。

对于该案件的报道，印度媒体与中国媒体的侧重点不太一样，中国媒体侧重的是恶性事件本身，而印度媒体的报道则侧重于改变妇女权益方面。中国社会对印度长久以来存在着文化上的误解，就像我们从小被教育说印度人摇头表示赞同或示好一样，事实上不同的摇头习惯在世界上很多民族都有，摆头方式有很多种：八字形、左右摆头、上下晃头等一系列动作——微妙的区别代表的含义则全然不同。

虽然印度式民主多数时候还停留在"民主"本身的字面意义上，但这样一个自上而下的全国行动，让人看到了印度人追求民主的诚意，集体沉默才是最可怕的社会。印度人就像是一个个修鞋的老匠人，零敲碎打地去抚平这块大陆的创伤与裂痕。

终于买到了火车票，接着我去了附近的一些贫民窟，看到了德里的另一面。回去的路上碰到两个在德里大学读工程师的大学生，便搭了辆 Tuk-tuk 顺路将我送回了住处。一路上聊到我的印度宪法论文，交换了对印度法律的看法，也许是受到最近德里强奸案的影响，他们首先质疑了本国法律的不及和司法上的正义是否真实存在，这真是一国之青年啊！

说了这么多印度的问题，不得不承认印度也有许多做得人性化的方面，至少德里是个典范：

一、火车（包括廉价车厢）、地铁、餐馆等公共场所的插座是可以使用的。

二、地铁上专设女性车厢，即便普通车厢再拥挤、绅士们推搡得撕破脸皮、连门都关不上的时候，男性也不会厚颜地挤到女性车厢去。

三、包括小吃摊的商品、公共交通都有明显的价格标签，外国人不用问价格，非常方便。当然，火车站的外宾售票服务处虽然效率低下，却也值得称赞，不仅是因为这里提供英语服务，而且预留了充足的余票给旅行者。

是的，印度的民主是片面的，英迪拉·甘地时代留下的阴影还在——从新德里机场的名字便可看出。但并不能否定印度模式成功的一面，在这么一个混乱、复杂的国度，还努力保留着它的绅士风度，它的未来不容小觑。

整个德里像一块生锈的铁，我且爱这样的真实。

贫民区里拿棒球棒的小孩，德里

15 乘火车

离开德里去摩洛甘济前，我抽空去了趟印度国家艺术展览馆，欣赏着那些五彩缤纷的作品，十八世纪的细密画，画面中年代久远的王子、国王、宫廷、花纹、姑娘、斧头、婚礼、花草、复杂的纹饰、乐器、舞者，一一在眼前呈现，令人徜徉在古老的印度文明世界。许多画作上还镶有绿色珠宝的点缀，看上去十分名贵，有一些却是少见的创作主题，如虎吃羊、打井、训猴——猴站在羊上，羊站在独木桩上，这样的作品大概只属于印度。我临摹了其中一幅象头鱼身的动物像，因为它线条优美，看上去很像中国龙兽的印度版。

在一幅叫作《Mussourie at Night》的画作前矗立良久，画中山上的夜景星星点点，仿佛带我回到了博卡拉，坐在阳台上数着对面山上的灯，我想再好的摄影师也无法诠释出这般宁静和梦幻的场景。

《Mussourie at Night》的一旁是艺术家 Nicholas Roerich（1874—1947）的几幅阴冷色块的雪山，他是一位在印度的俄罗斯籍作家、画家、律师、考古学家，创立了喜马拉雅研究所（Himalayan Research Institute），画作也以喜马拉雅山为主。1925年，他组织几个朋友成立“Roerich 亚洲考察队”（Roerich Asian Expedition），计划进行五年时间的亚洲探险，但在第三个年头这支探险队被宣布失踪，因为在西藏的探险受阻，被当局扣留了五个月之久，限制居住在零度以下的帐篷，后来探险队中五人身亡。

Roerich 的雪山画使我将要冰冻的热血又澎湃了起来，在德里日趋寒冷的冬季里（每年德里都会“路有冻死骨”），我决定继续北上，重返喜马拉雅山。

我在旧德里火车站的一间快餐厅坐着，观赏着忽来忽往的人们，他们像等待迁徙的鸟，在礁石上暂时停泊，谁也不会过问我，人类的好奇心在这一点儿也派不上用场。对面的男子举着韩国品牌的大屏智能手机，用英语骄傲地、故意放大声量地和别人视频聊天，仿佛压抑已久的英属殖民地优越感要在这一刻完全迸发，福柯说语言代表权力，这句话放在印度完全没错。

乘坐午夜的列车，去往印度北部，车厢外的人，行色匆匆，人们惊奇地望着我这个更为东方的面孔。车厢是二等卧铺车厢，比上回的高了两个档次。无心的小男孩，问我是不是一个人旅行，这场景好似很久以前，大概是因为我还在路上的缘故。

卧铺车厢的每个隔间有四个床铺，不通英语的侍者会在开车后送来两床毛毯、两张床单、一块枕巾和一个枕头，车厢走廊上没有四处张望、大声叫卖的列车员，安静得可以容忍戴老花镜的老头在阅读灯下看印地语的书，还有营养充裕、身材肥大的少年咀嚼着零食，和在街上流窜、沿街乞讨的少年相比，显得格格不入。

一位姗姗来迟的、上了年纪的富太，拖着肥胖的身躯艰难地钻进下铺的床位，将手提包放在枕头上，故意不看我们，似乎懂得礼貌性忽视。直到验票的时候，她掏出一个只可显示两行文字的单色液晶屏古董手机，我故意问了句："为何你们可以短信验票？"得到了她英式幽默、印度口音的回答："绿色，环保！"这种幽默一定要寻机表现出来。

她的上铺是一位 NDTV（新德里电视台）的经理，经理的开场白便是："我原以为中国人都不会英文。"——让人分不清是赞美还是贬低的评价。他将 NDTV 的主流媒体地位耐心地给我讲了一遍，意思是你竟然不知道 NDTV？而我又不明白了，像您这样有身份的人，竟然和我们同样挤在一节卧铺车厢，度过一整夜的煎熬。

"您怎么看中国？"我的提问带有西方人那种直接，因为印度的媒体上总是会把中国和美国拿来与印度作比较，我想得到一个媒体人中立的评价，结果却出人意料——"其实我们并不经常谈论中国。但我有朋友在中国工作，总体印象是经济发展很快，跟我们印度一样，但是……"

我意识到我还是有些冒失，我对结果的预设显得有些主观，缺乏提问的经验，就像我们不会在日常谈话中提到印度一样，这样的问题毫无意义。但我想您既然是职业媒体人，应该有和普通人不一样的答案。

"我们印度是世界上最大的民主国家，"他迅速地把话题拉回到印度，"和别的民主国家不同，我们还保留着我们的传统，那就是宗教。"他摆出一副高人一等的姿态，但回答却让我有些失望，我不知道他哪来的这种自信，他的评价有一点太过笼统、太过沾沾自喜了，而且他说的都是意识形态上的东西。

“那么你们中国人怎么看印度呢？”他反问道。

“中国人不了解印度，我们对印度的报道也很少，都是一些游客的只言片语。”我这么说让他的自尊心好像受到了伤害，转而和那位富太兴致勃勃地讨论起印度的宗教来。

我很想告诉他许多中国游客眼中的印度，是一个贫穷、危险的目的地，但我不想过于深入地探讨这个冗长的话题——事实上我们都不想。我们面临着一些同样的问题，这些问题来自人类社会本身。这是两个世界上人口最多的国家，中国的经济发展一部分依靠的是人口红利，但在印度，人口红利不仅仅是带来了经济发展，也有可能是共同贫穷，城市化在加速进行，越多的人，就会有越多的无家可归者。

我看上去有些自讨没趣，便默默听完经理和女士的对话，此类对话是你在长时间的火车旅途中常常听到的那种内容，但他们好像是要故意说给我听。话题始终围绕着英语和宗教对印度人的重要性。他们说英语是印度人的第二母语，所有的电视台都有双语频道，当不同地方的印度人交流时，英语是除印地语外的首选，在高档的场所，英语也被认为是礼貌的象征。然后他们开始重复说一些我已经知道的知识，这些知识在每一本印度指南里都会提到，我甚至怀疑这些知识的缔造者都是一些来印度观光的外国人，其中不乏创作者的一次笔误、一句玩笑，甚至是文化误解，而这些杂乱无章的知识共同构建了关于印度的常识。

令我觉得更有意思的是，经理说印度教并不排斥任何宗教，信上天的一切神，锡克教和印度教没什么区别，他们都是一种宗教。富太还自大地说，印度的多神崇拜在她看来便是，佛教的节日便去寺庙，基督教的圣诞节就去教堂，各个宗教间平等相处、其乐融融。经理点头表示赞同。如果真是这样，那么《精灵之城》中那些惨烈的纷争又作何解释呢？

至于印度人什么都信，我在贾玛清真寺附近的穆斯林聚居区深有体会，德里原是穆斯林主要聚居区，分治后大量的穆斯林迁走，现在很多巴基斯坦、克什米尔人又返回这里经商，街上许多供外地人居住的旅馆和货币兑换的店铺。每到夜晚，清真饭馆里排起了等待施舍的长队，也不管什么宗教信仰的人，只要端上热气腾腾的薄饼（Naan），原本蹲在地上的大家就一窝蜂地拥挤上来，争先恐后地念“兰姆目”。这里的穆斯林无论是丧葬传统、饮食、宗教场所、施舍都和其他宗教有几分相似，有些宗教节庆也会混合在一起过。

当我表明自己是自由主义者时，经理脸色一变，他或许并不理解我在说什么，告诫我需要多了解印度的宗教，之后便不再理我，转而和在澳大利亚工作的印度裔喇嘛交谈。

“您在澳大利亚也这么穿吗？”经理盯着喇嘛露出半袖的绛红色僧服，好奇地问道。

“不，我平时得去上班，工作的地方你知道是什么情况。”我们三人依次显露出惊讶的表情，脑中随即浮现他驾着叉车搬运货箱的情景，喇嘛继续说道：“跟印度不一样，在澳大利亚这样生活昂贵的国家里，我们的寺院是没人供养的，所以和尚也得另谋生路。”

很难想象一个喇嘛只能在特殊的场合才穿着僧服，让我想到在希斯甘吉谒师所曾看到的一本锡克教的小册子——“男人为什么必须工作？”和美国作家 Raymond Mungo 的一本书——“如何不上班地生活”。

“没有袖子不冷吗？”富太的问题让喇嘛觉得有些为难，只好如实回答了一句：“有时也冷，但必须这么穿，这是传统。”

谈话的中止是突然到了夜宵时间，大家拿出早已准备好的食物，我又显得颇为无知地问了句：“这么晚了还没吃饭？”得到的回答自然是：印度人无论何时、无论何地都在吃饭，吃完这顿就睡觉。我想再不会有更多的交谈了，于是将耳机塞上，在深夜的列车上听一首老歌，歌词触动心扉，难道我已提前步入中年？

……

换乘颠簸、盘旋上升的长途汽车，车厢里变得越来越寒冷，当我到达喜马拉雅山下的小镇摩洛甘济，路途中对未知的恐怖，才一下子被皑皑的白雪和清澈的阳光驱赶走了。

在大学的研究所里，我曾对这一带的移民做过一些调查，虽然已经脱离了学术的目的，但一直想找机会过来看看。这里已经完全变成了国际背包客的胜地，旅行者们可以继续过着西方殖民者般的优雅生活，尽管这种优雅可能仅来自对家乡的思念情愫和突如其来的孤独感，而并非对舒适和奢华的满足感。

每日清晨骡马的铜铃声将我唤醒，老鹰在松树间盘旋，晨曦洒满了对面的雪山，我在一旁的茶铺要上一杯“Chai”，然后读一上午的书。这时会有一只名叫“Bingo”的流浪狗跑出来，它的样子其实没那么可怕——在西藏负伤几个月后，终于克服了对野狗的恐惧。有些日子我会去山下的图书馆看书，有时待在屋里写作，有时干脆也什么都不做。我意外地发现这里特别适合写东西，而我在喧闹的德里有时候一个字也吐不出来。

夜晚，隔壁的瘾君子急切地敲开门问我有没有大麻。圣诞节那天他们闹哄哄的，折腾到后半夜，那是这个小镇唯一疯狂而躁动的夜晚。

行吟 在吉卜赛人的马厩 关上时间的阀门 是被我开启的那扇 在孤独中逃逸的人们 睡眠是群山之王 你在酒醉中骑上 奔向故乡的马 你说远方的山 正是你梦中的那座 羌 失声痛哭 忘掉你在异乡

16 异乡人

当你孤独地走着，道路艰辛甚至充满危险，日子枯燥也没人陪伴，但你知道这是你自己的路，你的人生。相信沿着这条路，就能找到信仰、理想和幸福，我必须相信，因为在这个孤独的星球上，每个人都是孤独的。

是啊，每天都有各式的美景相伴，正如保罗·柯艾略写的那样，旅行便是，你踏上这座山去看那座城堡，却发现美丽的景色都在后面错过了，人们想法都相似，他乡的女人更迷人。所以，再绚丽的日落和日出，你也只是匆匆过客，直到你找到了一个真正属于自己的地方。

“谁喜欢做一个永远漂泊的旅人呢？如果手里有一天捏着属于自己的泥土，看见青禾在晴空下微风里缓缓生长，算计着一年的收获，那份踏实的心情，对我，便是余生最好的答案了。”[24]

我很快就爱上了这里的面片，味道竟然和奶奶做的一样，至少从饮食上证明，我注定是个没有家乡的奇怪孩子，老了要是恋家，也得往别处跑。

“我多想回到家乡，再回到她的身旁，让她的温柔善良，来抚慰我的心伤……”餐馆里对座的青年手机里突然响起一首水木年华的歌。那首歌已经好久不流传了。

这里的移民很多来自克什米尔地区，而更多则来自那个遥远的叫西藏的地方。他们待人友好，许多人并没有打算在此定居，还无比思念自己的故乡，思念他们的亲人和爱人。我终于能体会到阅读过的那些文字里，什么爱恨、纷扰、自由、族群、语言、世界观，其实都不重要，所有的一切都归于一个词——乡愁。

说到乡愁，在我这里似乎并不奏效，我是个没有故乡的人，这样说或多或少出于

24：引号里的话出自三毛。

我对游牧情结的热爱。从小父亲就让我的籍贯填上另一个地方，那个地方我从没有去过，也不认识那里的人，我唯一清楚的就是我的祖辈来自那里。但现在我不再纠结了，我学着接受了现实，那个地名曾改变了我的认知，但无法更改我的习惯，更不能决定我的归宿。

而对于那些远走他乡的人，生存是更大的矛盾，为了移居国外，他们常常会被买卖护照的掮客们骗得身无分文。留下来的人或许被认为是某种失败者，到处弥漫着一丝悲伤的情绪。全球的移民面临着同样的考验，即便他们有保留良好的传统，有令人羡慕的声誉，有善良人们的帮助，而且试图像精明的犹太人一样拥有某种掌控世界的能力，却不知道犹太人的精英们在漂泊中学会了如何聚集全球的财富，还能够创造出足以毁灭世界的工具，而不是单依靠在现代社会里岌岌可危的宗族或宗教——当然这是维系认同的支柱，和一帮愤世嫉俗的瘾君子和无关痛痒的观光客们带来的旅游业。

圣诞节，我一个人在山前看日落，旅途中一切的疲惫与不如意都突然释然了。夕阳由红转橙，在柔光中我好像看到一个熟悉的面孔正在向我迎面而来。

“史伯苓教授！”我激动地抓住了他的手。他一脸茫然地看着我，随后才反应过来，我们在兰州相处过两天。他是一位美国的历史学家，每年会来这里的喜马拉雅研究所工作一周，然后再飞回美国。也许是在研究所里待着有些闷，他溜出来到我看日落的咖啡馆写作——咖啡馆的名字就叫作日落咖啡。

“没想到会在这里碰面。”几个月前我们在黄河边喝茶的时候，不会想到会在印度一起喝咖啡。就在今早我还读到他的一篇文章，印度真是什么都可能发生。

“您怎么不过圣诞节呢？”想到今天是圣诞节，他却在出差。

教授摸摸他光溜溜的头，说道：“因为我是犹太人。”

听说我下一站要去伊朗，他便聊起他年轻时也到过伊朗，“我对伊朗印象超好”。那时候他刚博士毕业，从欧洲搭车到了印度，和我现在的路线相反，不过那是二十世纪七十年代的事情了。我很难想象现在风度翩翩的学者过去也是干我们这行的。

“我是真的嬉皮士，还参加过伍迪斯托克音乐节（Woodstock）！”他接着说，“但那个时候，嬉皮士不是什么好词……真正的嬉皮士也不会说自己是嬉皮士，那样显得多没个性啊。”

那个嬉皮士的年代已经远去，现在谁都可以到印度，搭车倒似乎比以前更困难了。第二天早上，他请我去日落咖啡吃了早餐，给了我很多忠告——这就像是你一个人在漆黑的夜里摸索，然后突然有人过来给了你一盏灯，说你这么走是对的。

记得离开摩洛甘济的那天晚上，白雪皑皑的雪山云雾缭绕，抬头见到整条街的喜鹊向我飞来，天空中燃放起天灯——是因为我即将离开的缘故吗？每日互道晚安的杂货店老板娘，让我帮忙写地址的咖啡店小伙，家乡口味的饭馆，图书馆里请我喝茶的女管理员，下班聚在一起踢毽子健身的公务员，整日讨论“深明大义”的茶馆，和雪山下静寂的小旅馆，此刻一一浮现在眼前。

临到开车的点却迟迟不见来车，才被告知返回德里的大巴不在镇上乘坐，一行人在夜色中焦急地找了一辆接驳车，车在漆黑的夜里慢腾腾地往山下开。印度的交通总会给你这样的感觉，乘客们一问三不知，凭直觉你将错过你的班车，没有人告诉你要在哪里上车、几点出发、到哪里下车，但关键的时候总会有人帮你一把。当到了另一个城镇的汽车站，我又兴奋地见到了教授，我知道这次总算对了。教授帮我安排好行李和座位。上车后他戴上头戴式耳机，疲惫不堪地睡着了。然后就是一弯下山的路。

在一次下车休息的间隙，我问他：“您累了吗？”

他一脸困倦，却又不好意思地回答：“嗯，我累了。”

又将度过一个无法安稳入眠的夜晚，车在颠簸的山路行驶，靠在椅背上入睡，做了个梦。梦中的我在火车站，和某一个人在纠结什么，关于远方，关于爱，她的脸不断变换，我拼命想看清楚，却什么也看不清。我终究是个凡人，无法读懂梦的预兆，或许只有在梦中，才是真正的我。也可能这个梦来自我刚刚读过的一本书。

摩洛甘济的旅行，让我明白我无法在这样的地方长久生活下去，曾经无数次向往的地方，总是实现得太过容易。但我还是希望继续做梦，因为我怕有一天也会变成瓦拉纳西街上那些怅然若失的人。

保罗·柯艾略说梦想有四重障碍：一、从童年开始，做的任何事情都被告知这不现实；二、怕因追寻梦想而伤害自己所爱的人；三、经受不起任何挫败；四、无法将其作为一生的志业。

经常有人问我家人对我追逐梦想的看法，我想任何一个拥有梦想的男人，而这个梦想是有益的，是会被家人所理解的。如若违背自己的梦想，遁入现实的洪流，开始也许会带来短暂的利益，让家人和自己看到些许希望，但随着岁月的增长，你可能无法再给家人和自己带来任何值得喜悦的东西，现实的突变却可能随时让你感到困惑，而你不得不埋藏你心里冉冉升起的梦想，于是有了更多的妥协，你怕一旦做出改变，对你已拥有的一切都是一种伤害。

有时会像个孩子一般的迷恋远方，但大部分时间，我沉迷在过去的回忆里——异乡的迷人的笑容，沙漠中的城堡，神秘的炼金术士。旅行者也是魔法师，时间就是魔法。孤独莫过于幸福却无人分享，古人所谓“良辰好景虚设，便纵有千种风情，更与何人说。”所以我将脑中的图景描绘下来。

而旅途中的创作并不是一件易事，首先你无法预知将要发生的事情，其次你无从了解你将面对的写作环境，即便你善于观察生活，又能用记录的方式捕捉到一针一线，但你却不能保证没有突发状况发生。何况人非草木，如若一个旧的情感压轴，又不得不迫使后面的创作退位。旅行让诸事都捉襟见肘，何况创作乎。

生活若是个玩笑，何不乐在其中，旅行若是场演出，何必在乎票房。当你想到身边糟糕的生活，为之奋斗的一切都会付之一炬，旅行让意志坚定的人更加坚定，又会瞬间摧毁你的信念、你所相信的一切、你活着的理由、你被劫持的人生观，而你独自醒来，截取到喜马拉雅的晨曦，你所纠结的一切都不再重要。

晚安，羁旅中的人。

命中注定，你要成为别人的新娘，我选择无悔的远方。——里加

波斯的礼物

A Grand Tour of Asia

他们登上飞机像百鸟般飞向不同的国度，降落在那些对我而言就只是名字的国家或城市。我从来不知道他们到达的那些城市、待在那些城市的时光里发生了什么事。

——骆以军《第八书》

17 阿拉伯海

新年夜对于我来说，仅仅是看着手机上的时钟，那个长久不变的、像液晶泄漏的数字终于变了形状。第二天，望着被清洁工清理得焕然一新的城市，那些睡眼惺忪、一夜狂欢的男男女女，还来不及卸掉被酒精、汗水和不明其状的液体毁坏的装扮，那些一脸失望于世界末日那样宏伟的电影场面未曾到来的惆怅少年，以及清晨一如既往健身遛狗上街买菜、感到不知所以的老年人，我有些茫然失落。

在异国跨年的感受便是，在不同的时间段、莫名其妙地收到异常兴奋的、互道“新年快乐”的短信，你也半认真、半敷衍地回复了事。但直到真正跨过零点的时刻，只有你一个人在那里傻兮兮地盯着时间，由于太晚也找不到在线的人，想象着国内哪个臭小子此刻一定正搂着姑娘在那里呼呼酣睡呢。

对面一对外国老夫妇站起身亲吻，我才知道印度时间的新年到来了，没有倒数计时，我还塞着耳机在忙自己的书稿，大概是由于信号延迟，好一阵后才从机场广播传来迟到的新年问候，播音员用疲惫的登机启事式的声音宣告 2013 年的到来，没有人相互祝贺，大概也是因为国别和信仰的关系，每个人都过着不同的时间。

我想起去年此时，正在参加一场摇滚的跨年音乐会，台上的乐队在自顾自地演奏着，时间不知不觉就过了，也没有倒数和欢呼，人群失望地一哄而散。我觉得那是我最不傻 X 的一次跨年。

我极少选择航空出行，曾在文章里写过：“惧怕飞行，当飞行器的起落架一收一伸，就像针管进入肌肤然后拔出，痛苦的过程不知不觉。”因为签证，我不得不由印度飞往伊朗，这也让我的旅行地图变得支离破碎。自人类从非洲大陆出走，迁徙过程就是放射状的，人类勇往直前，迁入极富挑战性的陌生领地。但当交通日益便利、陌生领地也被聪明的人们改造得日渐适合人类生存后，国界却成为阻碍人类自由移动的首要障碍。是啊，黑猩猩也知道占山为王这个道理。

落地签、航空公司的政策尚不明朗，倘若就在今晚——新年夜，我四肢困乏、昏昏欲睡时遇到任何的突发情况，我将不知所措，还可能因自己不够充分的准备，而陷入深深的自责中。

就要离开"幽暗国度"了，钻进 Paharganj，为喜迎新年的到来，整条热闹的街道上张灯结彩，零售商店、面包房、糕点铺变得比往常繁忙，寺院看上去依旧灯火辉煌。打扮得喜气洋洋的年轻妇女提着大包小包的年货，钻进冒着热气的车厢中。穷苦的车夫微缩在燃烧垃圾的火堆旁，等待那些素未谋面的客人，像等待一个远走他乡的情人。

我匆匆地移动着脚步，找到路边的一间肮脏狭窄的店面，厨师接过皱巴巴的钞票的手伸进刚下锅的炒面，又用手翻动着漂浮在滚烫的油锅里的炸食，这熟悉的场面仍然会令我感到震惊。旁人的饭量不到我的一半，无论是年轻精干的小伙子，还是骨瘦如柴、四目无神的车夫，看着那一双双布满老茧、粘着米粒的粗糙的手，顿时觉得特别惭愧，心里一阵酸楚。

无论如何我就要离开了，不能为他们做什么，除了给予那种源自人类天性的怜悯，和那些知识分子式的、并不畅销的写作——将社会底层的痛苦根源分析和控诉，间接地讽刺和挖苦那些权贵一番，第二天再继续和被我讽刺过的权贵们举杯共饮，并将这些愚蠢、落魄的经历和感想作为令人开胃的谈资。

我将漂移的思绪拉回正在飞速行驶的地铁车厢——我还在为了应该叫作地铁、捷运还是轻轨而纠结。车窗外摇晃的城市光影是我从未涉足过的另一半德里，车厢一侧的空座位下面是黄色的、食物残渣般的呕吐秽物，车上的人们便自动像地面下陷般的让出一段安全距离，临界点后依然是手足无措、面面相觑的拥挤车厢。

我曾在一个四季炎热、潮湿的城市里打工，有时老板会让我抱着一台沉重的、装有四个散热器和水箱的铁皮电脑机箱，坐地铁从城市的一头到另一头。相较于枯燥的店员工作，这种活儿简直是享受。我便待在地下阴冷的地铁车站吹冷气偷懒，和几个身上散发着霉臭的流浪汉待在一起。我时常怀疑眼前晃动的地铁车厢是一出无声的演出，载着一群毫不相干的角色，到达每一个毫无关联的终点。

离德里的城市中心渐远，车厢变得越来越空，到后来也许是走得太远了，地铁站名变成了一个个没有意义的数字。

“新年快乐！”一位身材瘦小、面部皱纹深陷的邻座男子说道，他长得像刚收工下班的三轮车夫，竟然也能讲一口流利的英语。他像个喋喋不休的牧师一般地伸出了温暖的手，此刻即便我再是一个坚定不投入神的怀抱的孩子，也仿佛感应到了神迹的降临。

我已习惯了每日和陌生人斡旋，早没有了防备心理，并非我的心理防线已脆弱得不堪一击，而是我希望能与人为善，不伤害任何一个友善的人，虽然最后我常常是那个被伤害的人。

“牧师”来自遥远的克什米尔地区，据说那里每逢清晰的天气，站在山头上便可望见中国。他说我的朋友你有信仰吗，你信佛教吗？我像等待屠杀的祭祀品般摇了摇头，心里无比忏悔虽然神恩已临，但因我资质浅薄，竟无缘度化。临走前“牧师”塞给我一本缩印版的《圣经・新约》，说道旅途愉快，上帝与你同在。我心存感激但心底却想，不知道上帝是否能保佑我将这本书顺利带入信奉真主的伊朗。

到达最末的一个车站，车厢灯光逐渐关闭，车门开启的方式，很像小时候玩的简易物理开关装置，印度人都是天生的电气工程师，可以瞬间将插座变成一种小型遥控器，饭馆厨师也能兼任冰箱修理。只有零散几位下车的旅客，大跨步地走出空旷的地铁站。

下班的人们正马不停蹄地奔向跨年聚会的地点。在寒风凛冽的站台等了一个小时，发现公交车已经提前停运了。想着若是真的等来一辆公交车倒也麻烦了，估计那是夜以继日的“黑公交”[25]。

碰到两个衣着时尚、当地模样的年轻人，要跟我一起拼车去机场。其中头戴棒球帽、打扮嘻哈的青年上前便跟我说“Man”——但谈到拼车钱的时候就不“Man”了。

“我们也是外国人。”开场白包含了几重含义：首先你别担心，我不是坏人；你别看我长得像当地人，但我可一句北印度语也不会；我们都是会被出租司机宰的那群人。

仔细分辨，他们的穿着、语气、肤色和当 地人不太一样，但又看不出哪里不对。后来他们揭开了谜底：他们是斯里兰卡人，和在美国的家人相聚在德里过新年。

结账的时候，我想以外国人的方式一般是按人头均摊，再大不了就是车费平摊，他俩总共出一半，我也算不上亏。结果他们只丢给我一人份的钱，意思似乎是说：“你是游客，当然是我们搭你的车咯。”

25：参见前面的章节“德里的案件”。

新德里机场 T3 航站楼的陆侧（Landside），发生了文章开头的一幕，我在敲击键盘的节奏中错过了跨年时钟跳动的瞬间，对面是在机场过夜、呼呼大睡的旅客，身体随着座椅的金属扶手自然扭曲；Costa 咖啡店里坐着几位正在跨国旅行的妙龄女郎，家里的老公估计怎么也想不通自己在外拼命挣钱，却只能通过越洋电话和配偶度过新年——“再贵也要打一个电话……”，“再贵也别省着不花……”；还有那些匆匆走过的空中小姐——试图利用各种奢侈品和化妆品来让自己青春永驻的，和即便年轻也要刻意保持成熟装扮的——以配合那些有钱的、想在中年青春焕发、像是为事业耽误了青春的男人的品位和喜好。

我紧盯着那个像股票交易所大屏幕般瞬息万变的公告牌，在短短几个小时内，我的航班不仅登机时间变更了两次，后来索性连值机口、登机口都更换了。因为是廉价航空，值机的窗口写道：“每人只能携带一件行李”，我思索着怎样才能算一件行李呢，航空公司条款里没有具体规定，是附着还是属性？只能以身试法，将腰带迅速解开，绑上电脑与相机包，动作麻利又滑稽，就像是在调情的男人，要在女性面前表现得从容自如，因为前戏瞬息万变，稍一犹豫便会延误战机。

“你去干什么？你的签证呢？你的回程机票？”

临到值机时，行李件数无关紧要，倒是因为签证问题被值班经理来回盘问了好几次，不断重复地说“不行”，这次我有些急了。

“中国人可以获得落地签，麻烦您再确认一下。”出示了回程机票后，他又装腔作势地乱拨一通电话，好让我心理防线提前崩溃。经常跨国旅行的人需要练就一身娴熟的与人周旋的功夫，我接过电话，向电话里的长官申明了一遍相关条款，然后将电话还给值班经理。最终，他向我比出 OK 的手势，同意让我进到空侧（Air Side）。

登机时间却一再推迟，直到即将迎来德里的日出，才跟着一帮远赴重洋的印度劳工们，前仆后继地挤上飞机，他们将护照绑在一起交给其中的工头，像是同时上缴了一沓卖身契。

我终于品尝到廉价航空的好处。旁坐的印度老伯脱掉鞋袜，盘腿坐上机凳，臭气熏天不说，还不断朝我的身上磨蹭，和印度的硬卧车厢里那些歇斯底里、自始至终霸占着座位的旅客没什么区别。飞机降落前他竟然提出要和我换座位，让我坐在他搓满脚皮的座椅上，以便自己能提前下飞机。我完全不能将刚才那位在空中小姐面前儒雅风度、讲话流利的老绅士，和眼前这位粗鲁无礼、贪得无厌的小市民相联系。我左侧那位可怜兮兮的印度劳工却只能在空中小姐嫌弃的眼神中、左右不适的睡姿又不知该如何调节座椅的折磨中、对陌生机舱环境和未来的恐惧中艰难地度过一夜。

当你乘坐公共交通工具，你便毫不知情地、不心甘情愿地和你身边的人绑在了一起。如果比作婚姻，随机座位就好比指腹为婚，你没有任何的选择权，自由选位虽然本着自由婚姻的原则，但你只能在有限的选项中任选其一——如同皇上选妃，这种选择权还会因没有知情权而变得毫无意义。

在没有头等舱的廉价航空内——类似亚里士多德的平民政体，你的自由更加有限，除了可以选择靠窗或者走廊的位置，掌控有限时间内对开合遮光板的管理权外，你拥有的不过是一些名义上的权利。当然人们对于权利的追寻总是多多益善的。

红日冉冉升起，雄壮的阿拉伯海面上霞光万丈，海洋霎时间与沙漠相接，折射出金黄、炽烈的光线，群山叠嶂，山的轮廓在晨曦中若隐若现、变幻莫测，像艺术家用光影手段绘制出的沙画，是我在这颗星球上从未寓目的美。沙迦是一座建立在沙漠中的城市，房屋四四方方，公路笔直没有弯，沙丘一望无际、无限循环。从高空俯视，让人感到在广袤的大地中无比渺小。

飞机在缓缓地下降，四周黄沙弥漫，视线被沙漠吞没，仿佛降落在一座火星堡垒。这种久违的荒凉让我想念苍茫的中国西北。原来自己千里迢迢来寻觅的地方，竟然是已看过千遍万遍的景致，只是蓦然回首，却没有人会在灯火阑珊处罢了。

沙迦机场是阿拉伯航空的驻地，却是一个比英迪拉·甘地机场更印度的地方——看上去印度雇员更多，极其简陋的空侧，甚至不能找到两处以上充电插座。在迪拜帝国未兴起之前，这里曾是一个重要的航空枢纽，没想到未隔几十年，竟然落得如此破败的景象。

不仅员工多为印度人，乘客也多为来自次大陆或者印度洋群岛，让我见识到了次大陆人民的本事，在英国殖民统治时期，他们曾服役于“日不落帝国”全球的业务，在警察和军队中也是排头兵。

机场内几位中国籍地勤用四川话小声地闲聊，书架上放着一些中文版的伊斯兰教著作，封面上是中国西北的回族和清真寺。偶尔也可瞥见几位身材高挑的“金发碧眼”，从奢侈浮华的香奈儿柜台前一闪而过。

一位气宇轩昂的阿拉伯男子，伴着两位娇小貌美的戴着面纱的女人，牵着三四个机灵古怪的小孩，无视旁人的嫉妒目光——一人怎能独享齐人之福？此刻终于明白，为何阿拉伯人让女人蒙面，因为他们拥有世界上最珍贵、易逝的“财富”，故财不外露。

去往伊朗的航班被安排在一个特别的候机厅，里面坐着一些年轻的女子，几位穿着保守的老人，还有高贵绅士般的中年人——长得像电影里的伊朗科学家。年轻女子清一色的不戴头巾，这让我感到诧异，浓妆艳抹，喷上浓烈的香水，香气沁人。伊朗和印度、中东一样，自古盛产香料，在树脂、香脂类香料的使用上有悠久的传统，香水中有一种专门的东方香调（Oriental）就是来自这些神秘国家，所以即便再保守的伊朗，女性依然可以用这种传统的方式“诱惑”你，让人浮想联翩。

航班持续晚点，我有几次急冲冲奔向登机口，都被拦了回来，而其他的人都不着急，似乎也不想着急，甚至有点巴不得晚一点回家的样子。有人过来再次检查我的证件，打电话汇报了一通，这次他们不再为难我。

终于在一阵气流的颠簸后，飞到雾气沉沉的德黑兰上空，临降落前一阵黄沙拂过，吹得看似脆弱的机翼踏踏作响。飞机降落的信号倒不是机舱广播里的预警提醒，而是女子们像接到了一道神秘的指令，不知何时何故突然统一地戴上了头巾。

便是伊朗到了。

我第一个来到落地签办理处，签证官看了眼我的护照，示意让我等一等。

欧洲背包客、巴基斯坦船员、印度商人、阿富汗工人都很快拿到了签证，只剩下我和两个穿得脏兮兮的、不会说英文的马来西亚小伙子。几位欧洲背包客在一旁抱怨道，这是他们办过的最贵的签证——区区 40 美元。

“对不起，久等了。”签证官笑嘻嘻地向两个马来西亚小伙子道歉，让小伙子们受宠若惊，他们一句英文也不会，所以签证官说什么，他们都说“Yeah”，最终签证官给了他们免费的签证，他们最后说了声：“Yeah！”乐呵呵地走了。

我有些看不明白了，轮到我时，签证官的脸色刷地一下变了。我将护照递给他，签证官先指了指我的手表，说让我给他看一看，他把手表拿在手上把玩，看上去爱不释手，一边问多少钱，一边往自己手腕上套，半天不舍得摘下。然后便开始挑我的刺，一个简单的问题要问上半天。

另一个办事官走了过来，像是在问怎么了，怎么弄这么久。签证官对他说了几句，办事官扫了一眼我的资料，拨了一通电话，挂掉电话问道：

“你的担保人为什么是中国人？”

“他们是我朋友，我住在他们那里。”我解释道。

“那不行，担保人必须是伊朗人。”

办事官摇了摇头，把我的资料扔了出来。办事官走后，签证官开始变得鬼鬼祟祟，一会儿好像是要私下帮助我的朋友，一会儿又像是电影里那个走进丽春院叫了妓院头牌的官员，要等我跪地求饶，然后再乖乖奉上贿赂。但我并没有立刻反应过来，继续问道：

“他们怎么不需要？”

“因为他们是马来西亚人。”签证官冷冷地说，似乎是在责怪我不落教。

一会儿办事官回来，见我还没离开，便义正词严地对我说：

“除非你找到一个伊朗籍的担保人，否则我们不能给你签证！” 无论我怎么解释都无济于事，就差金钱能够敲开紧闭的窗口了。我求他再给我的联系人打个电话，那头辗转联系到一个伊朗人，给签证官回了电话，联系人跟我说没问题了，但签证官的表情看似很不高兴，似乎我的举动得罪了他。

“110 美元！”

“什么？”我没听清，又问了一次。

签证官不愿多费口舌，不耐烦地用计算器按了一遍，我才确定没有听错，欧洲人 40 美元，马来西亚人免费，而我需要 110 美元。

我还惦记着戴在他腕上的手表，无奈地付了钱。签证官只给了我短短 15 天的签期，算是恩赐。离开的时候，我厚着脸皮要回了我的手表——他装作一副没事的样子，以为我忘记了。

我红着脸奔出了签证处。入境处的长官对我说：“你好吗？”我勉强地笑了笑，不敢得罪他。行李提取大厅里的人都走光了，我的背包被扔在了地上，松松垮垮的，上面都是土。我来不及检查，灰溜溜地走出机场，叫了一辆出租车，司机关上车门，说了一句：“恭喜发财！”

此刻我还想着我那 110 美元。

出租车司机像是在跟自己怄气一般，疯狂加速，穿过一片灰茫茫的城市，毫无生气的水泥钢筋、废弃的建筑工地和只剩半垣的墙垛。戴着“Magne”的妇女，涂着浓厚眼影，眼睛里散发着冰冷的目光，让我想到了“冷艳”一词。一切都笼罩在冬日的烟雾和阴霾之中。

我身上没有任何的伊朗里亚尔，让沙发主下来接我，他没有跟司机讨价还价，似乎认定即使被宰，也是理所当然的。

伊朗妇女，德黑兰

没想到我在德黑兰的初夜竟是一个舞会——后来我才明白了它的珍贵。这是中国留学生的一个新年聚会，我被包围在一大堆的性压抑症候群中，看见一团荷尔蒙冉冉升起，他们细数着回国日期时的表情，就像是病友们在讨论一件能何时出院的乐事。仿佛回国就意味着身体里堆积的蛋白质会在飞机落地那一刻统统倾泻。

年复一年的旅行，光阴像移动飞行器的船舱，在舱内的我们看似在太空中缓慢地漂移，实际上船舱却在飞速地行驶着。岁月在做着抛物线运动，一年中总会有几天过得特别的快，一生中总有几年一晃而过。莎士比亚说："时间会刺破青春的华美精致，会把平行线刻上美人的额角，它会吞噬稀世珍宝、天生丽质。没有什么能逃过它横扫的镰刀。"

而生命不论怎样度过，都是遗憾的。

18 德黑兰的故事

子曰："危邦不入，乱邦不居。"当听到我要去伊朗的消息，多半的人以为我疯了，当然疯狂对于旅行者们来说在所难免。世界历史上如果没有几个疯子的存在，也难以造就现在的模样，福柯（Foucault）不就写了一本书叫作《疯癫与文明》吗？再就是危言耸听，在一个全球一体但信息依旧封闭的时代，很难不被卷入这样的话题："那里的人民还在战争状态吗？"

是的，伊朗军事化教育的特征明显，中学课程里便有 AK-47 的组装和使用；街道和巷子以烈士命名，大街上张贴着烈士的画像；实行严格的义务兵役制，国家随时处于备战状态，在偏远城市还存在枪支泛滥等问题。但伊朗乃至中东也不完全是战争状态，新闻总在宣传自我正确的同时，揭露世界各地人民都在水深火热的战乱之中。传媒不是在神话一个国度，就是在摧毁一个国度。

各人眼中的伊朗也不相同，宣传伊朗无限美好、天朝和波斯帝国友谊长存的，认为中国人在波斯享受超国民待遇的，沉浸在自我意淫、自我陶醉的观光客思维的，和那些莫衷一是的、旨在区别"我们"和"他们"的历史学家，共同构成了我对波斯的复杂印象。

当降落在德黑兰这座偌大的迷宫，一切的想法都失去时效，在格子里的人们各自寻找着出路。在这个缺乏酒精和夜生活的纯净世界，城市闪烁的车灯是花期里的失语者，寂寞的人们来到高速路的高架桥上，让飞驰而过的噪声将自己与现实世界屏蔽。

代先生赞助了我在伊朗的住宿，他是一家合资石油公司里工作的中国人，令他引以为傲的是他的护照上共有五个国家的签证，其中的伊朗、叙利亚、古巴均被美国列

骑摩托车的行军礼的人，德黑兰

为“邪恶轴心”国家名单。

他热爱在伊朗的工作，但又同时抱怨生活受到诸多限制，至今无法融入伊朗社会，有时还会被人跟踪，伊朗的同事们虽心照不宣地知晓谁的身份是秘密警察，但因为畏惧权威或出于国家利益而缄口不说。

“伊朗的能源至少能维持一百年。”代先生满怀自信地说。安拉赐予了伊朗丰富的资源，也因此引来了祸端。从石油贸易争端、两伊战争、经济制裁，到将来的资源枯竭，都与他们的黑色财富息息相关。

近年来由于国际社会的制裁，伊朗的经济持续下滑，但因为经济社会存在棘轮效应（Ratcheting effect），短期内伊朗仍然处于一个高消费低收入的状态，要支撑如此昂贵的城市生活，终有一天会是使这个国家陷入贫困的根源。

“我们是世界上最富有的国家，却过着近乎赤贫的生活。”人民的公开抱怨也主要来自经济，伊朗里亚尔对美元的汇率下跌得很厉害，他们已支付不起日益涨价的进口商品。汇率的优势现在却让外国人觉得伊朗物价异常的便宜。政府时而以严格控制签证的手段，阻止更多的外国人涌入伊朗抄底。

各国因消费习惯、风俗等差异，物价没有一个统一可供判断的标准，但通常可以用一瓶 500 毫升的可乐来衡量当地的物价水平——所谓的“可乐指数”，在伊朗超市里 1 美元现在可以买到 5 瓶可口可乐。若改用“天然气价格指数”，伊朗就会沦为地球上物价最低的国度。如果用某国际品牌啤酒的价格作参照，那么尼泊尔、印度、伊朗（仅限走私）和一些中东国家都会被列入物价昂贵的国家。

可口可乐无疑是全球化最成功的品牌，即使是对美国品牌嗤之以鼻的国家，也不反对可口可乐的流通，甚至会成为当地的一种文化植入。这个曾经随着美国军队而推向世界各地的饮料，迄今只有朝鲜和古巴没有进口——或许他们有别的什么配方。

性别的问题是显著的。在德黑兰，满街妇女佩戴的黑色察朵[26]显得井然有序，让人颇为诧异的是为何这项试图隐藏女性天然性别的做法，竟然作为法律规定存在着。英国人类学家玛丽·道格拉斯（Mary Douglas）说，危险即是失序。在 1979 年革命之后，伊朗便将公共场合行为的宗教限制纳入伊朗法律体系当中，女性如果没有遮蔽头发和身体，将会受到严厉的惩罚。这种惩罚很可能是来自男性的“合法”性骚扰。

但这显然不能抑制女性们通过其他方式张扬女性的特征，波斯女人的眉宇和腮红画得很重，凸显轮廓，优雅高贵。但有时又感觉过于艳丽，如旧时波斯帝国的皇宫，

26：一种伊朗的头巾。

显得媚俗和浮躁，因为金雕玉琢的宫殿在知识分子眼中，不过是一种奢靡和肤浅的象征。

曾和一位浓妆艳抹的年轻波斯女人约好，去北部巴扎的一个小餐馆吃饭，我没有什么约女孩的经验，但显然我选错了地方。她的眼神嫌弃地斜视着周围的人，显得十分憎恶和坐立不安。

“我不喜欢这里，穷人的地方。”我惊奇地看着她，很难在脑中构造出她那在南部贫民区的小屋里抽着烟、叉着腰骂脏话的母亲，和这里的一切有什么冲突。

而其他的伊朗女性都和我相处得不错，她们有着天生的幽默感和豁达的天性。

Zahra 是我认识的第一个当地的女人，一来二去我们就成了朋友。她不是伊朗人，来自邻国阿富汗，是代先生的女儿在德黑兰大学的同学，学英美文学。开始我还有些顾忌，但后来熟了后，发现我们有很多共同的话题——这些小秘密只属于亚洲人，陌生感一下子就消失了。我喜欢她做的手抓饭，那完全就是新疆的味道，夹生的米饭混着胡萝卜，上面再放上一块白煮羊肉。我自豪地说我也会做，她不太信任地看着我。后来，她一有空便带着我在德黑兰满街逛，到那些城市的角落拍照。

在沙发客网站 Couchsurfing 上我接到一位生物科学女博士 Fa Ka 的邀请，约在一间德黑兰文艺青年和艺术家们聚集的咖啡厅。在伊朗，女孩的教育程度普遍较高，高等教育似乎也成为逃避婚姻、逃离这个国家的一种方式。

当晚，一辆 SAIPA[27] 牌老式轿车开到我住的楼下，整条街安静得只剩下引擎的声音，车窗隔绝着热气，Fa Ka 在里面示意我赶紧进来。

当我钻进车厢，香水扑面而来，电台里放着小提琴音乐，三个蒙着纱巾的陌生女子，睁大眼睛上下打量着我。这气氛让我又惊又喜，随着引擎的声音再次响起，我就像是被劫持一样，逃离了这个城市的边缘。

我承认当时心中尚有一丝顾虑，之前的遭遇让我不得不对所有的陌生人保持警觉，但随即便被美丽大方的姐姐 Rahil Ka 迷住，就算真的被劫持也心甘情愿了。他们可爱的小侄女 Mah Sa 不时问我一些好笑的问题，弄得我哭笑不得，还在我的笔记上画了螃蟹和八爪鱼。

咖啡店装修得更像一个风格独特的酒吧，放着加州旅馆的音乐，打扮得格外绅士的男士们和为数不多的女士们说笑着，谈吐优雅。当人们觑见我这个东亚的面孔，似乎在猜测我来自哪个遥远的东方国度。

几位女士轮番对我提问，好像我是一个载着阿拉丁故事的说书人，令我有些受宠若惊。我在采访者与采访对象之间不断地角色互换，并且随着伊朗旅行的深入，这种

27：伊朗第二大的汽车制造商。

感觉愈演愈烈。他们渴望了解外面的世界，其炙热的渴望强于我想了解他们，他们热爱外国人，因为他们可能没有机会被当作外国人。

从踏上伊朗的那一天起，你的感官就始终处在矛盾的临界点，你既相信你所见到、听到的一切，又即刻对此产生怀疑。比方说伊朗为了控制国内的媒体和舆论，只有为数不多的官方电视频道、审查严格的报刊和经过筛选的网络内容，然而家家有卫星电视、用 Facebook 已是不争的事实——又据说秘密警察会悄悄地将卫星电视收走；伊朗禁止酒精饮料，但不含酒精的啤酒却是合法的，人们也学会通过古法酿制不同的美酒。

再比如伊斯兰教法禁止同性恋，伊朗《刑法》第 110 条将同性恋判为非法，成年男子间如若发生同性行为，将面临绞刑处决，未成年人亦会遭受 74 次鞭打。然而又因为这是个男人的国度，男性理所当然地享有更多自由。曾在地铁上碰到两个化妆的男子，背着挎包、打扮时尚，迎面走来香水扑鼻。两人一颦一笑，不时拉拉手指或在大腿上互掐，细微的小动作像是情侣间的打情骂俏。我的一个南京朋友在伊朗旅行时，甚至受到过同性的骚扰，一个坐在桥上抽烟的老头摸了一下他的屁股，邀请他去楼上的房间。

据说伊朗女生最青睐的男性是韩剧中的“欧巴”，她们的审美和我们似乎是互补的，许多人抱怨自己的鼻子太高、眼睛太大。至少在长相上面，不同的人种没有孰优孰劣，只有喜欢和不喜欢。

伊朗妇女，德黑兰

19 流动的盛宴

伊朗人对外国人过度热情。对于一个曾经高高在上的民族来说，这样的殷勤好客总让人觉得不自在，那种热情就像是要努力挽回他人的同情心和对惨淡的经济所做的一些补救。但我相信他们是发自内心的，救赎也好，虚荣也罢，我们也曾有过那样的一段时间，见到所有的外国人都仿佛是“远道而来的朋友”。

Couchsurfing 是一个提供旅行者与当地人交流的平台，当然也不乏一些混迹其中心术不正的陌生人——哪里都有耗子屎，和以此为媒介寻找赚钱机会的投机者。我在上面登了一则启事，最后我的邮箱都快爆掉了，不断有怀揣各种目的想结识我的人，有做导游的、倒外汇的、做买卖的、语焉不详解释不清楚的，我都一一回绝了。有的人表现得就像是一个刚迈出校门的、诚恳的求职者，让你于心不忍。

最后我还是败在了我的仁慈上，我在德黑兰的第二次 Couchsurfing 经历简直糟糕透了。

我坐在一个自称工程师的同龄男子的 SAIPA 车里，车飞驰在外环高速上，窗外漆黑一团。我不知道他要开去哪里，也不知道有什么惊天秘密要和我在夜晚行驶的车上讨论，当你搭上一辆莫名其妙的车时，你便开始担心身上的财物，并且检查电话是否畅通，但这似乎并不能减缓你的焦躁情绪。你只能寄希望于车能快一点停下来，因为这中间的一分一秒都是煎熬。

“首先，我想问你一些私人的问题，希望你不要介意。”他说道。

我说你赶紧问吧，心想倘若不作答，是否会被抛弃在这世界第 19 大城市的远郊。

“你父亲是做什么的？工资怎么样？在中国算富裕吗？”

代先生的善意提醒果然奏效，波斯人喜欢刨根问底，这些答案会很快传遍德黑兰的每个角落。

如果你是富二代，他们还可能因此嫉恨你，倒真有可能被劫持了，又不是没有过类似的先例。我恰好不是，便如实回答，但他仍然不愿放弃：

“你的母亲呢？你呢？谈谈你，尽量详细点，说说你为何会有钱旅游？”

当下我像是被审问了一番，一个接一个的问题让我应接不暇，虽然支支吾吾，想搪塞过去，但心底并不畅快。况且，世界上最尴尬的事情莫过于跟一个从不旅行的工程师谈你的生活，我的旅行让他迷惑不解，当然探知我的想法并非主要目的，他显然更关心我的经济收入、家庭年收入、中国工程师的平均收入、我的置业情况，然后趁机从你身上捞上一笔。

当他知道在我身上可能毫无所获后，便直截了当地说他想要我的银行账号，方便他在淘宝上进口广州的灯具。

“每次也就几千元人民币，伊朗的银行效率太低，要拖上几天时间。”

我不相信他的鬼话，有种被人利用的感觉，看来他早已有图谋。我想直接说我凭什么帮你，这对我一点好处也没有。但此刻我尚在他的手上，车还在高速上，越开越快，我又有点担心他的驾驶技术了。车窗外霓虹灯闪耀的德黑兰电视塔，显得格外孤艳，不过此刻我已没有工夫欣赏。

这是基于某种胁迫的承诺吗？按照伊朗的法律，我是否算是被绑架？

“我拿不出那么多钱，你是工程师，你比我有钱。”我诚实地说。

“见鬼的工程师！”他开始抱怨他的收入，每月只有两千元人民币，还得养房子、养车、养家。

“那你是怎么拥有你的房子、车、家庭的呢？”我反激他，然而连这些我都没有。

他轻蔑地看了我一眼后说道：“安拉帮助我。” 这让我回想起几天前在街上有人拽着我，要我给他一笔钱帮帮他。我的回答也是：“安拉会帮助你。”却遭到了他的白眼，他问我：“安拉是谁？我的父亲？母亲？女儿？他会给我饭吃吗？”

最后我碍于情面地说：“下车喝一杯吧。”想缓解下紧张的气氛。他却很不耐烦地敷衍我，意思是我很忙，你最好赶紧滚蛋。正好我求之不得。

工程师把我放到了我上车的地方，我灰溜溜地穿过广场，感觉肚子和心里都空荡荡的。在德黑兰的街头，有时候我会感到害怕。一些不良少年会愤怒地冲我喊：“Fuck you！”有一次他们甚至叫嚣着向我冲过来，我赶紧夺路而逃。

这让我更加迷惑了，他们究竟是友善的，还是假装友善的？

代先生向我坦言：“有些伊朗人不喜欢外国人。”伊朗曾在国王礼萨·巴列维的领导下，和西方国家没什么区别，1979 年伊斯兰革命爆发以后，当地人对外国人的态度陡然改变，特别是美国人，他们认为美国人夺取了他们祖先留下的财产。现在的情况又有些变化，他们开始拼命想到国外去。一些伊朗女人找了外国的男友，代先生承认有些人是为了钱或者出国，但最后男友一个人回国了，这对伊朗女人来说是致命的欺骗——她们可能因此终身不嫁。

伊朗并不偏安，早在几千年的帝制时代，和中国就有千丝万缕的联系。这两个古老的帝国有许多惊人相似的地方。不过伊朗的末代皇帝是 1979 年才下台的，比中国晚了许多年。在德黑兰的古勒斯坦皇宫（Golestan Palace），你能看到许多中国明清时期的瓷器，被放在显著的位置，说明过去的皇帝很喜欢东方的玩意儿，这些瓷器有中国官方赠送的，也有外国公司定制的，中西合璧。皇宫里还有同时代各国的钟表、百科全书、国王的玻璃画像、陨石、潜水艇模型等珍藏。

丝绸之路上曾经人来人往，在新疆三四千年前的干尸里，就发现了古索格代亚纳人（Sogdian）。而现在帕米尔高原上生活的塔吉克人，也被认为是古波斯人后裔。这些联系不单纯是商品交易，传说萨珊王朝的后裔皮鲁兹（Pirooz）和孙子泥涅师（Narsieh）得到了中国皇帝的保护，皮鲁兹被封为右武卫将军，还学会了功夫，泥涅师被封为左威卫将军，娶了一位中国公主，最终客死他乡。

在文化上两国就更难分彼此了。我曾和 Zahra 深入讨论过这个问题，越聊越觉得神奇。例如，我们都有一样的手相学，对生命线、智慧线、感情线的判断几乎相同。但中国人左右手代表的前世与今生，和波斯人截然相反，婚姻线也不同，中国人是看小指根部掌侧，波斯人是看食指根部掌侧。另外，波斯人也有十二生肖，只不过动物的长相极其符合当地特色。据说十二星座的划分也和波斯历法相吻合。而且，我们都试图通过古老的诗句去预测未来，中国的《易经》被认为也是诗歌，伊朗人则遵从的是哈菲兹（Hafez）的诗，这些诗句时常从古籍中爬出来，依然在指导着我们的生活。

当然这并不能代表印度就没有一样的手相学、十二生肖和占卜诗歌，我想说的是，在没有互联网的时代，世界就是紧密相连的一体，中国龙的图案也会出现在伊朗古建筑的瓦片上。

从印度到伊朗，你会发觉伊朗整个就是更加“贵族”的印度，各自博物馆里几世

纪之前的艺术就那么的相似，还有舞蹈、肢体语言、习俗，甚至一些通用的词汇。在地图上，你会发现这两个国家那么的接近，翻开历史书你就会忽然明白，古波斯与古印度文明的边界其实并不明显，接触、融合比我们想象的要多，特别是当两者都属于同一种宗教或政权的时期，这种交流就更加的畅通无阻了。

说太多的历史、文化、宗教有些抽象，伊朗有一些独特的魅力是令人无比羡慕的。上天一直就不曾亏待过这块富足的土地，伊朗人懂得生活，但凡稍微富裕一点的家庭，汽车、洋房都是必备的，如果你走到伊朗富人的家中，便像发现了“宝库”，波斯人对奢侈品尤为钟爱，从星期五市场上那些烦琐的银器便能看出。有钱的家庭总是金碧辉煌的。

另外，和其他国家的穆斯林不同，伊朗人的家里是可以悬挂画像的——有球星、明星照片，还有一些伊朗的传统画，上面通常绘着相拥的一男一女，旁边是一只鸟和一只羚羊，地上是石榴、酒壶、乐器。我甚至在一个家的客厅见到过达·芬奇的《最后的晚餐》，画中描绘的是耶稣和十二门徒的故事。

我继续在 Couchsurfing 聚会上寻找着线索，不久我便参加了一个周五晚上的讨论会。

我们约在一个偏僻的市郊公园餐厅见面。市郊公园的布局与中国北方常见的公园无异，小径、树林、假花、打架的孩子、下双陆棋的老人——棋盘上绘有一位美丽的公主。根据词典上的解释，最早的公园就诞生于波斯，好奇这样的公园是以怎样的路线传播的，以保持不同的地方格局一致。一堵墙上还贴着一张印刷粗糙的胶纸广告——一个李小龙打扮的波斯人在腾空劈腿，看来皮鲁兹会功夫的传言确有其事，若不是上面印着波斯语，我还以为是国内某乡镇市集上张贴着的“常年招生”的武校海报，有时候我真打算打电话过去问问。

聚会的主办者姗姗来迟，我们都快在餐厅门外冻僵了，耳畔又响起代先生的忠告——波斯人从来不守时。这个波斯人个头不高，看上去文质彬彬的，戴着金丝眼镜，领着一位年轻但画着大浓妆的女士。很快他便将迟到的责任完全推脱给身边的这一位“Lady”，理由是“Lady”要优雅、风度翩翩，所以只好放慢了脚步，随后他便自我陶醉地笑起来，但这似乎一点也不好笑，也没有人想笑，那位“Lady”难道完全听不懂他在说什么吗?

与会者们是一群看似文明礼貌但思想却有些粗鲁的游客，很快我便有如坐针毡的感觉。聚会的另一位主持人是一所培训机构的英语老师，有着瘦长的脸、冷峻的表情。此刻他仍感觉像是一位老师，让每个人依次用英语发言，讲一个关于沙发客旅行的故事，然后轮番评论。他看上去非常强势，常打断别人的谈话，牢牢地掌控着话语的主动权。

“金丝眼镜”先讲述一次他的沙发客经历，在非洲旅行时被骗去给人代孕，识破后仓皇逃出。他说得有点炫耀的意味，又耻笑了一遍非洲的贫瘠，这一次还是他自顾而笑。

英语老师说他最近刚接待过几个印度人，“在网上接到一个印度家庭的请求，结果真的接来了一家人！”于是他哈哈大笑起来，其他人也嗤笑着表示认同，一伙人以嘲笑印度人而获得了广泛共识。另一个人补充了一个古老笑话的波斯版：“印度人总用‘波斯人来了’哄吓小孩，因为印度曾被波斯的国王统治过。”[28]我隐约地记得波斯不是也被阿拉伯君主统治过吗？自然没有人提这茬，人们可以不负责任地、思维局限地存活在自己理解的世界里，而“他们”只是作为强化集体意识的辅助材料罢了。

这样的聚会一般没有什么实质内容，也不能提出任何旗帜鲜明的观点，它的唯一好处便是，印证你对事物的看法，引述一些重复、过时的理论，来证明你们是一类人，地球是一个村庄之类的老生常谈。尽管你的生活并不尽如人意，全球化没有一份稳定的工作来得实际。

还真的有一位伊朗人是奔着工作来的，他显得非常的坦诚，又有些神秘。此人在澳大利亚、叙利亚、芬兰等国家都待过，有一次在某国工作时从山上摔下来摔坏了腿，才被迫回国养伤。具体的原因我没有听清，但每当我想问时，就立刻被他强烈的求职欲所压制。他记下每个人的电话号码，在一张密密麻麻的纸上，不放过每一种潜在的工作机会。

“伊朗有大量的年轻人失业，我也是。”但他看上去年逾四十，已不再年轻，还想拼命地挣脱这个国家，想到这我又为他的身世感到可悲。

颇为讽刺的是，这个国际人士讨论会，除我之外只有一名来自挪威的外国人，他说他只有22岁——我可一点也没看出来，他蓄着浅黄色的大络腮胡——或许是出于安全的考虑？——让人对他的真实年龄产生怀疑。今年他来了伊朗两次，至于是为何来他并没有具体说，只是说欧洲人赚钱很容易，辛苦上几个星期，便可在亚洲旅行一年。据说欧洲人泡妞也比较容易，他们只需摆出高人一等的姿态，便能在所到之处所向披靡，有学者称为“性殖民”。

28：这里并不准确。

中国人的“性殖民”或许在历史上也曾有过，就像杜拉斯小说中的那个来自中国的“情人”。如今中国人在伊朗也存在这样的情况，女孩喜欢有钱的中国男人，并愿意跟他结婚，只为嫁到中国。但我对这种说法表示怀疑，事实真的是这样吗，还是只是我们在言语中自我陶醉式的意淫？

讨论会的结束是因为地铁快没了。我侥幸地搭上了最后一班地铁，却还是在换乘时错过了另一班。这时候突然有人从背后喊我的名字，人生地不熟，发生这种小概率的事情还是怪吓人的。我表情错愕地转过头来，只看见一张完全波斯人的面孔，才想起是几日前在地铁上认识的一位在广州做生意的商人，他打车送了我一程，最后坚持要付车费。

“再见，朋友！”我脑中深深地萦绕着他手机上那张在广州天河体育场踢球时的照片——标准的伊朗式笑脸。

伊朗大概是世界上拥有最多假日的国家之一。伊朗法定的周末是周四、周五，来伊朗的第一个周日碰上德黑兰的空气污染日——德黑兰隔三岔五就会因为雾霾而全城放假，第二周又逢某个伊玛目的祭日，两周共计上班8天。

而我的签证只有两周时间，本来打算一拿到土耳其签证便前往土耳其，但土耳其驻德黑兰的使馆告诉我要到边境上去签，为了稳妥，我又跑到伊朗的邻国亚美尼亚的使馆去搞到一个三周的签证，以防实在去不了土耳其，还有缓兵之计。因为领馆们老放假，这一来二去就花了我不少时间，最后只能寄希望于伊朗移民局，看能不能再留我半个月。

伊朗的行政机构办事效率向来低下，僵化又无情，我跑了两次都被拒之门外，过程颇为艰辛，眼看就要无果而终了。

“没有人在德黑兰续到过旅游签证，”其他有经验的旅行者告诉我说，“他们根本就不会理你。”看来是我太乐观了，我经历过了几次挫败后，反而让我更加坚定，就当作一次锻炼吧，也没有其他退路可选。

第三次去移民局时遇到了在伊朗工作的中国人陈先生，当时我背了一个牌子有点冷门的摄影包，又留着一头长发，他说看我的架势以为我是派驻中东的摄影师。我能办下“基本不可能”的续签是搭了他的便车，他的伊朗翻译看上去完全不想帮我，虽然似乎只是举手之劳，但应该没那么简单。

“听着，我说你是陈先生的朋友，帮你把材料送进去，但签不签得到就看你个人的造化了。”他想了想又补充道：“你什么都别说，别告诉任何人是我帮你送的材料。”

我忙说谢谢。说完他和签证官嬉皮笑脸了几句，将我的护照和陈先生的材料一起递了进去。

但机敏的移民局长官还是发现了我想浑水摸鱼，把我叫进了办公室。

“游客不能续签，你回去吧！”

“我是陈先生的朋友，他能够作证。”我指了指那个翻译。

长官用波斯语问了他一句，他点点头。长官又用英语问了我几句，将我的材料转给了他的长官——一位中年女士，她瞄了一眼放在一旁，出去后又回来翻我的材料，问我为什么来伊朗，又为何要续签。我便将给之前的长官的话重复了一遍，并讲了几句客套话，表明我很希望继续探访这个历史悠长的国度之类。

“如果你能保证下不为例……”

女长官打断了我的说话，翻译在给我使眼色，意思是说赶快答应吧。

“下不为例！”我说。

女长官在申请表上签了字，我有些激动地说了声“Merci”[29]，然后赶紧拿着批条回到签证窗口，付了20美元，多批了我15天的签期——比那110美元的落地签证合算多了。

陈先生坚持让翻译开车送我，翻译很不情愿，说这不是他的职责范围，但陈先生说，这笔费用算他的，翻译才像捡到金子一样突然对我热情起来。下车时，翻译装作要帮我指路，把我叫到一边又鬼鬼祟祟地警告我说：

“记得别说我帮过你。”

陈先生就要回国过春节了，我们便约好一起去德黑兰南部的贫民区拍照片。之前我也到访过一次德黑兰的南部，是因为我在地铁上遇到了一个Azari[30]族的会计，他对我说：“往南走吧，那里有你要找的地方。”他应该对那一带挺熟的，还告知我具体在哪几个站下车。我想既然要去德黑兰南部，那就先去最南边吧，于是便乘坐轻轨到达最后一个站。一路上景色愈渐荒凉，偶尔路过几处废弃的工厂，矗立着一排大烟囱。到终点后我傻眼了，站外是一块空旷的工地，不远处还有一座巨大的伊斯兰建筑，我和这个伊斯兰建筑共度了一个下午。

办好签证后，我便想找时间重访南部，我问Zahra，但她死也不肯去。陈先生倒是爽快地答应了我，和我深入那些不知道会突然冒出什么东西的巷子，这里没有游客，

29：伊朗语“谢谢”，源自法语。

30：指伊朗阿塞拜疆族，也作“Azeri”，但“Azeri”是阿塞拜疆人的统称，故后文统一按伊朗当地写法写成“Azari”。

我看到了那种我熟悉的眼神——警觉、新奇或冷漠，和在任何一个中西亚国家都能见到的平房、街巷、商铺——但也看上去整整洁洁的，倒让我感觉正常了许多。

经济、失业问题似乎在这里一点儿也没有，人们口中的性别、族群隐患也看不出来，更没有那种危机四伏的迹象，这里的人们要求非常简单，那就是生活，全世界都一样。而对那些生活有了保障的年轻人，他们开始向往更好的生活，移民似乎是唯一的捷径，而这条路并不通畅，即便他们最终到了伦敦、巴黎、纽约、多伦多，他们却还是伊朗人，活在伊朗人的圈子，只不过那里没有人管你，你想干吗就干吗，有的人又觉得过于清闲了，开始想念那种在大巴扎里一群人围着观看马戏团戏剧的热闹，于是又开始循环。

陈先生说他曾在一个南太平洋上的岛国生活过两年，工作外的其余时间挺无聊的，打牌、喝酒，也没有社交，几天便可见完岛上所有的人。偶尔开车出去兜兜风，下午6点准时出现在海滨浴场，纵身跳入海中，游到精疲力竭。

到伊朗前，我怀疑过继续写作的意义，我热爱西域，无法理性地控制这种情感，而且没有事先多去了解，也缺乏了解的途径——我完全是误打误撞地到了这里，也许是随波逐流，也许是因为之前说的大话。当我冷静下来，砸碎那些情怀，践踏先入为主的想象，我在现实中变得茁壮。

我的前世或许是一粒尘埃，今生才会漂荡在这广袤的疆域，在撒哈拉，在塔克拉玛干，向着我来的方向，回到了祖先之地，看到仗剑征战的将士，波斯公主的回眸……

20 伊朗艺术家

我在 Couchsufing 上约到德黑兰的一对艺术家见面。在黑暗的车厢里会面年轻的视觉艺术家 Mehdi Fatehi，他身材并不高，戴着一副马里奥式的眼镜，下巴刮得干干净净，嘴里叼着一支短小精悍的国外品牌香烟。他看上去有一点疲倦，事实上我也是，我问他为何刚完成工作，今天不是纪念某个伊玛目的休息日吗？才突然想起来，对自由艺术家而言，工作和休息之间并没有界限。

来到这对伊朗的艺术家夫妇家中，门口铺设的一张从伊拉克带回的手工地毯，是妻子 Farzaneh Hoseini 和伊朗传统乐团赴伊拉克演奏时带回的旅行纪念品，她曾在乐队里担任手鼓，她说伊拉克的建筑感觉与伊朗相差了半个世纪，在萨达姆统治期间，他不希望看到人民过上富裕的生活。房间里有一张关于伊朗著名艺术家 Parviz Tanavoli（Hoseini 曾做过几年他的助手）雕塑展的孤本海报，现在是 Mehdi Fatehi 的收藏。另一边是一些 Mehdi Fatehi 自己的海报作品，其中最醒目的一张是 2005 年一支摇滚乐队的演出海报，设计这张海报的时候，Fatehi 正在 Azad 艺术与建筑大学上本科，那时候还是温和派的上届总统哈塔米在职，艺术家还有更多自由，所以允许在戏剧表演中穿插摇滚演出，可现在好光景已不再。

Fatehi 从酒柜里拿出私酿的啤酒——这需要先从商店里购买一瓶不带酒精的啤酒，然后自己灌入酒精，放入阴冷的储物柜里一个月。Fatehi 从一个朋友那里学到酿造方法，便琢磨着自己做了起来，他说伊朗人家里大部分有自酿酒，街上也有醉鬼，但若被发现，将受到教法的严厉惩罚。我问他你身边有被惩罚过的人吗，Fatehi 说没有，倒是 Hoseini 说她有一个叔叔被抓住过，Fatehi 惊讶地问：“是吗？”Hoseini 无奈地说道：“是。”

漂亮的 Hoseini 裸露着胳膊坐在沙发上，穿着黑色的短裙，一双绿色的长筒袜，与她平日工作时的照片迥异，那时候她像一名戴着防毒面具的化学实验员，也与她出门在外的打扮不同，那时候她和街上千千万万的波斯女人一样。音箱里播放着伊朗的古典音乐，Hoseini 用高脚杯盛上啤酒，杯中顿时像装着一杯年代久远、名贵的红酒，举杯，两人互道干杯，动作优雅而浪漫。他们共同生活了七年，在一年前决定结婚，搬到了这里的新居。Fatehi 就在这个屋里架构出自己的工作室，有画板、扫描仪和双显示屏的电脑，而 Hoseini 则在城郊的工业区和另一个雕刻艺术家合租了一间屋子作为自己的工作室。

房间布置得西方化。开放式厨房连接着客厅，厨房里有双开门的冰箱、咖啡机、微波炉，四个炉头的天然气灶，上面炖着一个热水壶；客厅里摆放着一台作装饰的旧式打字机、一个装满艺术类书籍的书架、一张工作桌、三面沙发和一张摆满果盘的茶几；沙发对面放着韩国品牌的液晶电视和 DVD 机，电视柜上是各个国家的电影影碟，其中夹着一张中国艺术家艾未未的纪录片。

客厅里还放置着许多 Hoseini 的雕塑作品，她惯用的元素是伊朗传统竞技项目 Zurkhaneh 中的木棒 Meel，Meel 象征着权力和暴力，在某些雕塑作品中它是媒体的话筒，或者购物袋中的商品，有时它是食物，有时它又是扭曲、零碎的物体。不是所有人都知道她暗指什么，“或许他们知道，但还没有找我麻烦。”有的评论家也指出那其中有色情的成分，因为木棒很像男人的阳具，Hoseini 觉得这种理解很荒唐但也很有意思，她也尝试过在作品中加入裸露的女性，这在伊朗本土的艺术家里，是非常大胆的。

“操蛋的国家！”Fatehi 嘬了一口酒骂道。有人告诉我说伊朗的上层人士有他们自己的生活，也有人向我抱怨说这个国家是蠢蛋统治的，但对艺术家来说，在这样的国度里生存，是危险而艰难的。好在他们可以通过 Facebook 了解外面的世界，他们的作品也在世界范围内逐渐变得知名起来，名声在外，得到许多欧洲收藏家的青睐，生活得不算太差。

“事实上我和许多伊朗年轻人不一样，我并不喜欢美国”，Fatehi 想去欧洲转一圈，特别想在法国生活上几年，为此还专门学了法语，准备去那里留学，也成功拿到了邀请。可时下签证的问题难住了他们，为了得到欧洲的签证，大概花去他们 2000 美元，通过使馆里的掮客走捷径，但直到现在依然没有拿到。

说到出入伊朗的签证问题，Hoseini 说她一个在中国生活的亲戚，还有几个月便要生育了，但亲戚的家长一直办不下来中国签证，直至临产前两个月才拿到。伊朗也没有太多西方人居住，一是西方人活动范围非常有限，比如无法从事教师职业，只有澳大利亚的使馆才有外国人教授英文；二是签证和安全问题。只有一种情况是例外——通婚，Hoseini 的一个婶婶嫁给了一个墨西哥人，墨西哥人可以半年居住在伊朗，半年返回墨西哥，这种情况我也在伊朗碰到过几次。我讲述了这一路上办签证的艰辛，让他们觉得有些天方夜谭，感叹道："世界上原来还有中国人和我们一样难办签证啊！"

Fatehi 在音箱上播放了一支叫"O-Hum"的乐队的音乐，说这大概是德黑兰第一支摇滚乐队，他很喜欢他们的音乐，还去看过一次他们的地下 Live 现场。虽然 O-Hum 的许多歌曲是将传统的诗歌通过摇滚乐表现出来，但这样的演出依然是不允许的。

伊朗人也喜欢整形和文身，有隐蔽的地下文身店，年轻人也只文在衣服可以遮盖的位置，至于整形，波斯人不同于东亚人，东亚人希望眼睛大一些、鼻梁高一些，而波斯人则希望眼睛不要那么大，鼻梁不用那么高。

谈话的一部分时间里，Fatehi 和 Hoseini 安静下来，听我聊那个遥远的东方国度，讲它的人口、风俗、历史和现状，他们时而表现出惊讶的表情，时而点头认同，说我们面临着一些共同的问题。Hoseini 甚至问我："中国有伊朗那么大吗？"Fatehi 忙说："当然。"然后打开手机中的地图，找到那块绿色的区域，Hoseini 露出惊叹的表情，我突然注意到地图上好几块熟悉的地方都被啃掉一截。

两旬酒后，我们的谈话变得更加轻松，谈论着看过的电影，伊朗的、韩国的，谈论彼此的旅行和将来的旅行，谈论我现在的写作和脑中的下一部作品，讨论不同国家语言的形成和相互影响。Fatehi 表现出对中文的兴趣，还向我请教了几句中文，我说中文的难度在于，这不是一种易于交流的文字，它有简繁体两种版本，两种的书写形式都不同，而且都有相当多的使用者；它也分古文和现代文两种，如果你要通晓中文，那古文的起承转合也得掌握；中文有上万个"字母"，其中不乏生僻字，"字母"又组成单字词、叠字词、三字词、四字词，变化多端；外国人最难掌握的便是多音字，这一点上毫无规律可循，有时候我们自己也容易弄混。

忘了交代这次见面的起因，我们通过 Couchsurfing 认识后，Fatehi 一度邀请我去他家喝一杯，我到德黑兰每日事情繁多，也就将他的邀请搁在一旁。但就在前一天，Fatehi 发来信息说要我帮忙，我第一反应便是，不会又是让我帮忙为中伊贸易牵线搭桥的吧。

原来最近 Hoseini 接受了一家叫作《*Art Looking Magazine*》的中文杂志采

访，对方寄来电子版，但是他们看不懂中文，问是否可以让我翻译，我随即答应了Fatehi。这本杂志总共采访了八位伊朗艺术家，采访 Hoseini 的标题为《我对政治不感兴趣》，标题意旨很明确，将政治和艺术撇得一清二楚，但 Hoseini 的作品毋庸置疑就是谈论政治的啊。她对这个标题有点吃惊，随即“不怀好意”地笑了笑。

报道是通过几位伊朗艺术家和女性的视角透视伊朗的现状，通篇的观点都是经济是下滑的、政治是不好说的、人们是勇敢的、艺术是共通的，这与伊朗文化人乐意展现出伊朗的这一面相似，但我想原因远没有这么简单。在我看来，伊朗更像是一条湍急的河流，在这头取一点水，在那头倒上一点，人民被摆弄着，偶尔趋之若鹜，偶尔亦步亦趋。有时候，从报道中得到的答案是出人意料的，可那些都是伊朗人心知肚明的，或有前车之鉴的。但是一旦涉及大是大非的宗教问题，即使得到不一样的答案，也会被告知：“请不要写上去。”

最后我们共用了晚餐，Hoseini 和 Fatehi 的用餐时间是错位的，这取决于他们的工作时间，只有偶尔在晚上才能统一起来，而普通的伊朗人普遍在十点以后吃最后一餐，推算起来，还刚好平衡了一整天的用餐时间。晚餐一半是西餐的沙拉和土豆泥，一半是伊朗的酱和饼，饭后再喝上一杯类似酸奶的饮料“杜格”帮助消化。我怔怔地盯着屋里五彩缤纷的艺术品发呆，问自己：这是在毫无生气的冬日的德黑兰吗？

在 Fatehi 送我回去的路上，我悄悄告诉他说，你很幸福，有一个和你有共同兴趣的妻子。他说是啊，她很优秀，我们在一起有七年时间了，我们在共同成长、互相影响。我感慨道，在中国谚语里有“七年之痒”之说。事实上，我还有很多问题想要问 Fatehi，但是我没有问，对于一个伊朗艺术家来说，他已经承受了太多的东西，我不想再让他谈论这些。

事情都有两个面向，毋庸置疑，伊朗是一个政教合一的伊斯兰共和国，宗教拥有至高无上的道德权威，是公共生活的最高准则。但它又同时拥有中东国家里较为开放的媒体政策、获得过 300 余项国际奖项的伊朗电影、虽不合法但家家都私装的全球卫星电视，和已渗透进年轻一代生活方方面面的互联网——甚至因此而引发了 2009 年的“Twitter 革命”。

虽然这看似是一个宗教和政治高于艺术的国度，但在艺术领域，像 Hoseini 这样直接表现和批判现实生活的艺术家和艺术作品也是有生存空间的，这些冲突是他们创作的源泉，无论我们再老生常谈地抱怨伊朗对自由的限制、女性的地位、族群的冲突，而多数时候，无疑这是媒体的声音人为地放大了个案。无论将来伊朗的未来走向何方，我相信，至少艺术是不会消亡的，因为它寄托着人们对美的热爱和向往。

后来我在逛星期五巴扎[31]的时候碰到一位伊朗作家，花白的头发，看上去60多岁，打扮也挺像个作家。我在旧货摊上找到两个用来装鹅毛笔的古董笔盒，但他非要说是他先发现的——这个市场上的人买东西就跟抢似的。后来他发现我是个外行，因为我问他该怎么分辨品质好坏，便对我说："这两个都不算品相好的，我上次看到一个更好的，但那人开了天价。"

我好奇他买来干什么，他说他是个写历史小说的作家，每年都会有作品问世，我便问他有没有写过非波斯语的版本，他不耐烦地说道有很多，英语的、法语的。我想在世的有名伊朗作家或许都能数出来，他显然是在抱怨我的无知。只见他紧紧地抱着那两个笔盒，像淘到宝似的，两个笔盒可能比他的年龄还大，应该也是某位贵族或学者遗留下来的。

他说你可以买一个电影卷片机，或者一台老式的闹钟，但千万别跟他抢这两个笔盒。他用波斯语跟那个商人讨价还价后，终于心满意足地成交了，然后才颇为得意地跟我说，如果是真货的话，这将非常珍贵，而且他马上就能用上。

我想跟他了解更多的东西，比如我很好奇他是哪本书的作者，又不想让他发现我是一个业余的采访者——我对波斯语文学几乎一无所知，简短的交流后，他说他很忙，就抱着珍爱的笔盒匆匆离开了。

在德黑兰你时常会碰到一些稀奇古怪的人，有次在爬山的时候我还遇到过一个老飞行员，长得有点像萨达姆，他锻炼时的行头也全副武装，戴着飞行帽、飞行镜，背一个军用行李包，着绿色的军装，他说他在两伊战争期间是一位飞行上校，但他一点也不像已经退伍了的军人，倒像还处于全民皆兵的时代。

在山顶我平静地欣赏这座城市，世界第19大城市——德黑兰，黑夜来临前，灯光像营火般冉冉升起。

31：德黑兰的二手市场。

情侣，德黑兰

伊朗小女孩，德黑兰

21 她在伊朗长大

Zahra，26 岁，阿富汗人，在伊朗长大。

就在四个月前，在她租住的“家”附近，那个位于德黑兰城乡之交、密布着黄灰色块建筑的区域，她被几个陌生的伊朗男人当街拦住，辱骂，用随手的木棒、拳脚交替殴打。男人们看上去三四十来岁，眼睛里仇恨的情绪高涨，叫嚣着波斯人的种族优越论。路过的市民冷漠地、似笑非笑地冷眼旁观，没有人制止，也没有人伸出援手。有人甚至用手机拍摄下这血腥的场面，嘴里嘟哝着从未见过男人对女人施暴，兴许能传上 YouTube。

她拖着伤痕累累的身体，惊恐而绝望地走向警察局，该向谁求救呢？她想到半年前扔下她、非法移民土耳其的父母，他们或许也自身难保。没有人可以依赖，她只拨通了一个最熟悉的室友电话，让她取来自己的护照，交给面无表情的警察。几个警察用猎奇的眼神看着她，不屑地瞥了一眼她的护照：阿富汗斯坦。顺手将它扔出门去，用 Meel 一般的警棍指着她厉声地说道：“滚！”

滚，在这个残酷无情的世界上，她又能去哪里呢？去依靠她已成家的姐姐？去找那半工半读的弟弟？或者去投奔刚刚被土耳其政府收纳、不用再露宿街头的年迈的父母？还是继续回到自己住的那条街？“不！”这辈子也不想再回去。

她想到了死，但这个念头一闪而过，作为逃亡到伊朗的阿富汗难民后裔，早已习惯在寒风中、在冷嘲热讽的夹缝中艰难地活着。

当她向我倾诉这些时，浑身颤抖着，唯一能做的事就是放声哭泣。她已经四个月没有回家了，即便是那个简陋得只够容身、仅有过短暂几年残碎回忆的暂租房。从出生的那天开始，她就一直更换着住所，和两个姐姐、四个弟弟一起，躲避着警察、流氓、小偷、种族主义者的骚扰。她说她害怕直视陌生人的双眼，那会让她产生不信任的感觉，即便是在行驶的列车上面面相觑的乘客，也会让她感到恐惧。

我静静地听着，偶尔补充几句看法，但大量的时间里，我感到非常的内疚，像一个偶然窃听者一样的忐忑不安。我们谈话的基础是不平等的，并非像两个初涉世事的小伙伴在分享彼此的秘密，因为与我身体上的流浪方式不同，她是国籍上的流浪，是这个世界的流亡者。

2003 年，在她高中四年级的某个普通的一天，学校突然下令开除所有阿富汗籍的学生，在伊朗这样的事情屡见不鲜，多来自善变的政府和恣意的民众，朝令夕改。她几乎是那个学校里成绩最好的学生，突如其来的改变让她曾一度陷入沮丧。但她却来不及沉浸在自暴自弃中，辍学后的几年时光里，她做过服装销售、理发师、美容师、教师、文秘、油漆工、食品加工工人等，许多工作连她自己也想不起来了，最长的时间是在制衣厂工作了五年，制作女士芒托（一种黑色的穆斯林女性服装）。她常会突然丢掉工作，和伊朗大多数的失业者不同，她并不是因为经济制裁而受到影响，而是因为她的国籍——阿富汗。

Zahra 的父亲来自阿富汗的著名城市巴米扬（Bamyan），历史上巴米扬曾是佛教圣地，拥有世界上最高的立佛雕塑巴米扬巨佛，由于被认为是异教偶像崇拜的象征，这座立佛于 2001 年 3 月被塔利班组织炸毁。他的民族是阿富汗的第三大民族哈扎拉族（Hazara），哈扎拉人在相貌上与蒙古人接近，操波斯语族的哈扎拉语，多信仰伊斯兰教什叶派，与在阿富汗占统治地位的逊尼派穆斯林格格不入，种族仇杀、歧视的事件时常发生。42 年前的一天，他因躲避杀戮而逃亡到邻近的、同属什叶派信仰体系的伊朗，并且在这里遇到她的母亲。母亲也是哈扎拉族，来自一个全村男子遭到屠杀的村庄，由于出逃时太小，她母亲至今无法回忆起家乡的名字，只记得那里有一条河、有一些树。

塔利班曾出言不逊：“塔吉克人属于塔吉克斯坦，乌兹别克人属于乌兹别克斯坦，普什图人（Pushtun）属于阿富汗斯坦，哈扎拉人属于坟场。”这也冠冕堂皇地成为种族歧视与屠杀的理由。卡勒德·胡赛尼的小说《追风筝的人》就是以这段历史背景创作的，从某种意义上来说，美国人的到来，对哈扎拉人来说是件好事，但战争还在继续，Zahra 和她的家人仍然不能返回他们的国家，那个她从来不曾喜爱过的地方。

她从伊朗的哈扎拉族聚会上知道了自己民族的历史，这些难民的后代们流亡在伊朗和其他国家，无法过上正常的公民生活。1979 年伊斯兰革命后，新的政权便不再派发难民身份证给新流亡的难民，那些没有身份证的难民，非法滞留在伊朗，不能工作、上学、买车和买房。她记得在制衣厂工作的时候，有一天她的工友 Ali 早上出去买东西，却再也没能见他回来。原来 Ali 因没有身份证被警察抓住，遣返回阿富汗，等待他的不知是何样的命运。

以前的身份证需要每年更换，拥有一个城市的身份证甚至不能旅行到另一个城市，也不能在伊朗上大学。所以很多难民千方百计地想获得伊朗国籍，通常的渠道是通过和当地人的异国婚姻。但由于伊朗社会男女不平等，如若阿富汗男人与伊朗女人通婚，他们的子女将不能取得伊朗国籍，只能在 18 岁后获得难民身份证。而伊朗男人与阿富汗女人结婚，妻子也得在几年后才可以取得伊朗国籍。

在 Zahra 辍学两年后伊朗政府又改变了政策，准许阿富汗难民自费完成高中学习，她终于能够重返中学，半工半读。毕业几年后，Zahra 考入全伊朗最好的德黑兰大学，主修英美文学。大学二年级她便离开制衣的工作，帮助一些伊朗企业翻译英文信函，收入不算丰厚，但可在经济上自给自足。过去的工作也给她带来了益处，发型可以自己设计，服装也可量体裁衣。

可她的兄弟姊妹便没那么幸运了，大姐在 14 岁的那年，接受了一位哈扎拉男人的求婚，那个男人承诺将支持她念完大学，但后来便反悔了，她不幸沦为一个传统的家庭主妇。二姐天生肺部有疾病，对念书也不感兴趣，至今未婚在家，通过做简单的手工活谋生。三个弟弟在半年前跟随父母去土耳其闯荡，其中一个双胞胎弟弟脑部患有严重的智力障碍，甚至无法正常说话和走路。另外有一个较大的弟弟，留在德黑兰的一所农业大学里念书。

也许是因为和中国籍、印度籍学生同是这里的少数族裔——虽然性质上并不同，她们惺惺相惜，通过同样地咒骂和说波斯人的坏话，来交换她们的友谊。在她的眼里，她并不生活在美丽的现实世界，而是抽离的、有意识和无意识的被排除在正常伊朗人的范畴之外。

可为何伊朗人会如此仇恨这些在伊朗的少数族裔呢？我想和伊朗的地理位置不无关系，位于连接东亚的陆地走廊的伊朗，历史上易受外国影响，特别是夹杂着宗教色彩的民族主义运动后，使得伊朗人对异国、异族、异教徒在某种程度上，持有怀疑和敌视的态度。越是敏感而谨小慎微的人群，越是像刺猬一样将自己蜷缩起来，这些刺猬也随时可能变作伤人的自大者，去挤压更弱小的群体。

为了进入德黑兰大学，Zahra 在阿富汗驻伊朗大使馆申请了阿富汗新护照，取得了公民身份。美阿战争后，阿富汗新政权对境外难民态度有所改善，可能也是因为这是海外流亡者所建立起来的政权，阿富汗大使馆甚至拿出一部分钱资助这些流亡海外的难民子女。但取得阿富汗护照的同时意味着放弃了难民身份，完成大学学业后，Zahra 将不能以难民身份再继续留在伊朗。对于未来，她一片茫然，说或许会去土耳其和父母待在一起，但谁又知道一年后的命运会怎样呢？

在伊朗，限制像沉重的枷锁，束缚无处不在。男女朋友的关系是绝对禁止的，男人和男人牵手可以，但男人和女人不行，连上街也会受到限制。Zahra 曾因和弟弟一同上街而遭到警察拘捕，被分别关押在不同的房间，盘问他们之间的关系。“姐弟？怎么证明！”而后警察做了一项愚笨的调查，分别询问了他们父母的名字，看是否能对得上号。五年前的事情现在谈起来已变得轻松，但 Zahra 仍对事后警察没有任何道歉而感到耿耿于怀。

“在这个社会里，女人是羊。”Zahra 作了这样的比喻。对于男尊女卑的伊朗社会，性别问题是除族群、身份之外困扰她的另一难题。她的内心充斥着灰色的世界观，就和这座城市的背景色一样。令她始终不解的是，古兰经里要求男人尊重妇女，却又说：“她们应享合理的权利，也应尽合理的义务；男人的权利，比她们高一级。”（古兰经 2：228）

没有男人的允许，妻子的任何行为都是禁止的。有人认为古兰经是男人的乐园，男人主宰着这里的一切。古兰经说：“你们的妻子好比是你们的田地，你们可以随意耕种。”（古兰经 2 ： 223 ）

我时常会因拍摄妇女而遭到拒绝，细问其原因，竟然是她的丈夫不允许她拍照。Zahra 有一个已婚的大学室友，由于恪守着丈夫的命令，从来不会和男同学说一句话。上学与生育也需经过丈夫的同意，许多女人因为忍受不了家庭暴力而要逃离这个国度，法律甚至允许丈夫因此而拘留他的发妻。

在德黑兰的街头，穿“察朵”的已婚女性，双目中掺杂着说不出的复杂信息，不像友善和慈祥的眼神，也不是嫉恨与恐惧，更多的是躲避你不礼貌的、好奇的注视，让我觉得德黑兰的冬天，格外寒冷。

懂得法律的人也许会知道，在某些设置里，法的解释者其实优于法的制定者，所以当权力的解释者是男人，自然会更多设置自我免责条款，为自己的过失开脱。在教义里绝对禁止的婚外情，却对男人网开一面，或许因为这都可以用一夫多妻的解释作为理由。就连男同性恋的存在，也偶尔视而不见。再者，在冲动面前，没有戒律可言。

两年前，Zahra 为获得伊朗留学签证，曾去过一个靠近伊朗的阿富汗城市 Harat，这是她第一次踏入一个与她的国籍有关的城市。在她的印象中，阿富汗是一座座灰蒙蒙的城市，比伊朗更保守的国家，女人和男人被限制了更多的自由，宗教冲突也屡屡发生。

她在一位女性朋友家寄住了五天，女性朋友和她的丈夫是当地一所大学的同学，婚后的生活看上去十分美满，让 Zahra 非常羡慕。丈夫是个名义上的女权支持者，曾写过关于阿富汗社会的女性地位的论文，但这并不表示他在自己的生活中也这么想，五天后当 Zahra 回到伊朗，这个美丽的谎言便被揭穿了。她接到朋友丈夫悄悄打来的电话，他在电话里向 Zahra 求婚，让她做他的第二任妻子。后来，她的朋友对老公手机上的号码产生了怀疑，打来电话反复地追问电话那头是谁。Zahra 却选择了对自己的朋友缄口，她不想伤害任何人。但她明白，这样的婚姻就像稻草，有一天随时可能引火自焚。

还有一次，一个朋友的丈夫提出了和她一夜情，她生气地拒绝了这个男人，并质问他，既然你爱着你的结发妻子，为何还能有非分之想？男人却认为这是再正常不过的事情，他们可以不忠于妻子，但反过来则不行。在逻辑上似乎这并不能解释，若天下女人都为自己的丈夫守身如玉，那还从哪里能找到偷腥的猫呢？这样便存在一个偷情的世界，同性间、邻里间相互隐瞒，彼此心照不宣地，活在真实的谎言中。

男人“是保守贞操的，除非对他们的妻子和女奴，因为他们的心不是受谴责的。”（古兰经 70：29-30）这或许也被某些男人曲解，当作职务性侵犯冠冕堂皇的借口。在 Zahra 做秘书工作的一个周末，老板把她叫到办公室，反锁上门欲将她强暴，在她奋力地挣脱后，也因此丢掉了工作。更令人愤怒的是，第二天早上，竟然是老板夫人打来电话，用责备的口吻说道：“你是像蛇一样勾引我丈夫的女人。”

当我向 Zahra 问道，这一生有没有令你感到最快乐的时光，答案颇出乎我的意料。去年 Zahra 和同学前往伊斯法罕旅行，只有匆匆两日，离开德黑兰仅 414 公里，但这大概却是她一生中唯一可以谓之旅行的经历。睁开眼睛到闭上双眼，看到郁郁葱葱的树木，漂亮的绿色屋顶，她无法停止欢笑，特别是见到那些“笨拙的、势利的”本地人把她们当作外宾、在她面前手足无措地说英语的时候。而那一刻，她仿佛忘掉了烙印在她身上的民族印记——那些本不该被附加的身份。一个与我同龄的、经历并不简单的女人，幸福感竟然来自一种错觉。

“我喜欢你，就像喜欢茶。[32]” Zahra 微笑着对我说，她的脸贴近出租车的椅背，轮廓随着街灯的光线晃动，棕色的眼睛里透露着迷惑与渴望的信息。我想，这是来自另一个陌生星球的信号，但它并不陌生，因为在夜空下抬起头便可见到它的星芒，不过那好似来自几万光年以外。

“那天第一次见你，虽然只有匆匆的半日，但后来我回到宿舍，突然止不住伤心地哭了起来。那让我清醒了一阵，给一个朋友打了电话，说我真的爱旅行，喜欢这样的生活方式……”

我深呼了一口气，窗外又恢复到无边界的黑暗背景，沉默了良久，大脑里一片盲白。我们都是流浪在异乡的游牧者，相忘于江湖。而对她而言，旅行或许只是为了离开吧。

Between me and you, Lay a thousand of vales. I, a revealed secret. You, an unwritten book.

—— Zahra

32：伊朗人的生活离不了茶，茶曾经在丝绸之路上被称作黑金，是比黄金还贵重的东西，这是一个至高无上的比喻。

阿富汗少年，德黑兰

东风中的戴胜鸟 我会送你去沙巴 当心你脚下的路 我会送你去 像你一样可怜的鸟 满载着悲伤的源泉 我会为你一路祈祷 无论在呼啸的风中 还是在黎明与黄昏 祈祷会为你护航 我会送你去

——哈菲兹

22 东风中的戴胜鸟

暮色苍茫，我坐在银灰色老式伊朗老爷车里，司机将玻璃窗稀开一条缝，搁上一块皮制的挡风板，好让自己大口地抽烟，烟盒横躺在挡风玻璃前，上面画着一个燃烧的肺，看后让人触目惊心。后备厢与车厢相连，只用一张简易的毛毡搭着，冷风从窗缝、后备厢钻进来。司机时而紧锁眉头，时而开心地随着震耳欲聋的土耳其 DJ 音乐左右摇摆起来，像一只坏掉的钟摆。车搁浅了几次，一次是因为油表显示为零，一次是蓄电池出现问题，点不着火，仪表盘上的指示灯变得忽明忽暗，暖风也不太管用了，不知是不是高原上温度骤然下降的原因。

不过夕阳是美丽的，由近及远雅丹地貌的群山，晚霞也左右不同，一面呈现炙热的橘黄，一面呈现暧昧的紫红，隐隐约约的、在戈壁上矗立的村落显得孤独。天空中划出美丽曲线的喷气式战斗机，一辆辆老式的、颠簸着向前行驶的老爷车，让我想起在新疆时搭车的情形。

当司机和他弟弟相互飙车时，他们欢呼雀跃。我也不时竖起拇指，为他喝彩，心里却暗自为他担忧。他试图用并非母语的波斯语，费劲地向我介绍路过的奇观，可我还是听不明白，只能努力附和，猜测这其中的奥秘。

车到深夜的 Tabriz，眼前出现一座庞大的发光体，像在欣赏宫崎骏的作品，但身心疲惫的我，早已厌倦这样的新鲜感了。

昨晚我还在忐忑不安地考虑是否应该在伊朗搭车，为了缓解忧虑，Zahra 陪我连续看了两部话剧，一部是一位年轻导演的作品，讲的是少年与老人关于人生的哲学辩论——我耐着性子看完两个伊朗人用波斯语吵了一个小时的架，Zahra 用手机输入框给我翻译，剧情和对话实在苍白无聊，还试图套用尼采的名句以示深刻。另一部则是一场冗长、沉闷而恐惧的历史剧，讲的是土耳其奥斯曼帝国时期两个敢说真话的记者被国王暗杀的事情，剧情、光影效果、中东音乐、现场气氛都让我感觉诡异，或者说是让人感觉到压抑。在这样的文化体制下，戏剧也似乎是影射现实，就在这场戏剧开场前，有人突然宣布其中的一位导演于本周去世，全场起立默哀，结合暗杀的剧情现在想起来都觉得后怕。

回去的路上，我像是做错了什么， Zahra 一直沉默着，说让我自己先回家，她想一路走回宿舍。夜晚的德黑兰大学，正在打烊的商店，零落的人们，熟悉的角落此刻变得陌生。我睁开疲倦的双眼，感觉很累，又担心她出什么事情。

我猜不透她，我不了解当地人的文化、语言和情感，我脑子里全是明天路上的状况，也许是说了什么忽略了她，也许是因为道别太过草率，总之我为自己的鲁莽感到懊悔。她开始坚持不让我送她，到后来有些歇斯底里，我想的确是我做错了什么，但此刻如果我弃她而去，在她的文化礼节里，是绅士的所为呢，还是不够绅士呢？随即我想到前几天她班上有一个波斯女人因感情问题扬言要自杀，虽然情况不同，还是让我不敢掉以轻心……

路上的行人用奇怪的眼神盯着我们，看得让人有些害怕，我有些急了，不知道该说什么，便脱口而出："Don't be childish."[33]我从没用英文说过这样的话，可能是我从电影上听到过，说得有些生涩。

"Childish？"她重复了一句，"对，是我太过幼稚，都是我的错。"说完她大哭起来，哭得很伤心，我不断地安慰她，但也无济于事。我才想起她曾说过我的出现，像生活中茶一样重要，而我的离开，让她失去了某种寄托。

我知道对一个匆匆的旅行者来说，经过的风景、路过的人都在记忆中一闪而过，你必须学会残忍，学着和你的过去割裂，才能大迈步地走下去，就像失去记忆的老人一般，什么都将变得毫无意义。然而在普通人的眼中，你并不是她路过的风景，而是她生活的一部分，而这一部分，她或许无法那么容易割舍，特别是面对一个如她所说的"那么重要的人"。

我真的重要吗？这个曾在我生命中无数次萦绕着的问题，现在又重新摆在我面前。大部分的时间里，我认为个人在这个世界上是微不足道的，这种草芥的价值观主导着我。有时我又想个体是应该被尊重的，被社会认可，被爱情认可。最后我还有点韦伯说的卡里斯玛（Christmas）情结在心底作祟——英雄主义，从小相信可以像超人一样

33：意为：别太任性幼稚了。

去拯救人类，但长大后我随即明白要是超人遇到一个强势的女人，也会被骂得狗血喷头被拖回家去擦地洗碗带孩子赚钱持家。在残酷的现实面前，任何英雄的虚构都显得幼稚。

那么 Zahra 又是真的幼稚吗？短短的几次相处，竟然会让她痛不欲生，甚至将剧情发展到有些出乎我意料的程度，当我谴责其他男人的背信弃义时，却不慎地落为了其中之一。我不敢将此归功于我的个人魅力——魅力不过是一种文化的极致罢了。

是的，我的旅行在某种程度上来说是承载着许多人的梦想，也有人因此批评说这是为自己不负责任的出走而推脱的托词，还有人认为用别人的评价来左右自己的人生向来可笑，旅行者背的不是背包，而是他人梦想与责任的包袱。我不否认这些说法对我的影响，谁又不是在靠别人的评价不断地修正自己脚下的路呢？终究是殊途同归。对人生选择的争论，最后都会回到可知论和不可知论的哲学层面，但一般这个时候，我就不再说话。

我们穿过曾经路过的高架桥，开车兜风的人们三三两两，聚在桥上。我想但愿别再碰到那个带我在外环高架上狂飙的工程师 Mahdi，他一定会从车窗露出傻脸取笑我，问我怎么没和我那些可怜的中国朋友待在一起，却找了个阿富汗女人散步。和 Zahra 在一起的时候，也不断听到路人的闲言碎语，说她是为了骗我的钱。我时常也会觉得自己的行为可笑，但有时候这种可笑的行为又被人称赞。无论如何，我都不想让她误以为我的写作是在利用她。

Zahra 轻声问我，能抱抱我吗，我没有回答，却是她突然紧紧地抱住了我。在这个禁锢之地，拥抱也是罪过，我感到她身体的颤动，还从来没有一个女孩子把我抱得如此紧，紧得让我有些害怕。

“忘了我吧……”

Zahra 松开了手，转身消失在夜色中，我脑中老是回想起那句“忘了我吧”，最后连我自己都搞不清楚这到底是她说给我的最后一句话呢，还是自己在心底默念了无数次的台词。我想，她或许真的有点那个意思了，而自己也并非一直都蒙在鼓里。

我顺着高架桥走回住处，没有见到 Mahdi 的影子，这个小个子工程师阴魂不散地贯穿着我整个关于德黑兰的记忆。就要离开了，站在高架桥上俯视德黑兰的夜色，那种曾让我疯狂迷恋的情愫，又让我持久地沉积在心底，直到有一天，我会再回来，站在同样的高架桥上，俯视我整个人生。

历史总在惊人地重复。第二天，我起程乘坐地铁、换城际列车到德黑兰的卫星城

Karaj，从那里开始搭车。我曾和 Zahra 坐过同一趟地铁和列车到过那座城市，去造访一个叫作 Ajin Dojin 的村庄。地铁上我们遇到一位小男孩在兜售一种用于占卜的诗页，事实上伊斯兰教是禁止占卜的，但哈菲兹（Hāfez）的《诗颂集》是个例外，他们相信其中的一页诗会预测出他们的未来。我抽到的诗页上面写着：

东风中的戴胜鸟
我会送你去沙巴
当心你脚下的路
我会送你去
像你一样可怜的鸟
满载着悲伤的源泉
我会为你一路祈祷
无论在呼啸的风中
还是在黎明与黄昏
祈祷会为你护航
我会送你去

O Hoopoe of the east wind,
To Sheba I shall send you.
Take heed from where to where
I shall send you
Pity a bird like you
Lodged in a well of sorrow.
From here, to the nest of devotion
I shall send you
Whispering in the winds
Each dawn and dusk,
Convoys of sweet invocations
I shall send you

——*原文为波斯语，英文为 Zahra 译*

诗中将我比作戴胜鸟，是波斯寓言中的万鸟之王，它有阳光形的头冠，古兰经上说所罗门王曾送它去沙巴寻找黄金之地，在苏菲（Sufism）[34] 的寓言中，它是“隐形世界的使者”，走过海路和陆路，飞过高山和深谷。

占卜或许就有这样的意味，无论怎么映射，你都会觉得它是在说自己。不过我也的确觉得神奇，让我想到《日出之前》和《牧羊少年奇幻之旅》里看手相的吉普赛人，应该重振对旅途的信心——这些关于命运的预言都旨在说明一点，你的人生是早已注定的。

坐上这趟开往 Karaj 的列车，现在我的心情却截然不同，第一次是一个短途旅行，我知道很快将会回到德黑兰，第二次却是一趟驶离德黑兰的列车，像是要永远地离开这座城市。我巴望着前方有什么状况发生，我会毫不犹豫地买一张返程车票，回到代先生的家，一切如故。列车却是照走不误，我们都清楚终点总会如约而至。

一旁说突厥语的 Karaj 男子问我要去什么地方，我笑了笑说要搭车去大不里士

34：为伊斯兰教的密契主义（或称神秘主义），为追求精神层面提升的伊斯兰教团。一说苏菲是指：“穿着羊毛的纯粹的人们。”

（Tabriz）。只是不经意的一句话，却让整个车厢沸腾了起来。人们对我的目的地没有多大兴趣，而是疯狂地想弄明白“Hitchhike”（搭车）一词究竟是什么意思，但凡稍懂英文的，或是家里亲戚懂点英文的乘客都在查手机词典、给家里人打电话，拼命想帮我，让我有点过意不去了。接了好几通电话后，我便不再解释，只求那男子向我指明去大不里士的高速路口，结果下车后他带我翻了好几个高架桥才到了那里，令我受宠若惊。

接下来的搭车是我生涯中较为顺利的一次。虽然伊朗人也在路边拦车去另一个城市，但这些车大都是出租车。好在伊朗人有着东方式的慷慨，又特别地讲礼貌——至少也要表现得如此，就算天天在一块拼车的熟人，也会相互客气上半天，再说一大堆“Merci”之类的话。

等了一阵便有一辆计程车答应免费载我到前面一个城市：Qazvin。后座上三位乘客，两位是 Qazvin 大学英文系的学生，他们热心地解答着我的问题，又送牛奶给我喝，并帮我用波斯文写了一个字条，意思是我从中国而来，要搭顺风车去欧洲。波斯语里找不到“搭车”一词，只能用“Majani”（免费）替代。后座上的另一名男子在用手机给我拍照，他一点儿英语也不会，但还是让大学生转告我说有困难联系他。

司机时不时好奇地盯着我看，一路上通过大学生翻译给我讲解，随后让我见识了伊朗司机的疯狂。刚过德黑兰最大的自来水厂，便上演了夸张的一幕，司机竟在高速上帮我截车，司机打开窗户与另一辆车的驾驶员谈判，并排行驶的两车，有超过 120 公里 / 小时的时速，像是在上演一场警匪追逐战。另一辆车的司机被迫靠边停下来，一脸狐疑地拒绝了我的搭车请求，出租车司机看上去很失望，也让我感到十分的抱歉。

到了 Qazvin 后，大学生因为要赶下午的考试，便在此分别了，司机又专程将我送到去 Tabriz 的高速入口。高速入口停满了去土耳其的大货车，接客的、用餐的出租车和私家车，以及几辆巡逻警车。

在德黑兰的电影院看过一部伊朗的公路电影，讲述一个赶着去考试的大学生、一位演奏拉卡曼奇（Kamancheh）的牧羊老人、一位美女记者和一位皮卡司机大叔的故事，这明明就是部搭车电影，只是叙事手法颇为西方，不是商业电影，结局也让我觉得莫名其妙。现在我却觉得这个电影跟眼前的伊朗公路生活非常贴切。

多亏一位热心的警察和一位上过高中、略通英语的修车工的帮助，找到两辆去大不里士的顺风车，司机是 Azari 族的两兄弟，说突厥语。之前想象的风餐露宿，或是只到 Zanjan、Abhar 甚至 Qazvin 就停下脚步，但这一切都没发生，我顺利地被不通

清真寺内的波斯地毯，德黑兰

英文的两兄弟载到了伊朗北部城市Tabriz，并帮我找到了旅行指南上推荐的住宿，让我感激不尽。

而我实在太累了，之前积累的疲劳倾盆而至，早早地便睡下了。

第二日，土耳其使领馆。整个上午我都在折腾申请材料，往返了好几趟，却换来一则消息：土耳其停发对中国人的第三国旅游签证。就在昨天还有人传来捷报，而我风尘仆仆地赶来，没想到还是晚了一步。

进门时我碰到一位中国的女背包客，我们心照不宣地都知道对方是为签证而来，就像临考前棋逢对手，气氛紧张得根本来不及搭话。听到消息后她都要气疯了，从埃及千里迢迢地飞到伊朗就是为了获得土耳其的入场券，一路上经历的丧气事应该不比我少，她向签证官恳求、软磨硬泡到最后嘶声叫嚷，警卫怕我帮衬，不管三七二十一先把我支了出去。

站在门口等待的伊朗人、亚美尼亚人都傻了眼，大概从未在使领馆见过如此的场面，脸上怯怯的表情，生怕我们激怒了签证官而影响到他们的签证，让我跟我的“朋友”解释，可我们并不认识啊。

女背包客最终被几个黑衣警卫架出使馆大门，砰的一声铁门关上，她气冲冲地搭出租车走掉了，头也不回。她会不会埋怨我胳膊肘朝外拐，让她孤身一人奋战呢？

我再次按响门铃，进门后工作人员身边多了位白发苍苍的老人，他长着一副外交老手的模样，隔着玻璃故作耐心，脸上却依然止不住怒气。

“先生，我们从德黑兰、开罗赶到这里，就是为了能造访您的国家，而且，我听说你们昨天还发了签证。”我说得非常客气。

“那是因为昨天我还不知道。刚刚接到上级的通知，政策变了。”他显然已身经百战，又将给那位中国女人的话重复了一遍，摆出一副无可奈何的姿态——都是上级指示。

“您能告诉我还有哪个城市能申请到签证吗？乌尔米耶？”

“北京。就算你去格鲁吉亚也不行。”

我耐心地向他解释环亚写作的计划，土耳其是亚欧的交汇点、必经之地，如果不得不因此打道回府，意义将大打折扣。

“所以这是你的问题，而不是我们的问题。”老外交官绅士般的回答让我哑口无言，不过我这一番话后，能觉察到他态度的转变，对我客气了许多，这是一个尊重写作者的民族。我礼貌地道了谢，悄然地推门出去。

中国人为何难以获得签证？我想大概有几个原因：

1. 信息不公开，单枪匹马的公民难以掌握确切的签证信息和原委；

2. 即便已得到官方的确切消息，中国人还是习惯打听小道消息，甚至不惜走后门破坏规矩；

3. 所谓“黄祸”等因素，中国是人口大国，非法移民屡见不鲜；

4. 不存在双重国籍制度；

5. 互惠原则，中国也极少给外国公民免签和中国国籍；

6. 变化莫测的国际关系。

回去的路上，陌生人好奇地向我打着招呼。当在遥远的国度，听到熟悉的语言——我学过一些突厥语，看到时尚的 Azari 族女子，漂亮的现代化店铺，不由得觉得之前的不公平遭遇都是应该的。

与 Azari 人聊天，让我觉得挺有意思。波斯人抱怨的只是伊斯兰革命和经济制裁带来的后果，Azari 人却将一切归咎于波斯人的统治，让大不里士变成一个边缘城市。这里的人在学校里只能学习波斯语，而不能学习他们的母语，街上也只能看到波斯文的标语，让他们感到压抑。但大不里士的年轻人似乎比德黑兰人拥有更多自由，他们可以半公开地与女朋友牵手，甚至可以不戴头巾，很多人也通过地下音乐，来宣泄他们的不满。

民族或许并不真的存在，所谓的“民族”，就是当突厥人来统治的时候他们被压迫、被奴役，被迫说突厥语，他们的后代逐渐地变成了突厥人，当这个地区的历史到了俄国人统治的时候，他们被压迫、被奴役，被迫说俄语，他们的后代逐渐地变成了俄国人，当这个地区的历史又回到波斯人手里，他们可能拥有共同的祖先，可能也会说波斯语，但他们已然变成了异族。

第三日，在旅馆里遇到了 32 岁的荷兰货车司机 Steven，高大的身材，留着怪博士一样的卷发，除了开大货车穿行在欧洲大陆外，剩余时间都在旅行和玩电视游戏中交替度过。他说离开德黑兰以后，已经五天没有碰上过游客了，或许我们俩是住在这个城市仅有的旅行者，我说从印度开始我就再没和游客一起，已经两个月了。

晚上，Steven 通过 Couchsurfing 约了当地人 Johnny 见面。Johnny 自称是地下摇滚乐手，今年在土耳其和格鲁吉亚旅行了八个月，在伊斯坦布尔的咖啡店打黑工谋生，又去格鲁吉亚搭车，一路睡帐篷、住沙发、卖唱。他现在和父母住在一起，最大的愿望就是凑到钱，骑自行车环球旅行，以伊朗为起点。他偷偷向我打听旅行赚钱的妙招，我说连我自己都没找到捷径，说不定还没你厉害。

Steven 另外约了一个十七岁的富二代，戴着鸭舌帽，一股英伦范儿，永远带着狡黠的笑容，嘴里没一句实话——这方面几个人不相上下。他有一辆车，整个晚上我们都在开车，兜完整个大不里士，又在商业街上来回走着看美女，开粗鄙的玩笑。Johnny 说以前觉得大不里士的姑娘最好，到了土耳其又觉得土耳其的姑娘漂亮，等去了格鲁吉亚才发现那里的姑娘更漂亮，再回到大不里士就觉得还是波斯的女人美。这难道就是所谓的见异思迁吗？

23 秘密派对

“Jolfa！”

远处的山闪着银亮，西面的山峰被大雪覆盖着，看上去晶莹剔透。Behnam 叼着烟嘴说干脆我们别去 Jolfa 了，去我的家乡乌尔米耶快活吧，那里有诗人、美酒和美女。我说怎么都行，只要别回那该死的大不里士——上午我被旅店老板粗鲁地拎出床，让我提前付房费，整个旅店就我享有这个待遇，还不用预约 Morning Call。司机先生要去 Khoy，已经离阿塞拜疆的边境不远了，现在若改去乌尔米耶，等于我们绕着东西阿塞拜疆省走了一圈。

遇到 Behnam 是件挺蹊跷的事情。我忍着睡怒从旅店弃门而去，搭了两辆车刚到城外，在通往 Jolfa 的高速路上，就碰到了穿蓝色空军军装、戴着雷朋眼镜的 Behnam，用他自己的话讲活像一位美国大兵，我向他解释我准备搭车去 Jolfa，他想了想说要不我跟你去吧，刚好我今天休假。

“别担心！我也是摄影师、作家。”随后他跟我聊起美国垮掉的一代诗人艾伦·金斯伯格（Allen Ginsberg），还有自己多么的不喜欢这枯燥的义务兵役生活——两天前他悄悄地跑到山上去抽大麻，那是他第一次尝试这玩意儿，还是两年前从德黑兰偷偷搞到的。“我想泡妞、出国、流浪，想听摇滚乐、抽大麻，不过这一切都被这该死的军营毁了！”

我拖着背包跟随 Behnam 回到他在大不里士的朋友的临时住所，住所背后还有一个中式凉亭式的建筑。Behnam 脱掉他那“该死的”军装，换上牛仔裤和羽绒外套。他的朋友是个会计，从脸到胳膊都被茂密的毛发覆盖，像还没有适应冰河时代的结束完成进化，而 40 天后他也会面临同样的命运，不知道在什么鸟不拉屎的地方当上两

Behnam 用餐布做的光影艺术，德黑兰

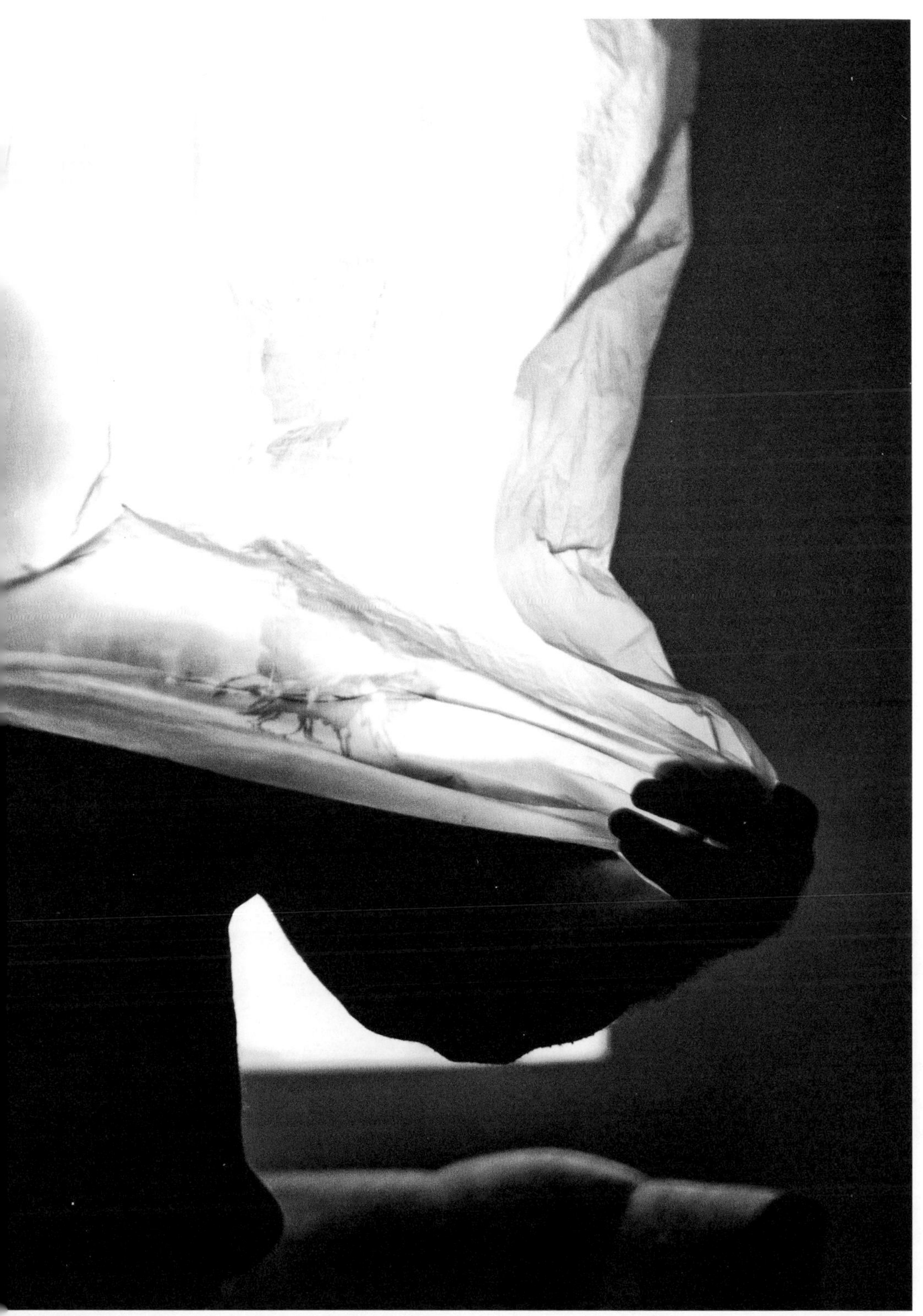

年义务兵。

在城里我们又重新开始搭车，这次便幸运多了，拦到一辆开往 Khoy 的老爷车，车看上去几乎和年迈的司机先生同龄。快乐的司机先生跟我说，虽然搭车是“Majani”（免费）的，但是要为他死去的父亲祈祷，还要跟他同唱一首叫作“Ana”（妈妈）的歌。

车飞驰在洒满金色阳光的群山之中，时而路过同样被金色覆盖的村庄和城镇，黄昏即至，司机先生随音箱里的阿塞拜疆音乐舞蹈起来，我们一起打着节拍，他说他不仅精通 Azari 族的舞蹈，还能演奏传统的乐器，说着便假装弹奏起来。金乌冲破厚厚的云彩，又钻进白雪皑皑的山中，消失不见了，醉人的景色伴随着我们，公路笔直向前，路过清真寺、古堡和雪山，像穿越时光回到了多年前的天山。

Behnam 一直在怂恿我改变主意，先劝我到 Jolfa 附近的 Maku——那里有他的朋友，后来发现我不是很坚决，又连哄带骗地叫我去他的家乡乌尔米耶。计划的改变也意味着我们将度过几近疯狂的三天，我们从 Khoy 下车，在黑夜里搭上大巴到达乌尔米耶。

“Duman！ Duman！”

Behnam 惊喜地打开车门，将路上一位提着公务包的瘦高的年轻人拽上出租车，年轻人也喜出望外，像见到了久别重逢的故人。在匆忙地做完自我介绍后，我上下打量着这位头发蓬乱、戴着金框眼镜、下巴上留着小撮胡子、表情有点懵钝的年轻人，像极了戏剧中的作家形象。

“这便是我向你提过的用波斯语写日本俳句（Haiku）[35]的诗人——Duman！”Duman 似笑非笑的，用蹩脚的英语开了几个玩笑，抖着机灵，但仿佛没有预料到这么快便要上场，显得有些缺乏准备。伊朗是一个戏剧化的国度，无论是在艺术还是生活中，无论是艺术家、诗人、演员，还是司机、歌手、渔夫，每种职业和身份的人都十分标准的、恰如其分地饰演着他的角色。

冷清的大街上看不到行走的人，墙上倒是贴满着一个流行乐队的海报，“该死的乐队和该死的海报。”Behnam 戏谑地评价了街道上的乐队招贴，他愤世嫉俗的对象显然囊括一切。接着他便带我进入了意想不到的派对王国，我曾寻找过的不一样的伊朗，竟在遥远的乌尔米耶实现了。我们见了数不清的人，整晚都被奇幻的气氛笼罩着，不断更换着场地，仿佛这一晚没有尽头。

35：俳句为日本古典短诗，字数格式通常为“五五七”、“五七五”、“七五五”、“五六六”，共十七字。

有义务介绍下派对中的主要角色，首先我们在一位叫作 Mehdi 的商人的办公室里喝酒，而这几杯酒似乎只是开场酒，打开自制的酒，展开了今晚的话题。Mehdi 个子不高，脸刮得干干净净，周末也穿着整洁的休闲西装，他是 Azari 族，曾在土耳其的伊斯坦布尔留学，办公室里挂着一张伊斯坦布尔地图，连说波斯语时也带有浓厚的土耳其腔调，便被朋友们戏谑地称为“Panturkey”（唯土耳其论者）。Mehdi 在土耳其留学的经历让我觉得他比其他人多了几分神奇色彩，是个见过世面的人，然而更诡异的故事是一年后 Mehdi 的哥哥在一次狩猎活动中被人当作猎物打死了。

Amin 和 Sanaz 提着蛋糕兴冲冲地赶来，这一对同居的情侣在乌尔米耶大学读医学。Amin 留着两撇复古的土耳其式胡子，穿着修身的夹克，看上去十分的玩世不恭；而 Sanaz 则是个个子不高的波斯女人，衣着性感，英文也是聚会的人里最好的。

Mohhamad 是聚会里的一位冷笑话制造者，笑话也多以取笑他人为主。诸如：“两只 Chili（瓷器，又指中国人）相遇了，然后他们就碎了。”还有一些通俗的身体笑话，令他一旁漂亮的妻子十分不堪。只有当他讲到他的专业——社会学时，Mohhamad 才会变得格外严肃，但在一个过于严肃的社会里面，谁又愿意天天不快呢？

“Peyman 在哪？”众人忽然疑惑地问，而 Mohhamad 却故作正经地回答：“在 Ma Sa 的家里！”（Ma Sa 是伊朗最普遍的女孩姓名）这样经典的两性笑话显然是普世的幽默。Peyman 在聚会中途溜走，他便成为今晚最热门的话题。Peyman 是伊朗的少数民族库尔德人（Kurdish），曾在大学里学习物理，现在是这座城市的排水系统工程师，他老是一本正经，所以也常常沦为聚会中被取笑的对象。

令我出乎意料的是文质彬彬的 Duman 竟是聚会上最好的舞者和歌者，但是他热情过后，便很快陷入了沉默——知识分子都一样。说到女人，他总是说：“我没有女朋友只有炮友。”说完又接着陷入另一番沉默之中。据说他经常放朋友的鸽子，还总是在说：“别烦我，我在写作！”

Duman 出生在德黑兰，十几岁时随母亲前往乌尔米耶生活，他母亲是这里有名的演员。他擅长写日本的俳句，有时也写一些关于现代艺术的报道，他写的东西容易令政府感到头疼，所以也不怎么有名。金钱问题一直困扰着他，一年前他辞掉在工厂的工作，从事专业的写作，为的是集中自己的注意力，但这一度让他穷困潦倒。或许，他的诗就是斯坦贝克（Steinbeck）所说的抗议文学，而他又像雪莱所说的世界上未经公认的立法者。对我而言，乌尔米耶就是巴黎，是诗歌、哲学、美酒和女人。

就这样一直狂欢到深夜，音乐和酒精像是一针兴奋剂，给寒冷的乌尔米耶带来一丝暖意，但当火光四射后，又陷入无止境的黑暗之中……

醒来发现自己躺在 Amin 和 Sanaz 出租屋的波斯地毯上，起床的时候已近正午，女房东急促的敲门声吵醒了我，Amin 还在呼呼大睡，Sanaz 悄悄地走到 Behnam 面前示意他去开门，因为房东一直不知道她的出租房里还住着一个同居的女人。我实在厌恶激情后的宁静，浑身上下像有虫子撕咬着神经。Sanaz 为我们准备了丰富的伊朗早餐——大部分剩下的又原封不动地放回冰箱，我伸了伸懒腰，正准备今天哪儿也不去。

“‘老板’说我不用赶着回军营了，准我多一天的假期！”Behnam 说道。于是带我到他姐姐的家中做客，在小城里有个外国朋友是颇为自豪的事情，又借到了姐夫的小汽车，载着我满城的转悠。一群人去了乌尔米耶的水库——高山平湖下的雪白天地，人们开车到这里野餐、拍照，似乎一点也不畏惧寒冷。

我们还去了一个基督教堂，一座简陋的四坡屋顶蓝色小屋——似乎印证了托马斯·默尔（Thomas Moore）的那句诗歌：“波斯人的天堂很容易搭建，有了黑眼眸和柠檬汁就能实现。”Behnam 自以为是地认为我对这样的景点感兴趣——瞧，这样的宗教国家也能有异端存在，信仰基督教的伊朗人。教堂顶上是十字架，墙面上也绘着大大的十字架，房间里是耶稣与圣母的画像和塑像，没有人，我问 Behnam 那些基督教徒去哪了，他没有回答我，走到门口的烛台前点了一支蜡烛，在胸前画了十字，又双手合十地做了个佛教徒的手势，以示自己是一个自由主义者。

这里的基督教徒大多是亚美尼亚人、亚述人和少部分的波斯人。在二十世纪初，这些基督徒曾为了躲避入侵的奥斯曼土耳其而集体逃离，今天这里仍然活跃着六个不同的基督教教派，但非穆斯林人口已经减至四千人。

晚上，我被带到步行街上去瞄 Behnam 所说的“白马”（White Horse）——美女，不知他是否知道中文的白马一般形容王子。他说他喜欢女孩的一切，喜欢她们的时装、化妆品，喜欢尾行，但只是出于善意的欣赏。也许正是这些年轻人的荷尔蒙得不到释放，所以经常会压抑自己的性需求，变成一些奇怪的举动。

我们来到这条街上最有名的奶茶店——样子像一个不出售酒精的酒吧，等老板 Jarad 下班，再开车接上 Duman，Behnam 才神秘兮兮地对我宣布今晚的主题是汽车派对。

四个男人坐在 Jarad 的车中，他是这场迷幻派对的主唱，而诗人 Duman 是派对的 DJ 和吟游者，Behman 则是大麻的主人，自然拥有入场券，而我是远道而来的尊贵客人，也是派对的记录者。这是一场绝对秘密的聚会，参与者都被要求缄口，任何录像和不轨的举动都是被禁止的，每个人都要正视这是一场重要的成人礼，是自由的象征，至少对 Behman 来说是这样。

车厢内烟雾弥漫，像这座灰色的东方巴黎排泄出的烟圈，古老的建筑旁伫立着一排法国梧桐，随光影摇晃，灯光反射到车窗上，成点点星芒。

“Cigare soorati, da ka tiasheji……”，伴随着伊朗饶舌乐团 ZedBazi 的 *Cigare Soorati*（粉色香烟），Jarad 一边疯狂加速，一边跟着饶舌乐哼唱。Duman 随着节奏摇摆，用他自己发明的怪腔怪调吟唱。而 Behnam 此刻已在后座上陷入迷幻的状态之中，仿佛正和一位“白马”美女相拥入睡，沉醉在他年轻的梦境里。他说想要奢华的生活，纸醉金迷、香车美女的世界，大概只有在过度吸食大麻的放射状态中才能实现。而 Duman 的作家梦，或许会随着这座黑金王国的下沉，而永远沉迷在黑暗之中。咖啡店的老板 Jarad，说自己喜欢美女与旅行，伴随他发音标准的波斯语说唱，也在萎靡中渐渐地向庞大的波斯文明妥协。

而我，蜷缩在后座的角落，旅途中的疲倦已经无法放大我的兴奋。况且，我对大麻不感兴趣，我向来讨厌任何一种失控的状态，也从未吸食，我就像旁观者一样目睹他们到达另一层世界，一个从未企及的空间，那里没有压抑的情绪，任何事物都在有条不紊地缓慢运行。

回到 Amin 和 Sanaz 的房子，我便早早睡去。翌日清晨 Sanaz、Amin 和 Behnam 鬼鬼祟祟地用波斯语谈论着什么，随后 Amin 告诉我昨晚睡熟后发生的事情，像是重构了另一个平行世界，从此让我对在旅途中的熟睡状态耿耿于怀。

原来在凌晨 2 点，Behnam 仍处于“飞行状态”，无意识地拨通了 Amin 的电话，那时候 Amin 正在隔壁和 Sanaz 鱼水之欢。结果三人就在房间里神不知鬼不觉地“飞”了起来，Sanaz 和 Amin 第一次抽，但此刻几人谈论大麻的感觉，就已经像是多年的毒枭一般。我不好意思地看着他们，为自己并非共犯而感到过意不去。

我仍不死心，又到土耳其驻乌尔米耶使领馆去问询旅行签证，被告知上一周已停发，最后这一扇门也被关上，我还真的只能翻越高加索山，去格鲁吉亚试试了。

当伊朗人阴阳怪气地跟你描述这个奇怪的国度、未知的恐惧，表示你将会受到不公平的待遇时，却再三地要求你热爱伊朗、务必保证再回来。这一点上似乎我们都一样，只可以自我批评，但需要别人的赞扬。他们的信仰与逻辑是相悖的：优秀的民族、糟糕的制度、敏感的公众、狡黠的邻里。至于什么时候可以为所欲为，什么时候必须小心翼翼，这个尺度是随着时局变换不断被人揣摩的，就像每日变化的美元对里亚尔汇率，是浮动的。

当自由被人们滥用，年轻的一代他们酗酒、抽大麻、泡妞、同居，或许随着年龄的增长又开始反思这一切，经历成长的风波之后成为传统的捍卫者，推翻过去，回归那个本来不屑一顾的宗教上去。正应了狄更斯的那句话：

“这是最好的时代，这是最坏的时代。这是智慧的时代，这是愚蠢的时代；这是信仰的时期，这是怀疑的时期；这是光明的季节，这是黑暗的季节；这是希望之春，这是失望之冬；人们面前有着各样事物，人们面前一无所有；人们正在直登天堂；人们正在直下地狱。”

24 失而复得

“先生！请您相信警察，这里是伊朗，您的行李会被找到的。”

站在路中央，我茫然不知所措，周围是陌生的面孔，我不知道他们在议论什么，在叫嚷什么，或该相信谁，谁会帮助我。一张张脸孔从我眼前闪现，期望从中能发现熟悉的那张面容，然后向我解释这只是个误会；或者希望一切都没发生，尚且活在梦境当中，自己还在乌尔米耶呢，和朋友们嬉笑聊天。这种感觉就像 *The Alchemist* 里的牧羊少年因在埃及轻信了别人，为了看炫目、漂亮的剑而丢失了所有的财产，身无分文坐在路边唉声叹气。

人群像潮水一般涌上来，我精神恍惚地仍希望自己也是看客，才发现所有人的眼光都集中在我这里，像欣赏一出东方来的戏剧，观众们或迷惑或笑，让我配合他们手舞足蹈，我却哭笑不得，成为演出的主角，出尽了洋相。我不能置身事外，纠结是要极力隐藏这件事、保护现场呢，还是要大肆宣扬，把事情弄大，再渲染悲伤的情绪，以博取观众的同情？在这一刻我已手足无措，脑中的念头一闪而过——我只能回国了吗？难道一切努力都将结束，我不敢相信的结局终于到来。

不一会儿警铃响起，矮胖的警察从警车上走下来，拉着我要带我回警察局报案。我欲哭无泪，拼命地摇着头，因为还抱着一线希望，人们只是弄错了，事情还没有发展到这个地步，背包会自己跑回来。我不止一次地想问自己：为何到这儿，为何搭车，这一切又为何会发生，在这举目无亲的 Khoi？但是茫茫天地，仿佛只我孤身一人，不知道何去何从。

回想几个小时前，Behnam 和 Amin 带着我在时尚靓丽的女人街做橱窗窥视者，谈论昨天的糗事。Behnam 还在神游的状态。随后他们带我到城外的高速道上开始搭车，在飞扬的风沙中询问了一辆又一辆，终于有一辆车答应载我到 Khoi。我们用中亚男人的方式互碰脸颊吻别，开始了各自的旅程。然而就在一个小时后，两个穿军装的人上了车，其中一个男孩不太礼貌地跟我搭话，他理着寸头，长着一张饱经风霜的长脸，脸上带有一些牧羊人式的血丝，身上脏兮兮的，说的话我一句也听不懂，我没有怎么理睬他，他转而有些生气，这让我十分厌烦。就是这个只会讲阿塞拜疆语的“军人”，向电话中一无所知的 Behnam 承诺，说带我搭另一辆车去 Jolfa，并让我放心。到 Khoi 后我们换上了另一辆车，结果在 Khoi 清真寺的巴扎边上厕所的间隙——他紧跟着我，确定我已经进去——趁我不注意，迅速从我身后消失，连同司机、我的行李一起不翼而飞。

陌生的恐惧包围着我，大脑开始无意识地向回奔跑，时间被定格在下午 3 点钟，这期间究竟发生了什么？清真寺、军人、出租车司机、司机下车问路的理发店、搭上车的十字路口、前一个司机留下的电话号码……线索在脑中一一闪过，但又立刻遁入冥冥的黑暗之中。

“我的包去哪里了？”我不禁呼喊起来，人群像蚂蚁一样地迅速聚拢过来，塞满了十字路口。有的人在不断模仿着我的说话，像一个坏掉的复读机；有的人在帮忙联系警察局，不到三分钟，就听到警笛的声音，为防止人越聚越多，几位警察试图把我拉上警车带离现场，而此时的我没有任何值得信任的人，尽管他们反复地对我说：“你要相信警察。”

一开始的办案过程是失序的。在临近清真寺的一间糕点店里，警察展开了初步的调查，几分钟后，一位大学教授就被派遣前来充当翻译，而我还在云里雾里，这一切的速度都不得不让我佩服伊朗警察的反应能力。此外，店铺老板、闲逛的司机、看热闹的人，你一言我一句，毫无秩序可言。我无奈地走到窗前，看着街上好奇张望的人们，一脸错愕的小孩跳起来想要告诉我什么，而我却什么也听不到，隔着玻璃，隔着语言障碍，这个世界仿佛已对我隔音。

终于教授从书写潦草的字条中辨认出前一个司机的电话号码，他示意大家安静，喧闹的糕点店顿然鸦雀无声，大家竖起耳朵，生怕错过什么故事细节。拨通电话一阵连珠炮后，我、教授、巡逻警察、警卫一同涌上了警车，前往我的上车地点侦查。人们将道路堵得水泄不通，仿佛我并不是丢了行李，而是一名外国嫌疑犯，因此成为众人的焦点。

途经第二个司机下车问路的理发店，我仿佛记起来些什么，忙让警卫停车，下车询问理发店的老板，他却和我一样一无所知。重新回到车上，警察突然接到电话说那个“军人”找到了，和司机正在逃亡边境的高速公路上，警察会在高速的出口将他们截获，让我先回警局原地待命。此刻距离案发仅过去了不到一个钟头。

我不太愿意相信，教授在一旁不断地鼓励我要对伊朗警方有信心：“伊朗的警察无所不能”，我知道这只是给受害者增添安慰罢了，世界上绝大多数的案件都会不了了之，何况还是在Khoi这样的小城。丢掉的一切让我心灰意冷，我迅速地陷入一种“我是谁，来自哪里，将去向何处”的思辨之中。

随后发生的事情让我大为惊讶。

到了警局门口，我的行李正七零八落的横躺在地上，镜头盖被掀开，上面都是污泥，衣服散落一地，而电脑也被扔在一旁。正在我不敢相信自己的眼睛时，更蹊跷的事情发生了，两张熟悉的脸孔出现在我面前，是Behnam的两个表弟从乌尔米耶赶了过来。他们为何这么快地出现在了这里？惊慌中的我失去了对时间的感知，或许不仅仅是过了一个小时而已。失而复得的心情加上见到故人的情绪，暂时地给我打上了一针镇静剂。

伊朗警察局的构造和国内不太一样，荷枪实弹的士兵把守着门厅，接着是一个空旷的办事大厅，大厅里有一排椅子——通常拷着嫌疑犯——和几辆停放着的摩托车，四周分布着办公室、淋浴间、食堂和厕所。我被带进了办公室，开始正式登记报案，并陈述事情经过，Behnam其中一个上大四的表弟帮我充当翻译。检查失物后，发现还是少了十几样东西，不过那已经不重要了，因为我曾经丢得一干二净。让我感觉事情颇为离奇的是，据说我的这些行李是被一位骑摩托车的陌生男子丢弃在警察局门口的。

然后便是几个小时漫长的等待，不同的人从身边走过，重复地询问着发生了什么事，这中间有佩枪的巡警、穿着便衣的长官、前来办事的外人和毕恭毕敬的警卫士兵，他们闲聊着我听不懂的语言，让我感觉多余。在中国，有些年轻警察通常会对外国人问上一大堆无关紧要的问题，他们通常是出于好奇，显得缺少经验，而这里的警察似乎什么也不用问，他们仿佛通晓一切。Behnam打来电话安慰我，并且再三确认了我的相机是否丢失，说千万别在警察面前提他们在乌尔米耶干的那些事，也不要给他们看任何的照片。

究竟我该相信教授的话“伊朗的警察无所不能”呢，还是应该听从Behnam所说的“伊朗的警察无所不做”？这二者看似一样，但后果对我而言却截然不同，前者意味着他们将找回我丢失的所有物品，而后者却意味着即便他们找回了这些物品，也不一定会归还给我，并且这些物品的出现还有可能给我带来麻烦。

我在忐忑不安中熬到了晚上 9 点，距离案发时间已经过去 6 个小时，Behnam 表弟告辞了，值班的警察也下了班，空荡荡的警察局里只有挂钟在彻夜值守着。警卫士兵给我端来食堂的茶和饭，我才想起我连午饭都没有吃。茶足饭饱后，我开始有精力构思事情的整个过程，在我行李丢失后的一段时间内究竟发生了什么。从我得到的有限信息中至少能分析出三个版本：

1. 出租车司机和“军人”串通一气，行李得手后逃窜到另一个城市，因为高速上密布的电子眼而被警察截获，但我的行李已被分赃，剩下没用的被抛掷到荒郊野外。

2. 出租车司机和“军人”还在 Khoi，因为事情闹得沸沸扬扬而心虚，惧怕东窗事发遭到报应，遂让家人将我的行李送至警察局。

3. 警匪一家，是警察拿走了我的行李，检查其中的电脑、相机、移动硬盘等特殊信息，以确定我没有做出不轨的举动。

但三种可能均有无法解释的部分，第一个版本无法解释为何我的大部分行李会立刻出现在警察局；第二个版本可能性虽大，却因推翻了第一个版本的出逃事实而显得不够真实；第三个版本是来自微博网友的阴谋论揣测，是警察的惯用手段，也是我最不愿看到的。

随后，我被送至一个负责接待外宾的国际宾馆，在说了我的遭遇后，好心的老板给我安排了免费的套房。大堂坐着一些土耳其人，还见到许多韩国商人，最近 Khoi 有一个招商会，或许是这个丁点大的小城破天荒的大事情。宾馆大堂的陈设不算豪华，但房间里却别有洞天，第一次住进可以谓之为宾馆的地方，让我暂时从惊吓中缓解过来。一觉睡到天亮，可睡眠质量并不高，小睡将夜晚分割为无数的片段，其间噩梦不断，尚且心有余悸，只想尽早离开这里，也无心享受温馨舒适的房间。

第二天早上 10 点，前台打来电话说警察来了，我匆忙收拾好行李，防止遗忘又再次检查了一遍——因为失而复得而懂得了珍惜。跟随一位肩章上三朵花的警察前往警察局，开车途中他告诉我剩下的物品也都找到了。我松了一口气，没有显露出任何兴奋的神情，我想我是太累了。车窗外面下着雨，整座城市湿漉漉的，像一座中国南方的小镇。

到了警察局，偷我东西的男孩就坐在大厅里，警察说他是个冒牌军人，穿着偷来的军装。他的叔叔和父亲也来了，开始我并没有察觉到他们的存在，但随后便知他们的作用举足轻重，不知道等待这个男孩的将是何等的命运。

警察陆续拿来我丢失的物件，并让我在列表单上一一签字：移动硬盘、摄影伞、头灯、SD 卡、读卡器、瑞士军刀、插座、拖鞋……连我没记起来的都找到了，只有背包罩、香水等一些小物件没找到，警察皱了皱眉头，问我大概值多少钱，我随口一说 50 美元。我以为案子可以结了，连声谢谢，准备离开。警察叫来一胖一瘦的两个士兵，嘱咐了一番，又对我说还不能走，得跟他们去一趟。

雨雪交加中，我同小偷一起被士兵带到 Khoi 市法院。开始我并不知道这是法院，直到最后也没人向我解释究竟让我来做什么——从昨晚过后就再没有人会讲一句完整的英语，但我看到熟悉的天平图案在建筑上高悬着。进法院前需要寄存私人物品，士兵见我有些踟蹰，无奈地用肢体语言示意让我放心——“这是法院”。在德黑兰见过大门紧闭的司法部，没想到还有机会亲临伊朗的法庭，建筑内部并没有想象中那么庄肃，每个房间里都挂着霍梅尼不同时期的照片，居高临下地凝视着众生。这里没有闲人，所有人都很急躁。送茶的侍者出入其中，似乎茶水比桌上的案件更为重要。

法庭房间像一个个密室，穿黑袍的妇女、穿军装的警察、穿西装的男人和穿囚服的嫌犯并排坐着，如果只按照龙伯罗梭的天生犯罪人学辨别休貌和颅相特征，则很难将犯罪嫌疑人从人群中区分出来，因为他们对于我来说都是一个模样——伊朗人。况且有的嫌疑人身上并没有囚服，和警察面面相觑地拷着，脸上也没有惧色，更让我难以分辨。倒是我的表情显得错愕和不适，并且坐立不安。不时有人过来严厉地责问我身边的胖瘦士兵，大概是说这是伊朗法院，是经谁的允许将我带到这里的。士兵争辩了好几次，像做错事的孩子般一脸无辜。

又是一场漫长的等待，冰冻的大厅显然是比刑罚更残酷的惩罚，一位女士登记了我护照上的姓名和国籍，辗转了几个房间，会晤千人一面的官员后，终于正式开庭，见到表情严肃的法官，穿一身素色的西装，瘦长的身子看上去无比威严。审判桌上并没有电脑，只有一沓沓像是永远处理不完的文件，霍梅尼的照片被挂在房间的右上角，像在盯着永远有罪的人们。

法官歪着头、用严厉的语气讯问偷东西的男孩，手上的钢笔哧哧地勾画着，不一会儿便写完满满一页，比高效率的作家还迅捷。当问到我是否有翻译时，我摇摇头，他也没继续再问。整个过程持续了近 15 分钟，男孩上前在讯问笔录上签字、按手印。

走出了法庭，整个过程让我觉得匪夷所思，这里既不像警察局，也不像印象中的检察院和法院。我和男孩并排坐着，我们的身份却截然不同，我很好奇他将受到怎样的惩罚，依照传统的伊斯兰教法，男孩或许会被斩手，我甚至像个患有斯德哥尔摩症的受害者，开始担心起这个脸上有着红晕、棕色眼睛、表情无辜的男孩，他那张天生犯罪人的脸孔会不会将成为我永远的梦魇和愧疚？

男孩的叔叔一直在法庭外忙前忙后，到男孩耳边叽里呱啦地说了很多，让我感觉事情的进展可能将会出乎我的想象。他进了法官办公室，出来后急匆匆地对我比画出“2”的手势，我摇摇头不知所以然，然后他愤怒地冲出门去。

我再次被唤进法庭，整个房间里只剩下我和法官两个人。中途男孩的叔叔鬼头鬼脑地走进来，将五十美元递到法官手里，然后迅速关门出去。法官放下傲慢的表情，微笑着劝我如果我能接受这五十美元，所有的事情就都解决了。当看到我疑惑不解的神情时，法官也立刻紧张起来，开始用生硬的英文向我解释，给我施加压力，原来他只是装作不通英语。我陷入谜团之中，怕夜长梦多，只想快点做个了结，无可奈何地笑了笑，上前接受了这张五十美元的纸币，法官向我伸出了手。

男孩的家长早已候在门口，当看到我手上的钱，都松了一口气，一一向我握手感激，我才正式地认识了他那穿着一双满是污垢的鞋、眉头紧锁的年迈父亲，和那位人前马后、出了不少力的叔叔。最终结果竟然只是罚金，看似对大家都不坏，男孩家里赔偿我五十美元的经济损失，但我受到的惊吓显然不能得到补偿。憨憨的胖士兵将男孩的手铐打开——他重获自由了。男孩叔叔塞给胖士兵一小沓“霍梅尼”[36]，悄悄说了几句后一家人兴奋地推门出去，留下一头雾水的我。

我回忆起阅读过的现代伊斯兰法律，严刑峻法时代早已过去，以注重调节的家庭法为主，只有教长无法解决的纠纷才诉诸法院。我和男孩之间并不存在可以调解的教长，所以付诸了法律程序，最后的结果也是以颇具意味和“人情味”的罚金。

在此，我滔滔不绝地表述完冗长的事发、调查、庭审经过，这其中还有很多细枝末节直到现在也没有搞清楚，但结果却是两相情愿的，男孩获得了自由，我又能上路了。此刻警察局里的人和我都熟悉了，每个人争先恐后地向我展示他们仅会的几个英文单词，开伊朗人最喜欢开的玩笑——某人的父亲来自巴基斯坦或阿富汗，他的母亲是中国人。紧张的情绪在一阵低级玩笑后结束了，他们也卸下严肃的表情，似乎对我的让步觉得满意。

故事到这里还没有结束。和警察们告别，我被一个中年警察送至车站，雨依然下着，车站里并没有通往 Jolfa 的班车。走出车站，我被出租车司机们骚扰了，他们将

36：伊朗的纸币上印着霍梅尼的头像。

我背包里的拖鞋拉出来，取笑我、让我恼怒，不过这都已经不重要了，我迅速逃离了这堆人，前往通向 Jolfa 的十字路口开始搭车。此刻，已经大雨滂沱。

过了一阵，一位停在路旁要去 Kalisa 的戴眼镜的司机答应载我一程，不过随后他便对我产生了怀疑，因为他英文不佳，故打电话给朋友，他朋友并不相信我说的鬼话，什么搭车环亚旅行，什么在伊朗被盗，这多么像虚构的故事情节啊，也许连我自己都不相信，这些事情会在我身上发生。电话里他的朋友厉声地呵斥我："我不相信你的鬼话，你不是来自中国，你是一个骗子！"

"我真的没有骗你，我可以出示我的护照。"我委屈得都快哭了，司机表情开始变得可怖起来，他夺过我的护照，跟朋友说了几句，我又听到电话里几声"骗子"的喊叫，歇斯底里，司机转头对我说："你是一个骗子！"他不再听我解释，大雨中他将车疯狂加速，来到了 Jolfa 和 Kalisa 的分叉路口，这里有一个检察亭，他把我锁在车内，叫来了警察。这一刻，我真的觉得我是一个骗子，至少是一个会骗人的小说家。

警察打了一通电话，证实了我的身份，但司机没有再让我上车。后来，我搭到了一辆前往 Jolfa 的脏兮兮的货车，车上三个彪形大汉，抽着烟，将我夹在中间。他们是电影里那种恶棍的形象，我们没有语言可以交流，就这样吧，管他们是谁，已经走上不归路。

往 Jolfa 的路是泥泞不堪的土路，车在高原上寂寞地行驶着，远处是巍巍的雪山，让我感觉又回到了西藏。经过一个都是废弃石屋的村庄，路沿着山腰行驶，越走越窄，完全不见人烟，我开始担心他们会在某个地方将我杀人卸货，他们手舞足蹈地比画着，直到我又重新看到了高速路和城市，仿佛新生一样。

来到 Hadiy shahr 和 Jolfa 的路口，告别时这几个凶神恶煞的大汉突然露出了一丝笑容。几个渔夫在路边搭帐篷卖鱼，路边拴着一条金灰毛发的猎狗。人们冲我笑笑，或许发现了我的灰头土脸。四周都是漂亮的雪山，而我已没有心情用更多的辞藻去形容它们。西沉的太阳在广袤大地上洒下浓郁的色彩，壮烈、美好。我已无心再回头，之后的搭车我得格外的小心，仿佛一不小心就会步入一条亡命天涯的路。

Jolfa 终于到了。

旅途，乌尔米耶

高加索
A Grand Tour of Asia

生活就像海洋，只有意志坚强的人，才能到达彼岸。

——卡尔·马克思

25 鹰之国

“Kapan？”跨国的集装箱货车缓慢地停了下来，将路边的泥土压出深深的一道车辙印，司机敲打着车窗示意我上车，我已在这该死的冷风中站了近一个小时，远处的犬吠声络绎不绝，只有几个牧羊的孩子提着长刀从身边走过，让人心惊胆战。一个小时前一辆老爷车载我来这个距 Meghri 五公里开外的小镇，太阳已近落山，山谷中没有一丝暮色，阴霾的天空让人感觉沮丧。

我为什么要来到这里？为了继续不知所谓的旅程？我想到乌尔米耶的欢乐时光，想到友善的 Behnam、才华横溢的 Duman，还有可爱的 Sanaz，最后我想到了 Zahra，觉得隐隐有些难过。现在只剩下我一个人，孤独和内疚充满了我的内心。

到亚美尼亚的搭车之路并不简单，Jolfa 位于俗称火药库的高加索边界，路过无数的堡垒、检查站，伊斯兰的建筑与基督教堂对峙着，传统的石头城堡和苏维埃死灰色的砖楼相连，像是一座世界景观乐园。

伊朗几年前将 Jolfa 列为免税口岸商品区，但这并不能缓解国界间的紧张局势，奇怪的是过去同属苏联的阿塞拜疆与亚美尼亚，竟会成为今日的死对头。Jolfa 残破的网吧，还能窥见些二十世纪九十年代中国小镇的感觉，在这里使用 Facebook 是明目张胆的事情。与 Jolfa 一河之隔的领土便是阿塞拜疆共和国，Jolfa 的居民也是 Azari 族——伊朗的阿塞拜疆人。令我感到惊讶的是，在口岸的一间饭馆里竟然看到了印度教三大神的画像张贴，在墙上四四方方地挂着。嗯，这里距离印度有几千公里，周边几乎都是伊斯兰国家，最多还能算上两三个基督教国家，和印度教也相差甚远，让我有种时空错位的感觉。许多伊斯兰派别是反对偶像崇拜的，他们相信“真主，除他外绝无应受崇拜的”，当然什叶派穆斯林对古兰经的解读不同，也不稀奇。画像旁边还有张阿塞拜疆抱羊女的挂历，让我瞬间明白，这里的宗教画只是一种装饰罢了，或许是来自巴基斯坦的印度教徒？越想越觉得匪夷所思。

在搭车往伊朗—亚美尼亚的 Norduz 口岸途中，会英语的筑路工程师不断向我控诉亚美尼亚人有多恶劣，杀死了多少 Azari 族的妇女和儿童，又说在伊朗的 Azari 族想独立出伊朗，并入美丽的阿塞拜疆，因为波斯人破坏了他们的文化。

我战战兢兢地搭车前往 Norduz 口岸，一路上雪山和美景无数，石头和木头栅栏堆砌起来的优雅房子，气势磅礴的高山从天而降，感叹为何如此美丽的山川、河流，却每每被人类利用作为天然的国界，用以阻隔彼此的国民。

自从跨越国境进入亚美尼亚的那一刻起，这个国家给我的印象就是荒无人烟、被大雪覆盖的北国。过境大厅里只有寥寥几个货车司机在那里等待，我独自一人穿过空旷的口岸广场、岗亭、长长的 Aras 河大桥，来到对岸的岗亭、废弃的工厂、几辆停泊的集装箱货车旁，唯一的生气就是一只四处拉屎的野狗。

我就孤零零地跨越国界，好似一个偷渡客在寒风凛冽之中偷越已被废弃的苏俄兵站，等待我的命运随时可能是成为初出茅庐的初等士兵练习射击的靶子。戴着俄式皮帽的亚美尼亚士兵检查完我的护照，顺手指了指那座教堂城堡般的入境大厅，上面有亚美尼亚半狮半鹰的国徽，屋顶飘扬着红蓝黄三色国旗。

走进入境大厅，几位脸上煞白看不见一丝血色的军官闲聊着，俄亚混血的长官不可一世的傲慢嘴脸，似乎在炫耀他那来自斯拉夫的高贵血统。边检员像个克格勃特工，将我的护照放在精密的苏俄仪器上来回检验，又仔细端详，直到一位穿着黑色玫瑰丝袜、小皮裙的冷艳女郎出现，伴随着她那蹬蹬的高跟鞋响声，我的签证页被“啪”的一声盖上入境章。

跨出入境大厅，走进亚美尼亚国门，四周竟然依旧是空旷一片，没有鲜花和掌声，只有两辆二手的黑色奔驰牌出租车，和一辆真的像烘焙面包的老式大众 Type2 面包车。我徒步走到边界小镇 Agarak 和 Meghri 的分叉路口，野狗歪着头跑过来，黏上我的腿，不远处有一个养马的牧场，一旁是锈迹斑斑的加油站，和一个几乎废置的汽车旅馆。

搭车旅行怕的不是被司机冷漠地拒绝，而是根本就没车可搭，搭了七公里的奔驰车到 Meghri——这是一个似乎还活在苏联时期的小镇，又换乘一辆苏联制老爷车向前搭了五公里，便死活搭不到车了，此刻再无人类活动痕迹出现，连野狗也消失殆尽，只有几只匆匆的飞鸟，落下几枚黄白相间的排泄物。拿着长刀的牧羊少年从我身边匆匆走过，我躲在路的拐角处，怕他发现了我。

跨国集装箱货车的师傅竟然是伊朗人，当看到车窗玻璃上贴着绿色的可兰经文，我几乎要感动涕零了，随后我便发现连货车也是 Made in China，但该死的进口商竟然忘了将车饰上的卡通猪图案抹去。车上悬挂的一般来自伊朗有名的制造商 Marmot，它的标志在伊朗随处可见。

伊朗师傅要星夜赶往亚美尼亚首都埃里温（Yerevan），正好路过 Kapan 可以载我一程。随后我便明白为何没有车前往 Kapan，因为过了刚才的村庄，便是无边无尽的雪山王国、银装素裹的冰雪世界，像是纵身跳入了喜马拉雅山的腹地。眼睛像患上雪盲一般，根本无法分辨前路。路的两旁是厚厚的积雪，路面又结上一层厚厚的冰，这两辆大货车一前一后，打着危险警示灯，在茫茫的山间孤独地缓慢前行。

每一座山头，师傅都能对号入座地叫上名字，盘山路陡峭险峻，不时有 180 度大转弯，笨拙的车头被重重地滑向路边，又拖着半个轮胎弹回原路，险中求生。师傅却淡然自若，时而接着电话，时而擦车窗上的雾气，时而又给我看他儿子的照片，然后手忙脚乱地将悬空的车头调整回正路上，每一次都让人觉得若是稍加闪失，便将与这苍茫的雪山融为一体，尸骨难寻。

真是一次便将这些年没看够的雪山看尽，从此再无仁者爱山的念头。当我来到山脚下的 Kapan，像是突然发现了雪山中不可思议的人类聚落，惊叹不已。夜幕下的 Kapan，只有提着伏特加酒瓶晃晃悠悠的醉汉，拿着尖刀站在商店门口虎视眈眈的少年，和穿着粗俗皮质短裙走过的黑丝女郎，还有被抛掷在这个陌生小城路边的我。

这里没有人会讲英文，我打了一辆车，用刚学会的蹩脚俄语说了声“宾馆”，司机带我绕了几圈路，我们用完全不同的两种语言争吵了起来。他把我丢在一家宾馆的前台，收了钱跑了。前台接待应该是第一次见过中国人，问我是不是来自乌兹别克斯坦，我询了价，房间贵得离奇，但她信誓旦旦地保证这里是 Kapan 最便宜的住宿，因为 Kapan 只有两家宾馆。勉强住了下来，才感觉到了饥饿，在宾馆内部商店买了几块巧克力，售货员只会用计算器找钱，这似乎与精明、善于计算、与犹太人并称的亚美尼亚人形象不符，当然 Kapan 人有可能来自别的民族，在族群高度混杂的高加索地区，谁都很难说自己是纯正的某某人，况且，宾馆体制陈腐不堪，招的人不是肥胖就是衰老，好像苏联还没有解体的感觉。

我在街上溜达了几圈，没有找到一家开门的商店或餐厅，遂放弃了对这里的探索，一头钻进宾馆内破旧的网吧。雪夜里弥留的都是压抑和不安。

亚美尼亚教堂，赛凡湖

26 动物庄园

我在沉闷的苏俄遗留建筑里住了两天。冷色光的前厅站着穿黑丝皮裙的接待和表情冷峻的大肚子保安；电梯里的二极管电梯按钮，一按就会立即彻底失重，像扭曲物质穿越时光的机器，也许一开门就会看到奏着激昂音乐的金色大厅，但可惜什么也没有，建筑的每一层的通道里只有扑朔迷离闪烁着的光感应灯；餐厅里的腐臭酒肉气味会一直弥漫到整座大楼，偶尔传来觥筹交错的声音和斯拉夫语，是社会主义的交响乐。窗外空荡、萧条的街道让人感觉到压抑，城市上空飘荡着厚厚的层云，每个人都长着《碟中谍》中苏联特工式的面孔。

次日雪大得我无法出门，皑皑的白雪顷刻便覆盖了近处的教堂和远山上的十字架雕塑，营造了一个冰雪的世界，这让耽于逸乐的我找到充足的理由放慢脚步。尚未从伊朗的遭遇中平静，好奇心却依然不减退——这里住着怎样的人，他们都在干什么？但很快我便失望了，四处是提着伏特加酒瓶的流浪汉，人们的表情冷漠得就像刀割般的冷风。在这片凌乱的土地上唯一能够滋长的，是日夜笙歌的赌场和酒馆，与冷清的城池并行不悖。总统大选即将开始，总统候选人的照片悬挂在城市中心的广告牌上，紧锁的眉头看上去十分的忧国忧民——没过几天他的竞争对手就遭到了枪击，选举前首都一度变得十分混乱，到处是警犬与荷枪实弹的警卫。

在惶恐不安中度过两日，我开始继续搭车。风咆哮着，将树枝上滞留的积雪清扫干净，寂寞的山岭就要将我的狂妄自大击溃，泛蓝的灰色是这里唯一的色彩，寒冷的季节使得人类活动停滞。告别一个肤浅的城市，前往另一个寻欢作乐的城市。

随后，我便明白搭车的决定是多么的愚蠢，我不仅高估了亚美尼亚人民的热情，而且错估了亚美尼亚的人口，在凛冽的寒风和飘扬的雪花中站立几个钟头，死活不见车的踪影。这虽不是好的征兆，或许也能让我找到写作的灵感，至少这段经历让人刻骨铭心，但我很快就倦怠了，在路上的我显得疲惫不堪，一心只想尽快而安全地到达目的地。最后，我搭了一辆笨重的奔驰轿车，上面坐着两个虎背熊腰的亚美尼亚军官和一位优雅的中年妇女，我坐上去像是被挟持一般。军官将我载到了下一个总人口只有两万人的城市，晦暗的建筑成列地摆放着，暴风雪令这座城市变得毫无生气。

我继续边搭车边走，在这银装素裹的世界里，我显得无比的渺小，仅在偶尔路过被雪压断枝条的松柏和孤零零守在路边的军营时，才让我感觉自己不是一个人。然而在路上，只能看到一种颜色时，是无比悲哀的。这里没有沙漠的荒凉，也没有大海的宽广，像一片白色的反光板，机械地做着反射运动，让旅途毫无乐趣可言。

快到埃里温的时候，晚霞照耀着亚拉腊山，显得十分妩媚，霞光普照的平原上开始充满生气，积雪退却，世界好似重生一般。

当你站在亚美尼亚首都埃里温的中央，这座要乐观估计才能被称得上是百万人口的城市，一切仿佛都让你倒退回二十几年前的苏俄。虽然加盟共和国的称号让这个民族—国家的历史看上去并不光彩，但苏维埃的灵魂已经渗透进亚美尼亚的躯体，俄语至今仍是主要的交流语言之一，偶尔在城市边缘还能发现几栋标着“CCCP”（苏联的俄文缩写）的建筑，一座座被推倒的列宁塑像还能见到断垣残壁，只是有些被重新灌上了新的雕塑。

特别是当走进陈旧的地铁系统，仿佛进入了巨大的地下冷藏室，蒸汽机一般的橙色车皮缓慢地驶来，摇晃的车厢连接处让人觉得没有安全感，车厢里老化的透着金属锈气的通风设备，显得那样的粗糙和过时，要不是眼前偶尔变换的打扮时尚的高挑美女，还真以为这里是某个倒闭的电影厂淘汰下来的道具，或是一只被人遗弃的铁皮罐头。

更为让人觉得不可思议的是，道路上飞驰的除了古董级的大众面包车、无轨电车、老鹰车以外，还有许多宝马、奔驰、悍马等名牌车；被改造一新的人民公园里新种满了塑料的假树，似乎也是中国同几百辆友谊公交巴士一道送给亚美尼亚人民的礼物。

有人如此描述晚期的苏联社会：“整个社会都像仍生活在校园里：密切的、动感情的、耗费大量时间的友谊，无休止地把时间花费在饮茶、喝伏特加、讨论生命的意义、贪婪地追求那些深奥莫测的神奇或臆造的事物上。”这段话如今仍是后苏联时代的亚美尼亚的真实写照。

刚到埃里温，我就收到 Zahra 在脸书上的短讯：“戴问我是不是爱上你了。她认为爱一个总在路上的人是一件错误的事。但是我爱你，尽管我知道你并不爱我。所以，我一个人在我的路上。”这封信让我在残酷的冬季里感受到一丝暖意。

还有一个自称是 AIESEC 组织成员的大一学生来信问我愿不愿意在埃里温教英文赚点外快，但我打电话过去，她却好像忘了这件事，以为是接到什么骗子电话而生气地挂掉了。但很快我便有了新的朋友，一些滞留在亚欧缝隙中准备随时找机会去西方的人，一些年轻时就出去浪迹过的过来人。

初到埃里温的几日，我便被 Couchsurfing 上的朋友、曾在柬埔寨生活过两年的摄影师 Anastasia 推进了酒池肉林，肉是稀少的，但酒不可或缺，人们可以依偎在酒吧里、啜着几瓶伏特加无所事事地喝到天亮，然后醉醺醺地各回各家，除非你幸运地找上了新的女伴。一位在亚美尼亚乡下做义工的美国人每两个月才进一趟城，唯一可做的就是上酒吧浸泡几天，他看起来非常落寞，向我抱怨说这里的生活太无聊，人口太少，姑娘也太保守，20 岁就结婚了，我说男人们都喜欢金屋藏娇，自己却在外面胡来、去专供男人娱乐的酒吧和场所。

但现在的女人们也毫不示弱，传统的婚姻岌岌可危。我认识的一位当地女漫画家——这里的所有人都自称是艺术家——在 20 岁时结婚，半年后便与丈夫分道扬镳了，她在酒吧的舞池里寂寞地舞动着，舞蹈是对现实世界的控诉，还是对幻想世界的沉溺呢？或许只是单纯地想放纵自己，然后在午夜与某个陌生男子悄然无声地消失在芬芳的花巷里。

Anastasia 是这座城市的交际花，她拼命地想逃离这座枯燥乏味的城市，但又不得不向她的父母和金钱妥协。所以至今仍寄宿在一个女作曲家朋友的房子里不愿回家，和女作曲家、女作曲家的黎巴嫩籍男友（因为亚美尼亚大屠杀，很多亚美尼亚人逃亡到宗教相对多元的黎巴嫩）、时而替女作曲家的母亲前来探班的爱找麻烦的中年女士共处一室。我曾去过那所房子两次，狭小的房间里堆满了各式各样的生活用品，钢琴旁挂满文胸的架子、桌上的塑料假花、柜子上的俄文图书、Anastasia 的旅游照片和纪念品、睡觉用的沙发还有一只四处流窜的猫都让原本狭窄的房间更显凌乱。一进门女作曲家便吵吵嚷嚷地说：“我要买绿色的染发剂，竟然给了我一瓶棕色的，真想尽早回到俄罗斯，在这里做什么都显得碍眼。”每天，Anastasia、女作曲家的男友都要和易怒的中年女士玩猫捉老鼠的游戏，错开探班的时间以避免被发现，剧情好似金基德的《空房间》。

时常陪着 Anastasia 辗转在不同的酒吧，显然酒吧是这座城市年轻人们唯一的去所，很快我便厌倦了这种生活，事实上早在几年前我就想通了。其中一家酒吧的女股东请我喝了一杯，告诉我她和丈夫今年要去云南晋宁的郑和墓献上一束花，他们深信是中国人发现了世界，这显然是受加文・孟席斯（Gavin Menzies）的《1421: 中国发现世界》一书的荼毒。我们还经常在一个叫作海明威的酒吧里鬼混，墙壁上海明威的头像总是在凝视着我，好像在说，喝一杯吧，才会有灵感去写作。

酒吧里的每个人都在试图向我表达他们了解中国的佐证，用一两句中国话、一个功夫的动作或者一道中国菜的名称，讨好我或者敷衍我，但我希望他们最好不要在烂醉如泥时才向我反复强调西方人应该学习东方的智慧，也不要轻易地将中日韩的文化混为一谈，那样容易惹恼某些激进民族主义者。

林子大了什么鸟都有。格鲁吉亚人觉得亚美尼亚人狡猾，亚美尼亚人觉得格鲁吉亚人粗鲁，土耳其人觉得这两国的人民不仅没文化，而且冷漠。只有从俄罗斯远道而来的中国留学生，觉得这里什么都好，至少比俄国好，瞬间体会到亚美尼亚人的热情好客，而且没有信奉种族优越论的白人势力光头党（White power skinhead）——后来我倒真的在街头和某些地下摇滚演出见到疑似光头党的人。

我在亚美尼亚近一月的时光里，对亚美尼亚人的印象是模糊的，一则因为整个国家民众的英文普及率极低，二则历史上亚美尼亚人曾颠沛流离，独立后这个新国家有大量的移民回流，有的还保留着原籍，许多当地人与外国人通婚，语言也不太统一，这里就像是一个被匆忙拼凑起来的国家，很难说谁能代表典型的亚美尼亚人。正如萨义德的《知识分子论》第 44 页的那句话："亚美尼亚是个杰出的民族，但经常流离失所。"[37]

另外，由于格鲁吉亚签证困扰，以及中国春节的临近，我没有心思继续写作，当祖国的同胞都在欢度佳节时，我也自动地调回了北京时间，除夕那晚的中餐馆爆满，我徘徊了好久但由于囊中羞涩还是没舍得进去。

不过，让人提心吊胆的事情还是继续地发生着。当我第一天踏入这个国家，看着街上持刀的少年站在夜色的街中央——让人联想到《牯岭街少年杀人事件》，我就感觉亚美尼亚并不太平。短短半月，我便目睹了三起群殴事件，一次疑似黑社会火拼，亚美尼亚黑帮是俄系帮派中有名的一支。连 Anastasia 也这样跟我说，埃里温并不安全，每个酒吧都有两道可以紧锁的铁门，以防有人滋事。

坐在吧台，慢慢地嘬着一瓶 Kilikia 啤酒，只是不想把它很快喝完，省得自己又

37：萨义德，《知识分子论》，三联书店。

得掏钱买一瓶。全身的细胞像被灯光穿透般，又被酒精浸泡过，音箱里在演奏古典主义音乐，周遭都是说俄语的、金发碧眼的人，我的出现显得有点突兀，实际上我有些困倦，大概是因为这突然变得寒冷的季节。

我在埃里温，品味自己最后的 26 岁。在这个尴尬的年纪，世上最美的事莫过于唱着伏尔加河、喝着伏特加、抱着金发碧眼的喀秋莎睡去。

27 拍广告

Anastasia 的眼睛是浅蓝色的，这源于她的母亲，一个俄罗斯人，她半开玩笑地说可能还带有一点蒙古血统，因为她的颧骨是突出的，当然我一点也不相信。亚美尼亚人种是泛欧人种（高加索人种）的一个分支，高大、黑发、棕眼和多须，但这些体征在 Anastasia 身上都找不出来。

关于基督教的信仰，Anastasia 举例说明："过去我们并不知道什么是基督教，苏联解体的那一天，母亲忽然把圣经找了出来，从那时起我才知道我们是基督教国家。"在格鲁吉亚我也听到过同样的说辞。

亚美尼亚人对电视肥皂剧和报纸上填字游戏的热爱超出我的想象，如果不是 Anastasia，我很难相信这座城市还有另一类生活方式。

"拍广告？"刚到埃里温，Anastasia 便介绍我去出演一支电视广告，"他们需要一个外国演员。"我想兴许也就是群众演员之类，露个脸什么的，不需要特别专业的表演技能。与经纪人的见面也是在酒吧里完成的，整个过程持续了不到十分钟，身材纤弱的经纪人便让我明早直接过去。

清晨我很早便起床了，Anastasia 答应早点带我过去，可一直打不通 Anastasia 的电话，心想这下估计没戏了，快到约定的时间，她才打来电话抱歉地说昨晚喝到半夜，回家又没有钥匙，就在外面晃荡了一夜，又走错了街道，各种凄惨，早上才回到家中。我开始还有些替她担心，后来便知这样的经验在她的生活中屡见不鲜。

还是回到拍广告的话题吧。当我们好不容易找到位于郊区一处别墅里的化妆间，发现竟然起了个大早赶了个晚集，原来这里虽然号称与欧洲同步，但时间观念依然是

Anastasia，埃里温

№1
58 88 85
58 88 86
T

非常东方的，没有人知道确切的拍摄时间，也不确定谁会上场，只有两个化妆师忙活着，所以一直折腾到中午才化完，其他人就在旁边干等着。

男主演 Pedram 是一位梳着鸽子式背头的伊朗留学生，长得就像好莱坞大片里的主角，妆也化得最久，轮到我时化妆师说我不用特别多的化妆。Pedram 曾在马来西亚工作了两年，又到埃里温来读研究生，晚上在我昨天去过的一间酒吧里做兼职服务生，偶尔出来接一些模特、演员之类的活，准备攒些钱再去澳大利亚学艺术。

“昨晚一帮伊朗人和另一帮叙利亚人在酒吧里打了起来，一直忙活到四点，现在我又饿又困。”Pedram 埋怨道，“亚美尼亚人总是迟到，拖拖拉拉，给的钱又少。”是的，这一整天的片酬是四十美元，而其他演员很多是无酬的，只为在电视上露个面。他曾经主演过一整支 MV，最后通过经纪公司也只拿到一百美元。

画完妆我们驱车到城外的片场，广告是为了宣传一个赌场而拍摄的，摄影棚也搭建在赌场地下一层的贵宾间。在亚美尼亚，博彩业是合法的，虽然每个城市的人口不多，但是赌场却鳞次栉比，似雨后春笋。因为周边有钱的穆斯林国家禁止赌博，所以大量的赌博爱好者都涌入了亚美尼亚。

清一色婀娜多姿的美女让我目不暇接，柔荑的双手在德国蔡司的镜头中娇艳欲出，手中的白兰地金光闪闪，深邃的目光楚楚动人，直照进你的内心，让你春心荡漾。紧凑的室内空间里，轨道摇臂、聚光灯、反光板、监视器、导演、摄影、场记、摄像、化妆师、灯光师、场工一应俱全。

广告的剧情非常简单，就是表现赌场得意后的欣喜若狂，这种老套的剧本在快餐类的电视广告上经常出现。一一试镜后，导演给我安排了主演的戏份，而让其他几位美国和英国籍的兼职演员坐冷板凳。

我坐在两位优雅、高挑的亚美尼亚美女中间，饰演“赌圣”，百家乐的赌桌上放着一支白兰地，身后站着身穿燕尾服的叙利亚侍者，然后我不断地重复着刚才的表演，像反复倒带的录像机，直到每个角度的镜头都被完美地捕捉到为止，但脸上负责表情的肌肉也即刻开始抽搐了起来。

拍到一半，Anastasia 就准备开溜了，她似乎意识到拍戏并不需要太多的翻译而是靠悟性。像大多数高加索人一样，她不直接说她需要休息，只是委婉地找个理由先离开一会，而整个下午她没有再出现。她回去睡了一觉，晚上又准时地出现在酒吧间。

拍完几个场景，又开始拍平面。其中一个镜头似曾相识，我身边两位金发碧眼的美女，身后站着两个西装笔挺、帅气的黑衣保镖，很像多年前在学校时排演过的小剧场的一幕，这是我擅长的角色，但无论如何这一切都只是演戏，当场景崩塌，就像做了一场春梦。

疲沓的拍摄工作直到很晚才结束，Pedram 已经体力透支，几近崩溃。而我却在席间，意外地再度接到同一所大学的博士面试通知，顿时感慨万千，预知到我已走得太远，无法再回到那个起点，做同样的事情，面试被安排在三天以后，旅馆里尴尬的网速让这次面试提前中断，我想不是我背离了曾经的梦想，而是生活突然变得棘手起来，我急需一场胜利，但这场胜利来得有些晚了。面试完迎来了中国的春节，我平静地在陌生的语言环境里，享受着孤独。

28 无酒不欢

埃里温，似乎是无酒不欢的国度，街上常有危险的醉汉、寻衅的人。然而这个国度又是在某种程度上排斥酒精的，酒吧总是开在不起眼的位置——地下，在这样的空间里法律失去了效应，就像那些挤满光头党的街头一样。伏特加是人和人交往的开场白，而我是个冷静的旁观者，又时不时地要融入这场狂欢的盛宴中，仿佛我不是过客，而要悉知长期生活的秘诀。我这个总是看上去不快乐的中国人，一个在酒桌上常常扮演临阵脱逃的角色，是不适应这种寻欢作乐方式的。Anastasia 说我有些独特，我想我的确不合群，在酒场和 Live house 之间，总觉得自己非常的尴尬，好像已与年轻的世界脱节，怎么都不能尽兴，原来的社交恐惧又在身体内滋长起来。这是一次无止境狂欢，只要纵情其中，并不需要太多的关于生命意义的探讨。

Anastasia 总是嘲讽我的经历不够传奇和疯狂，我在她的朋友圈子里自然显得甘拜下风， 她最近接待了一个俄罗斯的背包客，一路搭车到了伊朗，又搭回俄罗斯，其间风餐露宿，在亚美尼亚待了两天，就一直背着行李、不睡觉地辗转在各间酒吧，第二天晚上我见到他时，他已经快不行了，像一摊泥似的躺在地上，说自己没有力气说话。

亚美尼亚人喝酒并不讲究，不像美国人那样已经把调酒文化繁复得令人发指，在这样的一个宗教国家，酒价也不便宜，也许是因为匮乏，他们对酒的理解便是单纯的需求。

冬天的埃里温正值旅行淡季，我住的客栈多人间一共只搬进过四个人。第一个是环游世界的日本女生 Hiroka，即将去伦敦大学念历史地理学博士。她来自同样寒冷、嗜酒的札幌，到埃里温后简直就像掉进酒坛里了，不过她不像亚美尼亚人喝酒是为了社交或打发无聊，看得出她是真的爱喝酒，旅店的冰箱里装满了她买的酒，每天不喝就睡不着觉。

Hiroka 这一趟旅行耗时两个月，走了十二个东欧和西亚国家。和一个享有大量免签、落地签政策的外国人谈跨国旅行是一件尴尬的事情，暂且不论走马观花的意义，单从技术角度讨论可行性，我就已经败下阵来，两个月时间就算我都花在签证申请上面，也极有可能只够获得其中三至四个国家的签证。我唯一能让她羡慕的便是护照上那花花绿绿的签证纸。

更让我难以回答的问题是："去过多少国家？"

首先，这就跟问你有多少前任一样，那得取决于你的寿命有多长，和你每段恋爱的寿命有多长。其次，如何定义国家的概念，酋长国、中转国、自治国、联邦国、国中国算吗？兰德·麦克纳利（Rand McNally）公司几乎每天都要将地图更新一遍，四处分布的帝国、文化区、商业联盟、城邦国家、共同管辖地、属地、保护地、自由港、没有明确边界的王朝、托管地、半主权殖民地等，曾遍布任何一本历史地图集，直到昨天才烟消云散。[38]假如我过去 20 年内去过某块领地三次，随历史变迁我就可能已经去过三个国家了。

周游列国成为一种旅行家们风靡的游戏，动则以数量多寡作为筹码，不仅缺乏对旅行的基本态度，而且很可能缺少相应的政治、地理常识。现代国家的起源不过是近代的事，那以前的旅行者就不算周游世界了？马可·波罗到过的国家根本不能匹及如今任何一位环球旅行家。

突降大雪，减少了外出频率，便抽出更多的时间和 Hiroka 进行交流，一开始是从文学艺术切入，谈到村上春树的小说和小林正树的电影，Hiroka 说无法接受村上春树书中的情爱描写，太赤裸和直白，而小林正树的电影，像一个失重的电梯。Hiroka 擅长咖啡占卜，她从我杯中的咖啡残渣看到一支展翅的鸟，她说我马上就会有好运降临，是惊喜的预兆。

"这简直太神了，在伊朗我抽到的一页哈菲兹预言诗，也是在说一只鸟。"

随后我们又讨论了日本俳句，"俳句通常是由十七字音组成，有时也不绝对，"说着她便列举了小林一茶的一首：

"啖秋柿，钟声何悠扬，法隆寺。"

我看看四周，附和着用英文实验了一首："when you are sitting here, the snow

38：格尔茨（Clifford Geertz）；《追寻事实》，北京大学出版社，2011 年。

comes from my window, I read the cup of coffee."[39] 刚好十七字音。

"差不多就是那样，再多加练习即可。"她一本正经地说。

临近春节，中国人多喜欢在除夕团圆夜合家观看晚会节目，届时所有的电视频道都会变成一档节目。我好奇地想知道日本人的新年都有什么样的习俗，Hiroka 说全家老小会连续观看三天的超级马拉松比赛转播——真是一衣带水的两国人民啊。

谈到对苏联的记忆，Hiroka 感慨道："前不久翻衣柜时找出小时候玩的国旗玩具，上面还印着苏联国旗，事情都过去这么久了，但它还在那里，不知哪一天起这个名词就突然变成了历史，由此说明历史也是非常主观的和感性的。"

我们的交流一度很深入，直到词穷后我们就开始翻旧账，比如探讨国民性、历史、领土争议，这可能是彼此从未试图涉及的领域，Hiroka 比我想象的要爱国，虽然不至于相逢一笑泯恩仇，这样的隔阂也恰好反映了我们的固式思维，但谈论时我们彼此都感到开心。札幌人的冷漠在旅行书中早有耳闻，Hiroka 的笑声倒像是这冰冷的国度里炽烈的火焰，不过和我以往的经验一样，日本人即便和你再熟，也会在第二天无缘无故地变得陌生起来。

Hiroka 走后不久，她的位置上又来了一位新的客人，是在伊朗最好的大学之一 Shahid Beheshti 里任教的医学教授。埃里温的餐厅很贵，为了节俭，除楼下的卷饼店和超市外，我们从不进餐厅吃饭。他看上去温文尔雅，常在早餐时跟我分享他从超市带来的黑橄榄罐头和土耳其卷饼，并劝我要多吃黑橄榄——"很营养"，他让我感觉到这里和伊朗一样。

伊朗人来亚美尼亚主要有两个目的，一是寻欢作乐的捷径，即便是苦中作乐也好，二是通往西方世界的桥梁。教授便是后者，他已年近五十，拥有伊朗最令人羡慕和薪水最高的职业，但依然处心积虑地准备移民美国。伊朗人去美国实在困难重重，为此他到泰国考过雅思，在英国留了一年学，现在又到埃里温来申请美国旅游签证，准备去加州旅游一周做铺垫——这几乎要花掉他两年的薪水，有了旅游签证后，他才有把握申请长期的留学签证，读第二个博士学位，再寻求机会以特殊技能的身份移民。不知他移民的原因是否也和婚姻破裂有关，或者说婚姻破裂是他庞大的移民计划中的一步棋。

"如果你真的想做一件事，什么时候都不算晚。"教授有些悲壮地说。

在埃里温申请美国签证通常要花上好几个月的时间，不仅得花一两天从德黑兰坐车跨越高加索山——和我同样的路线，有时还要来回折腾好几次——比如遇到面签改

39：大意为："当你坐在这，雪从窗外而来，我在占卜咖啡。"

期。不过教授来的这段时间也没闲着，好几个晚上泡在夜店彻夜未归，他说他并不喝酒，只是需要释放，“看别人跳舞也觉得开心。”还有一次有人想介绍一个妓女给他，但他婉拒了。

教授从百里挑一的竞争中拿到美国签证，兴高采烈地离开了埃里温，不过后来住进来的德黑兰大学的化学博士就没那么幸运了，他申请上了芝加哥大学的访问学者，坐了一天一夜的汽车前来递材料，却被美国大使馆拒之门外，理由是工作人员把他的申请表格弄错了，需要他再坐一天一夜的车回去，并花两个月时间重新申请和排号。

博士听到消息后沮丧得像个孩子，他是虔诚的穆斯林，也特别节俭，今天他破例买了一瓶啤酒，喝了一半便狂躁起来，情绪有些失控，让人感到害怕。我能体会到这些伊朗人离开伊朗的迫切心情，旅途让我变得有些麻木，甚至觉得有点荒诞。许多人活了大半辈子的愿望，竟然是逃离自己原本的生活，说来或许又有些可悲，但谁又不可悲呢？

Anastasia 还是时不时地叫我出来喝酒，后来我在海明威酒吧认识了印度留学生 Prince 和一个美籍伊朗人 Emin。Emin 在伊朗长大，是波斯人与亚美尼亚人的混血，他总是吹嘘他过去在伊朗有一家诊所，不愁钱花，后来为了逃避兵役而去了美国，获得了美国护照——每当 Prince 怀疑这一点的时候，他就会拿出他的美国护照炫耀一番，意思是这是真货，大伙儿再羡慕地追问怎么拿到时，他咧着嘴又把话吞了回去。

Emin 经常炫耀他乱搞的经历，搞过多少个国家的女人，他三年前曾在阿根廷一夜风流后拍屁股走人，留下一个私生女儿，现在已经两岁了。“是那个女人自愿的！”他不以为然地说，还自豪有人已替他买了单。

他目前在埃里温和哥哥经营一家餐厅，但我们都没去过那家餐厅，平时他也是一毛不拔，连拼车的钱也老赖，极度抠门。有一天凌晨，我准备从无聊的通宵烂酒中开溜，他把我拉到一边偷偷地说：“是不是没钱喝酒了，跟我说。”

我总是能在这种无休止的莺歌燕舞中冷却、清醒下来，爱喝酒和嗜酒成性不同，后者已经不热爱眼前生活了，他们相信彼岸还有一个虚无缥缈、灯火辉煌的地方等着他们。然而我不得不离开，明天有个重要的电话面试，我的签证也快过期了，还有一大堆事情要自己去做。

旁边高鼻子蓝眼睛的保加利亚妙龄女郎已经醉醺醺的了，Prince 巴不得我快些走，别坏了他的好事。第二天早上他真的和那个女生回了家，“什么都没发生，她给我做了早餐，然后各自睡觉去了。”大家失望地结束了问话，鬼才知道他究竟干了些什么。Emin 和 Anastasia 没地方可去，就在街上一个流浪汉窝里烤火，流浪汉拿出一瓶伏特加，他们便分来喝了，我问味道怎么样，Emin 说他那时候已经神志不清了。

令我真正厌倦这样的生活是因为印度人 Prince，第二天他单独叫我出去喝酒，在酒吧里我们碰到一个不到二十岁的亚美尼亚小伙子和他十七八岁的德国女朋友——去年他们在德国认识，一年后约在埃里温团聚。德国美女长得非常出众，看上去是那种备受家庭和学校呵护的女孩，一眼就能和那些饱经风霜的东欧女孩区别开来。当他们听说我来自中国，都羡慕我来自一个古老而智慧的国度，男孩一度要邀请我去他家做客。说实话我有些为男孩担心，他有一个太惹眼的外国女友，与这种地方格格不入，果不其然后来他差点和 Prince 因为争风吃醋而打起来，原因是 Prince 喝得有点大了，一直缠着他的德国女友跳舞，小伙子瞪着赤红的双眼、眼中充满怒火，战斗一触即发，我成了那个所谓的“充满东方智慧”的调停人，最后亚美尼亚男孩带着他的德国女友不欢而散地走了。

从那以后 Prince 非常感激我，把我当作至交，还跟我强调：“只有中国人能理解印度人。”Prince 开始对中国流露出超越普通印度人的好感，或许是源于他阔别次大陆后，东方主义情结的重燃。他出生于一个传统的锡克教家庭，“Prince”（王子）是他的绰号，有可能他真的来自名门望族，也有可能他试图取一个高贵的英文名以掩盖他真实的种姓。他本来在“印度硅谷”有一份体面的工作，在微软公司干了十年的软件工程师，在这点上我没有怀疑，他操着一口比 Emin 还纯正的美式英语，而且在开低级玩笑时，一点不亚于我所见过的许多底层的美国人。34 岁那年他决定不能再这样活下去，于是离开微软公司、抛妻弃子，开始了环球之旅。他的第一站是北京，只待了七十二小时，爬了长城，爱上了宫保鸡丁。听说亚美尼亚是前往欧洲的跳板，Prince 便申请了留学，只要待够时间，就能换取长期居留证，从而有机会申请申根国家的工作签证，那将意味着更好的工作和新鲜的生活。来到埃里温一周后他便决定破釜沉舟，剪掉锡克教徒的标志性长发，意味着和过去斩断。可惜这一切美好的愿景似乎都泡了汤，来了不到三个月，他便在酒吧里被几个妓女下药后洗劫一空，盗走了储蓄卡里六千多美元，这是他工薪家庭的父母和结发妻子辛苦攒下来供他读书的学费和生活费。他无颜面对传统保守的父母和刚出生几个月的女儿，骗他们说是自己不小心弄丢了钱。在他身无分文后，还惹了一屁股麻烦，不仅从干净的宾馆搬到了郊外贫民窟的出租屋，看着房东的脸色过日子，还和他的房东打过一架。失去希望的他开始自甘堕落，彻夜喝酒逃避现实，连向父母伸手要回家的机票钱都快花光了，想托 Emin 帮他找个工地的活儿干。

从他身上我有点相信因果报应这回事了，也许这便是现实版的马太效应，抛弃了原本幸福的家庭和收入颇丰的职业，甘愿承受流落异乡之苦，却因忍受不了寂寞而落得一无所有，最终自怨自艾、自暴自弃。

就在那个郊外贫民窟的平房里，Prince 为我准备了春节的晚宴——咖喱鸡。他太想念宫保鸡丁的味道，而中餐馆又实在太贵，便跟我做了一笔交易。看得出他在家从未下过厨，显得笨手笨脚的，辣椒、咖喱调料都是一整包就往锅里倒，厨房平时也是那个亚美尼亚房东在用，由于用了厨房，弄得那个男房东一脸不悦。蓬门荜户的出租屋，是那种你进去都会觉得站也不好坐也不是的地方，也远得有点吓人。

第三天我决定回报他一份宫保鸡丁，结果拨错电话打给了 Emin，Emin 叫来了 Anastasia，Anastasia 又叫来了她倒霉的室友，室友带上那一脸怨气的亚美尼亚裔黎巴嫩男友。

我带上做好的宫保鸡丁，同 Prince、Emin 一道先打车去了 Prince 的出租屋，途中Prince的印度朋友打来电话，称钱被亚美利亚女友卷跑了。“那她现在在哪？”Prince 问。对方回答说去格鲁吉亚投奔亲戚去了。Prince 说你这个倒霉蛋别他妈管我要钱，要论倒霉我比你更倒霉，上次我被卷走钱的时候你也没管我。事实上 Prince 还是很关心那个“倒霉蛋”，又打了几个电话。下车时 Prince 让我付了出租车钱，说待会还我，但他再没提过，Emin 的表情就像根本没有付钱这回事。

可没过多久就该 Prince 倒霉了，他把手机落在了出租车上，虽然只是一个单色液晶屏的古董级诺基亚手机，但他后天就要去机场，订机票的一切信息都在那该死的手机上。

Prince 向 Emin 借手机，Emin 便立刻说他手机没钱了。

“就一个电话，你开餐馆的电话里连一元钱都没有吗？”Prince 说道。

“没有，我的电话从来只接不打。”Emin 回答道。Prince 拿他没办法，借我手机打了过去。

“手机关机了！”Prince 咆哮道。这件事终于让他陷入崩溃的边缘，而我始终不敢相信事情会如此蹊跷。一个小时后，Prince 把我的手机折腾得快没电了，Emin 只好贡献出电话，这次居然拨通了，司机说我正忙着工作呢，你电话一直响太烦人，我就直接按掉了。Prince 说一定是他那该死的朋友打来问借钱的事情。没说两句司机便说我现在没空，先挂了等会儿再说。

挂断后 Emin 的电话真的就没钱了，而我的电话也快没电了，Anastasia 和她的朋友们还在醉醺醺的路上，或许根本就在迷路的状态中。

我忐忑不安，想这不会是一个圈套吧，鹅毛大雪的荒郊野岭、破旧的小屋，他俩喝醉了怎么办？Prince 用我的手机再次拨通了司机的电话，好在那个手机并不值多少钱，司机说要不你付往返车费，要不就自己打车过来取。Prince 哪里有钱，便向 Emin 借。

“我没钱。你看我兜里一分钱都没有，我出门从来不揣超过五元钱。我昨天就花了三元钱，能不花就不花。”Emin 说道。

“那你他妈待会怎么回去？”Prince 怒道。

“天亮前我哪也不去，这儿挺好。”Emin 继续耍着无赖。

在这无聊又让人感到担忧的小屋里，除了期盼 Anastasia 的到来，我没有任何事情可做，而 Anastasia 究竟能找到这里吗，我没有十足的把握，她们应该在什么地方已经喝醉了吧，她又不是第一次出尔反尔了。

司机开车过来送还手机，并不是因为拾金不昧，而是嫌手机太破还不如挣个来回的车费。我又再次帮 Prince 垫付了这笔钱。我已经花了一大笔钱，Prince 说改天一定还我，我说不用了，我就没打算要过，也不可能要得回来。

我不想再陷入他们的一团糟的生活中了，准备开溜，Prince 问我是不是害怕了，我勉强摇了摇头，走出了门。

在这黑漆漆的地方根本就不会有什么的士，手机也已处于关机状态，几个人在雪地里都快冻僵的时候，Anastasia 的出租车到了，下车后我只匆匆打了声招呼，便要坐上出租车走人。搞得 Anastasia 一头雾水，忙问我怎么回事，连我自己也是一头雾水，因为她们竟然找到了这里，也带来了伏特加，不过，再见吧，待着分分钟都是煎熬。他们又开始无休止地酗酒起来，他们一定会度过一个愉快的夜晚，丝毫不会因为我不留情面的缺席而受到影响，也许会醉倒在冰冷的雪地里睡到天亮。而我早已厌倦了这种冗长拖沓的、毫无意义的社交，我逃了出去，和那辆出租车一道消失在大雪纷飞的夜里，感觉轻松无比，茫茫天地，雪下得越来越大，将整个世界装点一新。

电话面试结束后我曾一度感到茫然无措，国内的人们都在欢度春节，而我却在异乡奔跑着，奔跑在这个庞大芜杂的世界。十年间，有一半的时间在路上，另一半的时间读书，渐渐发觉旅行并非我的爱好，而是一辆载着我时空位移的船，没有它我现在会是一个警察？一名摇滚乐手？还是一个 Geek？时间再向后退，将我推向岩石堆砌的深海，那是我和现实唯一的交界点，听见有人在喊："嘿，理想主义者！"

也许上天就是要我坚持走下去，已经背离最初的人生设想太远，十年已过，不再是青葱的少年，激情已逝，不再有远征的冲动。每个人旅行的初衷各不相同，但终究都会殊途同归，我也不强烈地期望去看看这个世界，一切都是随遇而安，一生都会随波逐流，但这条河流却不是拥挤的人群，而是我孤单的背影，和我用青春刻画的苦闷与不羁。

29 困兽之斗

“你要是不立即离开，他们会揍你的！”

签证收费处的小个子格鲁吉亚人不客气地说道。话音未落，几个身材魁梧的彪形大汉已将我团团围住，粗鲁地向我下达最后指令：“滚蛋！”我像是一只困兽一般，在绝境中作最后的挣扎，困兽犹斗，何况人乎？但情况极为不妙，他们似乎不肯给我任何的解释机会，很快我就被几个人推搡着架了出去，勒令亚美尼亚方的警察将我带离了格鲁吉亚边界。

周围的人冷漠地注视着我，一个不在岗的格鲁吉亚警察从我身边经过，幸灾乐祸地冷笑道：“China！”这样的表情我已经看厌了，随即便可怜他或许将在这苍茫的山间度过余生，取笑别人可能是他唯一的减压阀。

不过他用不着我去担忧，我连自身都难保，就在二十分钟之内，我从一个有尊严的外国公民，变成一位不受欢迎的“恐怖分子”，其间究竟发生了什么？

事情要从几天前说起，我在海明威酒吧里认识 Emin 和 Prince 的缘起，是因为 Anastasia 告诉我，他们要介绍一位中国女游客给我认识。我想这帮人泡妞难道还需要翻译吗？很少有人会选择冬季到亚美尼亚旅行，该不会是上次在伊朗大不里士的土耳其领事馆碰到的那位吧？

果然是她。世界可真小，换了一个国家又碰面了，但她看到我后一点也不惊讶，似乎已经习以为常了，这点倒让我觉得十分吃惊。

她叫 Vivian，那天从领事馆出来后，我目送她上了出租车，结果她在出租车上哭得很伤心，“好心”的出租车司机起了歹意，将她骗回了家，狠狠地敲诈了一笔，怕她声张，又用尽手段恐吓她。她想办法逃了出来，把事情闹到了警察局，警察竟然听信司机的一面之词，扣押了她的护照，还试图拘禁她。由于护照被警察扣留，没有酒店愿意收留她，她在深夜的大不里士，无处可去，无奈之下将最后的希望寄托于陌生的路人，这一次才算真的碰到好人，还帮她要回了护照。经过这一番胆战心惊的遭遇后，Vivian 对伊朗再无留恋，立刻星夜起程，赶往亚美尼亚。

幸运的旅客都是一样的，不幸的旅客各有各的不幸，当我们交换完伊朗的故事后，竟然有种惺惺相惜之感。

为了缓解压抑已久的情绪，Vivian 决定在除夕之夜跨越国境，有种破釜沉舟之势，到格鲁吉亚去品尝新年美食。

社会心理学中有种马太效应（Matthew Effect）的说法，意思是“好的愈好，坏的愈坏”。格鲁吉亚的陆地入境关口向来臭名昭著，虽然已有落地签的法理依据，但经常会无故刁难中国公民，据称还有收受几百美元“通关费”的先例。这个月以来已经有好几拨中国游客被挡在门外，但对中国人来说，只要有一个成功的例子，其他的人便跃跃欲试，觉得自己也行。中国人“明知山有虎，偏向虎山行”的精神向来是管用的，但“知天命”和认识到个人的渺小，却不是人人都能办到，毕竟放弃的成本太高。

就在大年三十晚上，噩梦便再次在 Vivian 身上发生了。本来 Vivian 通关非常顺利，但行政官僚经常喜怒无常、临时变卦，由于 Vivian 向签证官多要了两日签期，触碰到了他的权威，签证官面露不悦，竟然以行李太多为由，怀疑她为非法移民，拒绝她入境，要将她遣送回亚美尼亚。她哭喊无力，在大厅内冰冷的地面上坐了几个小时，警察还威胁要把她关起来。

纵然有千万种入境的理由，但拒绝入境只要一种就够了，法律有时会变成一纸空文，在权力面前变得软弱无力。况且亚美尼亚已盖章出境，若不能入境，不仅意味着无法前往格鲁吉亚，很有可能不能返回亚美尼亚，说不定会被卡在边境桥上度过春节。经过长达几个小时的反复沟通，又联系到了在格鲁吉亚的朋友，她才艰难地获得了四日的过境签证，踏入格鲁吉亚那一刻，她已经身心疲惫，这个除夕夜注定会让她永生难忘。

当我在埃里温知悉这一切后，立刻陷入困局当中，如果无法陆路入境格鲁吉亚，我将必须途经第三国甚至第四国转机，再到格鲁吉亚首都第比利斯获得落地签，这不仅非常的昂贵，还将毁掉整个环亚旅行计划。

那如果在埃里温申请格鲁吉亚旅游签证呢？我已去大使馆详细询问过，按照格鲁

吉亚的办事效率，需要一个月的申请期，这几乎排除了第三国旅行者申请的可能。纵然亚美尼亚破例再给我一个月的签证，我也不想在这个冷清而昂贵的冬季里，无所事事地待上一个月。埃里温的犄角旮旯我都已经逛遍，塞凡湖我也去过了，那些高加索山上只有一两万人口的小城我都一一搭车经历过，甚至还与亚阿争议地区纳戈尔诺—卡拉巴赫共和国擦肩而过——若不是想凑国家数，实在没有必要再跑一趟。而邻国土耳其、阿塞拜疆至今没和亚美尼亚建交，估计连只鸟都飞不过去。

经过反复思量后，我决定铤而走险，选择唯一陆路可行的途径，直接前往格鲁吉亚边境，即便只获得四日过境签，也好过待在这里踟蹰不前。但事态的发展却大大出乎我的意料，也许是经历了 Vivian 的风波后，或者还有其他我无法知晓的原因，总之还没到格鲁吉亚的边境我便踟蹰不前了。

就在几个小时前，我尚坐在埃里温驶往第比利斯的跨国小巴上，因为时间紧迫，这也是我唯一能选择的入境交通工具。车里没有供暖，风吹得我剧烈的偏头疼，一个伊朗商人还在我耳边不住地吹冷风，一会儿不停咒骂自己的国家，一会儿又说他预测中国三十年后会超过美国，“我敢确定”，他反复地说道，因为他“精通政治学”。我疼痛难忍，将头偏向窗外，画面中出现一个个被白雪覆盖的小镇，路边堆积起厚厚的一层雪，是扫雪车的杰作。经过上次的遭遇后，我的眼睛不能离开自己的行李，但随即便想管他的，偷就偷吧，斜靠着椅背睡着了。

不知什么时候我被唤下车，意识模糊地走到亚美尼亚关口，值勤的士兵看了半天我的护照，抬起头来微笑着说了一句：“生日快乐！”我以为这将是我好运的征兆，却竟然是今天听到的最温馨的一句话。是啊，在我跨入新的一岁的一天，却不得不硬着头皮跨越这该死的边境线，这或许便是人们所说的“年坎”吧。

另一个士兵检查完我的护照后，立刻变得紧张起来，带着我的护照转身离开，将检查岗的门砰一声锁上，示意让我等一等。我感到情况有些不妙，一个军官模样的人走了过来，冷酷的表情就像是高加索山上的雪。高加索人的表情千变万化，但都挂在脸上，时而喜怒无常，让人措手不及，我时常会像看把戏一样看街上吵闹的人，人们的嗜好通常是无端的争斗。

军官跟我的小巴司机说了几句，司机的脸刷一下变了，怪我给他添了麻烦，愤愤地接过我的护照向格鲁吉亚走去。此刻，军官的语气变得强烈，命令我站在关外等着，好像我犯了什么大错。过了好一阵司机才回来，并没有径直走向我，而是将我的护照交给军官，又把我的行李从车上扔下来，直接开车走了。

军官表情严肃向我宣布："走吧，一切结束了，格鲁吉亚那边有麻烦。"

我的脑袋突然懵了，之前准备好的说辞和材料尚未派上用场，连签证官都没见上一面，就被拒绝在这冷酷的境外。

并非我有意要胡闹，事前我去格鲁吉亚驻埃里温大使馆申请签证，工作人员口口声声地说让我直接到陆地口岸落地签，并确定格鲁吉亚并未对中国人取消落地签政策。

"格鲁吉亚大使馆的工作人员说我可以落地签。"我辩解道。

按照罗尔斯（John Rawls）的正义原则，即便结果不一（获签或拒签），但至少应该在程序上保证每个人的机会均等，否则毫无正义可言。我显然连见签证官一面的权利都被剥夺了，当然无法接受这个结果。

好说歹说，军官先生见我誓不罢休，懒得再向我解释，让我上了他的军车，直接押送我到格鲁吉亚口岸。

获许进到入境大厅，就像饶舌Battle比赛上场之前，屏息凝神，我将要舌战群雄，等待我的将会是一场精彩的表演。然而，对方所有的人都已准备就绪，蓄势待发的警察，恭候已久的女翻译，台前幕后的长官。

"你来格鲁吉亚干什么？"女翻译冷冰冰地质问道。

"旅行。"

女翻译匆匆瞥了几眼我的材料，就像是要故意找借口一样，终于找到了借口。被拒签通常不会给出什么合理的理由，但她的理由未免太过荒唐，问我为什么酒店预订单上交代了机场有出租车接送，我没有乘坐出租车，并且这里也不是机场。

"我们决定了，不给你签证，你回去吧。"

这注定不会是一场公平的较量，在场的每个人都清楚怎么回事，就我一个人蒙在鼓里，三分钟的简单问答后，所有的人就已开始烦躁不安、跃跃欲试，再加上我一副一毛不拔的样子，警察们像被冷场的角斗士般一拥而上……

等到我再次被带到亚美尼亚军官先生的车上，他向我严正地重申："一切都结束了。"

军官先生压根不会英语，但这些说辞用不着专门学习，每天他都会听上好几遍，也许还会还说上好几遍，这就是他的工作。

为何同样是外国公民，一路上的待遇竟然如此不同。为了吸引旅游，格鲁吉亚号称是世界上最容易落地签的国家之一，但就在这样一个友好开放的国度，竟让我感觉不到丝毫的尊严。就算同为中国籍游客，似乎也鲜有同等待遇，难道恰巧我撞到南墙，运走华盖？还是那些经受过的同胞们都缄口不说，因为伤害已无以复加？

原本客套的亚美尼亚值勤士兵也开始变得冷漠无情，斥令我立刻离开，谁会怜悯一个被同僚所孤立的人呢，真是人情冷暖、世态炎凉。我脑中深陷空白的状态，签证期限已过，今夜我将去往何方？

我准备打道回府，在边境小镇的冷风中站了一个小时，没有搭到一辆回程的车。

陌生的人们对我置之不理，只有出租车司机上前嘘寒问暖，但无非也是："去哪吗，换钱吗，住宿吗？"嘴脸表现得十分现实。他们或许知道我的遭遇，或许假装不知道，可能早已麻木，对这样的事情习以为常，又或者变化无常的边境恰好给他们提供了生存空间，他们是边境的寄居蟹，随时恭候着那些被蚕食过后的弱小浮游生物。

是啊，在庞大的国家机器面前个人无比渺小，就像乔治·奥威尔在《动物庄园》（*Animal Farm*）中写的那样："所有动物生来平等，但有些动物比其他动物更平等。"冷漠的人民或多或少的是"刽子手"的帮凶，因为他们从来不会意识到何时何地灾难会降临到他们头上，他们只想管好自己的一亩三分地，也不会考虑这田地是从何而来的，正当与否，又会如何失去，他们是平庸的人，也是可怕的人，他们有时是鱼肉，有时却是刽子手。

事情却没有到此结束，我在荒凉的边境上走投无路，决定包车回埃里温，车开到半路才想到，为何不给中国驻格鲁吉亚大使馆联系下呢？因为之前有人也这么做过。

接下来戏剧性的一幕便开始了。春假刚过，大使馆周日照常上班，顺利拨通电话并简单解释了一通原委，遂得到一位参赞的许诺："你再去向格鲁吉亚官员解释一次，若不行我再出马。"

我似乎重获曙光，即使车程已半，我还是决定冒险一试。不料司机却不愿意了，趁火打劫地说必须包他车到第比利斯，否则哪也不去了。天色已晚，我骑虎难下，只好答应。司机又示意我刚才打的是国际长途，这笔钱也要跟我算，我愤愤地将身上所有的钞票扔在挡风玻璃前面，说我就这么多了，司机赶紧见好就收，怕我反悔，但尚不知足，一路上又试图管我要了几次。

不料，这一次亚美尼亚边境却不买账了，如此恶性循环，已让我身心疲惫不堪，估计他们也从未见过如此偏执的人。反复和亚方沟通，领导却迟迟不肯给我回复，想是也怕麻烦上身，便再也不露面了。左右为难的士兵只好将我的护照和签证在检验机上仔细端详，借机拖延时间，好让我知难而退。

就这样僵持了两个时辰，参赞打来电话说快下班了，要是亚美尼亚边境不放我，那他也无能为力。

我向一位懂英语的士兵申明："我是外国公民，你没有理由拒绝我出境，况且我的签证已到期。如果我入境有任何事情发生，我会及时联系大使馆，这你不用管。"一开始他还真被我的说辞懵住了，后来也无奈地摆手，表示无能为力，意思是你联系也罢，反正长官说不放你我也没辙。反正就是相互推诿，将我像一个皮球一般踢来踢去。

僵持的最后结果是，亚方军官义正词严地在电话里下达最后通牒："人可以放，但责任自负。"而且要我必须承诺若不能成功入境格鲁吉亚，亦再不能返回亚美尼亚。这让我想到了汤姆·汉克斯主演的电影《幸福终点站》（*The Terminal*），主角因为证件失效无法入境美国，而在机场滞留了九个月的时间。但是机场尚好，要在这寸草不生的水泥边境滞留，还真不知道是死是活。现在的我进退两难，却没有时间让我犹豫不决，我决定就这么做，先走一步算一步，反正已有参赞先生的口头承诺。

"生日快乐！"在士兵的祝福声中盖好出境章，但这话现在听上去像是在说："祝你好运。"终于拿到了被一群士兵反复蹂躏的护照，望了一眼已经等待得恼羞成怒的的士司机，而我知道，战斗才刚刚开始。

尚未到达边检，我们就被警方控制住了，不让我靠近入境大厅半步，我倒真的成了恐怖分子，气势汹汹的防暴警察随时可能冲上来，揍我一顿然后把我关起来，他们有权那么做，翻译官也躲得远远的，事不关已。司机接到命令，将我带回边境的桥上，孤零零地站着。

事到如今，只好通过大使馆官方交涉了，不到十五分钟，警察便用扩音器叫我过去。进了入境大厅，刚才的人们态度有所改变，但僵硬的表情需要一段时间的缓解。隔着玻璃窗我看见办公室里的长官，那张不可一世的脸上写满让人捉摸不透的语言，不知是欲望、傲气还是麻木。签证收费处的小个子格鲁吉亚人怯怯地低声问我道："你是怎么解决的？"我还正想问你们是怎么回事呢！

获得十日过境签证，经过女翻译官的面前，她正低头和别人说话，故意避开我的眼神，我轻声说了句："谢谢。"然后跨步走出大厅。感谢在我说明来意之后，你们还给我提供了这么精彩的写作素材。

到了第比利斯的郊外，司机示意我没有油了，然后丢给我1里拉的硬币，让我下车。我揣着这一枚硬币，不知道这是哪里。远处无垠的草地，在夕阳照耀下显得无限美丽，但此刻已无力欣赏。我突然想到了甘地（Gandhi）先生，如果没有在南非受到不公平的待遇而被扔下火车，恐怕就不会有后来为争取平等权利所做的运动了。

杂志封面上的V字仇杀队，第比利斯

30　以父之名

历史上的格鲁吉亚是一个令人生畏的国家，盘踞在欧亚的十字路口，在过去它的边界能到达黑海边的拜占庭城市特拉布宗，也能统治里海边阿塞拜疆的阿哈尔，拥有高山屏障的它曾作为基督教向东的一个堡垒，直到现在也是，它四面八方依然都受到异教徒的包围。

深厚而复杂的历史并不一定都能产生璀璨的艺术，但格鲁吉亚的建筑、绘画、戏剧和音乐，更像是上天给这群倔强者的馈赠，从尼可·皮罗斯马尼（Niko Pirosmani）那些不可思议的画可以看出人们对文艺的尊重——这位艺术家的头像被印在一拉里纸币的正面，而其他纸币上是作曲家、学者、诗人和历史人物。同样戏剧的是，斯大林也诞生于此，但显然他的诞生丝毫没能给格鲁吉亚带来任何荣耀。

在我像头困兽一样冲出牢笼后，被抛掷到第比利斯无比荒凉的郊外——让人足以联想这里的低生育率和对外移民的数量。我踏上一辆破旧的古董公交，将自己口袋里唯一的1里拉硬币扔了进去。

我按地址找到Vivian住的旅馆，一幢老旧的多层公寓，多人间在阁楼上，斜插的天花板让人感觉压抑，窗外能看到圣山上的电视塔。房间里还有其他住客，一位土耳其女生，和每天不断更换的旅店主人。当我向Vivian诉说我的遭遇时，她显得很漠然，她当时的处境一定比我更为不堪，或许我同样的经历能给她些许安慰?

我不知道她是否介意我的闯入，起初我猜想她是不愿意的，但后来她也欣然接受了，每天说几句中文总归是好的，还能品尝到我做的中国菜。格鲁吉亚是葡萄酒的发源地，我们也时常会在一起讨论哪里能买到便宜又好喝的酒。Vivian并没有将边境上的情绪带到这座城市来，去办了张三个月的临时居住证，而我显然还难以释怀。

不断的辗转在不同的旅店，就像不停更替的避难所，容易让人感到厌倦。我时常考虑要在一个地方多待一阵，但旅店的老板通常不怎么欢迎常客，他们有的时候就像厌倦枯燥无味的生活一样，讨厌平庸的客人。而我也不是那种看上去很容易被讨好的人，我友善、微不足道，我的国籍并不足以影响到他们的客源。这往往让我毫无安定之感，好似没有拿到准入证无法停靠港口的船。

同屋年轻的土耳其女人宣称自己没有任何的宗教信仰，但她说如果有一天突然看到了一位年轻俊美的神甫，他能屈身于她的话，便愿意考虑入教。似乎这种思慕异性的驱动力和功利主义是相当一部分人选择信仰的初衷。

旅店其中的一位女主人是一名报社记者，她对格鲁吉亚的基督教信仰有着精辟的总结性评价："在苏联加盟共和国时期主要是人民争取信教自由的问题，在格鲁吉亚共和国时期主要是人民争取不信教自由的问题。"

在埃里温初尝现场音乐的氛围后，我便对第比利斯寄予厚望。这座城市曾诞生过"苏维埃伍德斯托克"——苏联的第一届摇滚音乐节，但格鲁吉亚人对苏联的回忆却是矛盾的。有次我们在第比利斯 TNT 地下摇滚俱乐部里欣赏当地重金属乐队、流行摇滚乐队为纪念科本的演出时，我突然产生奇怪的幻想，怀疑舞台上披头散发、穿着复古铆钉夹克的金属党，是否便是白日的东正教堂里扎起长发的神甫的分身。

比长发男更具高加索风格的是"光头党"，和"光头党"一起 Pogo[40] 最大的风险便是，在音乐中你根本无法分清种族的界限，也许他们中间有货真价实的光头党，也有人拉着我说他来自北欧的某国，每个人都瞬间变成 1991 年莫斯科红场摇滚音乐节的一员，身边还不时有保卫将我们分隔开，人们都小心翼翼地避免出任何的乱子。Vivian 躲得远远的，不愿接近台前嘶吼发狂的人群，也的确只有我和 Vivian 长着一副明显的东亚面孔。

土耳其女人则对台下用力甩头和 Pogo 的观众颇有微词："要是在伊斯坦布尔，你们早就被人揍了。"当然台下的观众也包括我，我突然感觉后背一阵发凉，于是时刻提醒自己在伊斯坦布尔一定不能去看地下演出，即使去看也再不能 Pogo 了。随即我便怀疑她是否明白"Pogo"的真正含义，直到怀疑自己是否也真的明白。

我和土耳其女人的另一个分歧是不同的烹饪方法。我列举了一个坏例子，说土耳其语里的"煮"并没有涵盖加热的意思——最近刚读过一篇人类学者 Joseph Bosco 写土耳其饮食的文章 *Cooking meat without heat*，便想故弄玄虚一番，没想到我的咬

40："Pogo"指在摇滚现场台下观众自发的一种特殊舞蹈形式，根据不同演出类型有不同的风格。

文嚼字并没有博得她的好感，反而指责我对土耳其抱有偏见。她自称是教授奥斯曼帝国历史的老师——所有土耳其人似乎都是奥斯曼帝国的研究者，他们对这段历史滚瓜烂熟、津津乐道、颇感自豪，但这显然不是什么学术沙龙，也不是一群人在酒足饭饱后谈论着无关痛痒的文化传统，我就在一片嘘声中被三振出局了。

第比利斯所有的市政建筑上都挂有欧盟国旗，但它并非欧盟成员国，这个国家正积极地拥抱西方世界，旗帜便是它下决心彻底脱亚入欧的标志。标榜“欧洲从这里开始”的格鲁吉亚，首都面临的首要难题却是逃票问题。不仅公交车逃票问题严重，就连地铁站也有人明目张胆地逃票，屡禁不止。更有意思的是在公交车、车站和地铁站均设有专门的查票员，当发现公交车查票员上车时，人们才会一拥而上地走到投币箱前补票，但市民们还是经常会因拒绝买票而和检票员吵架，似乎不买票才是名正言顺的“社会主义”。

这让我极度怀疑在衰退的经济背后，人民是否能够获得真正的自由，许多市民用脚投票，通过在市政服务厅门口明目张胆地向外国人低价兜售土地，以求获得一笔钱后尽早离开这个国家，移民欧洲。最后这个国家极有可能像他们所预言的那样，被中国人占据。不过他们大可不必为此担忧，中国人迟早也会离开这个国家，所有人只会将它当作亚欧大陆的跳板。

高加索有“世界火药库”之称，是世界上战争密度最大的地区，格鲁吉亚和亚美尼亚也不例外，动荡不安也是人们选择离开的主要原因。也许是在格鲁吉亚待的时间不长，我没有耳闻像亚美尼亚大选枪击案那样的政治事件，也没有亲历游行和军警冲突，甚至没有见到亚美尼亚街头那样的暴力打斗，一切都看似平静。但我从来不敢在这里乱窜，也许还对边境上的事情心有余悸，那些印着“V 字仇杀队”的杂志海报、画着“Fuck Capitalism”（操他妈的资本主义）、漫画动物庄园的街头涂鸦、躁动不安的地下演出以及四处游荡着的、目光凶狠的失业者，使得这里平静的秩序后面隐藏着浓浓的火药味，随时可能被点燃。

格鲁吉亚人似乎总在克制自己的友好和热情，一天内唯一的被搭讪是来自一位兜售苏联时期地图、旧书的老者，当他知道我的国籍后露出了意味深长的笑容，这突然让我感到些许温暖。

每天伴随着手机微博客户端弹出“蹚”的一声苏醒和睡去，就像临睡前要反复温习抽水马桶的响声才能安稳入睡的患者一样。微博的热点都是这样的段子：明星甲向明星乙求婚，被路过的明星丁拍到。这三者之间显然都和我没有任何关联，也提不起兴趣，为何我要如此地关注呢？设想如果我不关注明星甲、明星乙和明星丁，我甚至怀疑自己还能否和 Vivian 顺畅地交流。

在第比利斯终日漫无目的地闲逛、看了一场接一场的话剧后，终于盼来了迟到的土耳其签证——土耳其还是为我们留了一扇窗。这意味着我的环亚计划已渐入尾声，与签证官的“战斗”就要告一段落，走过的地名又再次变成地图上的符号，好似大梦一场。

我决定继续走下去，伊斯坦布尔过后还有中东和非洲，我还想去南太平洋寻找土著部落。怀念多年前，一个人的旅途虽然孤独，但心中尚有想念的人。而今再没人分享，幸好有人发明了社交网络，不用再像以前练就了一身左右互搏、自言自语的本领。一个人的时候容易疑神疑鬼，患上轻度的被害妄想，这在旅途当中糟糕透了。

长时间的旅行并没有改变我太多，却不断地修正着我对世界的看法，若旅行只是毫无目的地游荡，那人们又在苦苦地追寻着什么呢？人生过于短暂，旅行让诸事不断滞后，好在我并不用和别人赛跑，因为我已朝相反的方向走得太远。

年轻的一代有他们自己的“在路上”，这个无可厚非，人们不能以自己的思维模式去束缚他们，谁在年少的时候又不会犯几次错呢。即便老嬉皮士们宣布嬉皮不再，却仍然无法阻止新的嬉皮士诞生。成功无法复制，但就旅行而言，总归是无比珍贵的，并不是世界上所有的人都能够旅行，即便那些能够旅行的人也无法跳出人生的局。

每个卑微的理想主义者都是孤独的。

地中海巡礼
A Grand Tour of Asia

31 卡夫卡

我选择了最漫长的方式去土耳其，在外高加索最漫长的冬季，先坐上一趟陈旧的列车，等过了边境再向前搭车。

第比利斯火车站的地下通道黑灯瞎火，弥漫着一股刺鼻的尿酸气味，一个坐在狭小盒子里守着余生的中年男人，双目无神地盯着黑暗的另一边。

几个不良少年沉默地从通道的另一端钻了出来。我时常地在想儿时那些躲在巷子里、凶神恶煞的少年都上哪儿去了，随着时间的流逝他们藏匿进了人群中，变成了那些西装笔挺、人模人样的成年人，被写字楼宇所淹没，或者在摇晃的乡村巴士上，将头伸出窗外抽烟，这样说或许太过浪漫。我确定有一些是死掉了，想到这里不禁一阵冷汗，最可怕的是另一些人他们蜕变得如此迅速，以至于只有当两个人亲密无间后，才可能发现彼此竟然和过去的兄弟、兄弟的女人那么相似，第二天过后两人便默契地不再联系，但彼此仍然心照不宣——过去的烙印就像身上的文身一般，是无法完全抹去的。

这趟午夜时分开往黑海边的缓慢列车，选择它是因为价格便宜，比一晚上的旅店费用还要便宜些。车厢里的暖气却足得让人汗流浃背，半夜里醒来的人试图打开窗户，像只狐狸一样，从月夜里逃进崇崇雪山之中。

几个肥胖的孩子吃着快餐，车厢里也不发售食物，整列车厢看上去毫无生气，人们的目的明确，到达那个叫巴统（Batumi）的海港小城，便各奔东西，故各自为政。而另一些人要换乘去土耳其。如果算上浪费掉的时间，这不算是最经济的方式，但总有些人成天无事可做，时间对于他们来说是比金钱充裕得多的东西。

我见过各式卧铺包厢，这趟车的行李箱比较特殊，将床板掀开，是一个密封的箱子，将行李放进去，合上后还可以上锁，看起来比较安全。隔间里有一个沙特阿拉伯商人，和两个阿塞拜疆的中年妇女，售票处似乎有意将几个外国人安排在一起。沙特人不通俄语，只得同我说话，我也只能随口附和。灯光映衬着他的脸，才隐约辨识出他和其他人长得不一样。他说他去年到过中国，打算通过航运从中国进口水泥和砖卖到格鲁吉亚，这要跨越两大洋——太平洋和印度洋，途经阿拉伯海、红海、地中海、黑海，最后到达格鲁吉亚的港口巴统。商人的逻辑总是让我吃惊，就像他也永远弄不明白我为何要费尽周折地过来旅行一样，我们的隔阂在于，衡量行为的标准不同，他是在经济角度上考虑，而我是从旅行的便利和个人兴趣出发。

让我感觉不适的是，他总在试图向我输出他的价值观，这样的人看上去是和蔼的，但在观念上却是粗鲁的，一则他从不站在对方的立场思考，二则他对他者的传统和文化可能一无所知，也不关心。

阿拉伯商人的野心仔细想想并不夸张，我们的目的地——貌不惊人的巴统港，在一个世纪以前，曾是重要的石油输出港，世界上五分之一的石油通过巴统流向全世界。巴统的辉煌取决于他的邻居伊斯兰国家阿塞拜疆，因为冷战时代的来临，石油输出和港口业务受到波及，近年来阿塞拜疆又再度成为石油输出大国，首都巴库是新派建筑的试验田，格鲁吉亚的巴统港也在逐渐地恢复它的元气。

夜里辗转难安，连做梦都会有恐惧症的我，试图将梦境的碎片连续起来，以防止自己在和幻觉的斗争中遗失，失去方向感。车在凌晨五点到了站，我才被迫挪动身体，车厢里的旅客都松了一口气，安全抵达，只有我看上去失落不已，因为对我来说没有终点，只有下一站。

车站外的大街上，两名小巴司机因为争抢客源而吵了起来，是另一场场面滑稽的表演，格鲁吉亚人热爱戏剧艺术，好似无法将戏里戏外分清。小巴上写着通向 Sarp 口岸，我环顾四周，有两名背着军绿色帆布包的欧洲年轻人，他们同样在四目环视，像防备被扑食的猎物。背包像是从瑞士军队里退役下来的，底部挂着一个褐色的帐篷包，仿佛刚参演完凯鲁亚克的《在路上》。

我没有机会去仔细品味这座昔日辉煌的港口，跟着他们上了去 Sarp 口岸的摆渡小巴，背包客是德国人，沿着黑海一路搭车到了格鲁吉亚，现在打算换条路再搭回伊斯坦布尔。德国人向来比较细致，他们装备齐全，一张精细的地图以备随时查阅，露营装备也随身携带。而我看上去倒像是一个离家出走的小孩，还没从夜晚的梦魇中惊醒。

火车站，第比利斯

德国人在半路上便下了车，一头钻进黑海边的丛林里去了，我失落地坐到了终点站——结伴的愿望落了空。Sarp 口岸就在黑海边，天气并没有因为跨越国界而变得阳光明媚起来，冷色调的海面上漂浮着一线海鸥，海岸线被碎石子覆盖着，近处的教堂和远处的清真寺隔岸观火，像一座凭空建筑起来的迪士尼乐园。

我将过境签的有效期和停留期弄混淆了，它们只差了一天，出境处的女士并没有因为这一两天而为难我，看上去她不打算那么做，只是盯着我的签证看了半天，又和同事商量了一番，才拓上出境章，大声地说了一声：

“Good bye！”——这或许是我最记忆深刻的格鲁吉亚式表达。

……

我沿着黑海边的高速路朝前走，一辆一辆疾速的巨型车辆擦身而过，孤独的绝望和侧风的气流交替而来，感觉自己就快要被它吞没，茫茫天地，竟然没有容身之处，失落、被害妄想、恐惧，一拥而上。前面的路还很漫长，我却在这狭窄的高速路上喘不过气来。我努力地贴近安全带，只能漫无目的地向前走，一步一步。

路还很长……

路还很长……

路还很长……

天空的城堡开始变得混沌，过雨云渐渐占据了上风，湿气逐步地凝结，眼看暴雨将至。沿着黑海徒步了数个小时，咸湿的海风夹杂着雨水，灰暗的天空黯淡不明，天地间恐怕只剩下我独自一人。独自一人在路上，回忆亦像噩梦一般，纠葛着那些片段的回忆。仿佛回到那年的青海湖，湖边出现了一个二十岁的青葱少年，背着沉重的廉价行囊，在湿地里不断跳跃，累了就和阳光说话，用雨露滋润着双唇，但冰雹让他无处可躲，脆弱的身体被疾病缠绕。六天的环湖徒步，最后只剩下他一人，是什么力量支撑着他？

海鸥的鸣叫将我从记忆中唤醒，海平面若隐若现，船在远方若有若无。这里的公路没有界碑，海边没有围栏，依然是自由的心，却还是孤独地行走。我想到了契诃夫的《海鸥》，那个怀揣梦想而对现实绝望的年轻作家特里勃列夫，最后用一颗子弹早早收场，那是我最喜欢的一部戏剧。但我又想到了就在黑海的另一边，奥斯特洛夫斯基笔下的保尔·柯察金曾试图结束自己年轻的生命，但命运终又选择站在了他这一边，他的坚强战胜了懦弱。

是时候该停止这该死的绝望的念想了，我要继续走下去，即使越走越远，身边的人越来越少。因为我的心里一直住着卡夫卡，而卡夫卡的心里装着世界。

环亚旅行最终让我明白了，去哪儿、怎么去，其实并不重要，一个人要是疲于奔波于不同地理标签之间，那也只是徒劳；生命是一场流动的河，每个人都微不足道，但梦想却是这条河上的船舶，它将决定你在哪儿靠岸。

所以，我得继续向前走，即使越走越远。

……

伊斯坦布尔就在眼前，当我跨过亚欧大桥，踏上了欧洲的土地，这一切在我眼中却显得无比的平静，只有不费吹灰之力的从天而降，才会让这座城市令人欣喜若狂。从拥有这个愿望到现在，虽然只有短短的一桥之隔、一海之遥，却让我走了足足的11年。这让我想到人生苦短，如果花上11年时间去完成一个可以顷刻达成的愿望，岂不是件很悲哀的事情。

故事讲到这里，我仍想继续写下去，让我的环亚旅行有个完美的结局，不会让听众听到一半而感觉戛然而止。但那天当我站在风雨飘摇的黑海边，突然发现早已经没有宁静的心情去欣赏大海了，11年前我渴望精彩的生活、绚烂的人生，像烟花一般的释放和燃烧青春，换来的竟然是寂寞的反扑。记得日本诗人寺山修司在一首诗里写道：

“……人生在什么时候会结束，但海是不会结束的。感到悲伤的时候，去看大海。在一个人寂寞的时候，去看大海。”

加拉塔大桥，伊斯坦布尔

JETONMATİK
T1
Bağcılar
GÜVENLİK

32 伊斯坦布尔

在清真寺的宣礼声中醒过来，窗外是博斯普鲁斯海峡，一杯咖啡，一刻钟的凝望，一天的冥想。伊斯坦布尔就像亚特兰蒂斯一般，建造在蓝色之中，迎着每日的晨曦和暮色，是一副天堂的景象。

我想给远方的朋友写信，想像过去的人一般，从这个城市出发，到达爱琴海中某一个遥远的岛屿，那里住着诗人，或是相信上帝的人。我们大可以花上一个月的时间，去争辩上帝的存在或荷马史诗中某一段的真伪；在某个出其不意的下午，等待某个人的造访，或去某个陌生的城市做客。这样缓慢的时代已经远去，等待显得毫无必要，世界变得顷刻即至：一条短信和一张标有精确时间的机票。

伊斯坦布尔不再梦幻，你从现实中苏醒，但每当置身于古堡旧巷时，一切又像帕慕克笔下的伊斯坦布尔了。依旧是鹅卵石路、有轨电车、轨道电梯，载着你从起点到终点，仿佛穿越了几个世纪，人们在试图保留着什么，是辉煌的奥斯曼帝国，还是美好的旧日时光？前者成了历史，后者成了艺术。

也许只有穿梭其间的混血儿、来往欧亚度假的游客，过着他们依然欧洲的生活，品尝红茶、瓜子和打麻将的老人，又将人拉回遥远东方的记忆中。是的，这里还有横跨亚洲大陆的博斯普鲁斯海峡大桥、伊斯兰与拜占庭风格兼具的蓝色清真寺、蓝白色相间的伊兹尼克瓷砖、迷宫一般的升降地铁，不用我赘述你也一定有所耳闻。

老城里，苍白的古迹屹立在现代楼群当中，城市的建筑师们决定放弃木屋的粉刷，任其自由地腐烂，只将那些褪去颜色的炭黑色阁楼，用作国际打工者和难民们滞留的廉价旅店。人们在清真寺前摆起旧物摊，大件小件地贩售着廉价的生活必需品。巷子中偶尔还能瞧见一家马具店，提醒着人们曾经金戈铁马、号角连营的帝国时代。咖啡店里谈笑风生的情侣和为欧洲足球联赛彻夜狂欢的人们，是对逝去的古老荣耀最好的证明。

格温·威廉斯（Gwyn Williams）在他的《土耳其历史与导览手册》里建议："花一天看城墙和防御工事，再用几天寻觅城内外的水渠和贮水池，一个星期看宫殿，再一个星期看博物馆，一天看柱子和塔，数周看教堂和清真寺……"相比之下，我是个不太称职的观光客，到所有的地方匆匆一瞥——码头、东方快车博物馆、剧院、教堂、清真寺、有轨电车站、书店、大学、旧货市场、巴扎、超市、茶馆、美术馆，混在成群结队的游客中，我已经好久没有见到如此多来自远东的面孔了，竟然会觉得精致小巧的东方少女，远远好看于土耳其的异域风情。

电影摄制组在这里已不再是新鲜事，伊斯坦布尔就是一个天然的电影布景，从君士坦丁时期可以拍到当代。伊斯坦布尔拥有两个国际电影节，在城市角落的小剧院也可能有一个世纪的历史。在伊斯坦布尔你既可以见到浓妆艳抹的好莱坞明星，也可以在好莱坞大片里见到伊斯坦布尔。

伊斯坦布尔大学附近有许多独立的二手书店，兴许会淘到一本奥尔罕·帕慕克的《伊斯坦布尔——一座城市的记忆》。诺贝尔文学奖获得者帕慕克是每个到过伊斯坦布尔的人的必修课，他的著作已成为伊斯坦布尔的代名词，仿佛如果没读过其中一本，按照他笔下的故事漫步大街小巷，就显得浅薄一样，好像白去了这座城市。兴许有一天人们会给伊斯坦布尔取一个新的名字：帕慕克坦布尔。帕慕克所说的一切仍旧存在着：在城市排污口净钩子洗澡的娃，满身污浊的流浪汉，让政府头疼的满大街咬人、拉屎的狗——这里的流浪狗确实又多又大，历届政府上台的首要任务便是解决狗患。海边的茶摊旁，主人翁吐了一地的瓜子壳，旁边写着"欧洲大陆的起点"，对面就是博斯普鲁斯海峡的灯塔。

伊斯坦布尔也是有名的艳遇之都，邂逅东方的美人是许多欧洲人毕生的夙愿，但艳遇从来搬不上台面，连帕慕克也不得不承认，奥斯曼帝国的艺术作品从来不像欧洲一样乐于渲染后宫的情事，整个城市有时候显得黯淡无比，特别是在依旧寒冷的春季。

坐渡轮可以跨过博斯普鲁斯海峡，船上有舒适的沙发和餐厅，天气好的时候你可以坐在舱外享受欧亚两岸的美景，但我却总是碰到下雨，透过船舱的窗户，金角湾上错落有致的建筑在雨中不断后移，泡上一杯咖啡，安静地观赏这一场巨幕电影。在土耳其语里，"博斯普鲁斯"是咽喉的意思，意为欧亚大陆的咽喉之地，对年轻的帕慕

博斯普鲁斯海峡，伊斯坦布尔

蓝色清真寺，伊斯坦布尔

SIMIDI

穿传统服装的老人，伊斯坦布尔

克来说，它就是世界的中央。

在伊斯坦布尔住过两个廉价的青年旅舍，由于是淡季，旅店总在不停地装修，在享受低廉价格的同时伴随着嗡嗡的电钻声，白天待在房间里总是心神不宁。这里并不是世界背包客的天堂，更像是世界青年难民的集中营，聚集了大量亚非国家的非法滞留者，许多人才刚刚脱离战火纷飞的国土，急于在这里落脚，再中转去西欧各国。

最初我的同屋是几个伊朗同性恋，还相对友善，但有天凌晨三点多，突然搬进来几个酗酒的希腊中年人，一副刚从海上漂泊船潜逃上岸的样子，问我借拖鞋。他们吵闹了一夜后我决定搬出，换到 Galata 桥的另一边，住进游客较为集中的蓝色清真寺附近。

此间旅店的老板把我也当成了滞留土耳其的国际打工者，不怀好意地让我和几个叙利亚难民住在一起，大麻、香水、皮革、汗渍混合的味道让我实在难以忍受，而且电钻的声音就在一墙之隔。于是我要求搬到楼顶的房间，一个奇怪的叙利亚人也跟着我搬了进来，说老板本来不想给他换房间，一直骗他说别的房间都满了。

他像是有点精神失常，每天需要摄入大量的香烟、咖啡和酒精，并向我抱怨在旅馆里受到的不公平待遇，“像这样的地方连投诉都没有用”，抠门的老板不给他提供热水，这个叙利亚人竟然用浴室莲蓬头的水泡咖啡喝。

我非常同情他，像我见过的许多难民，他们都长着一张神色恍惚的脸，寝食难安。他夜里根本就睡不着，白天一直在滔滔不绝，说他脑中不断产生大量的想法和幻觉，要靠镇静剂才能使自己安定下来，但还是不停地说话，夜里也无法入睡。他还经常让自己陷入危险的境地，有次半夜一个人溜出去，想散散步，却在酒吧被老板讹了一笔钱。

“你看我这样像正常吗？”说这话的时候他整张脸都在抽搐，他把问题抛给了我，打算消除我的顾虑，同时对我的拘谨和不安表示理解。

“别担心，我不是坏人。”他说也许这个世界上的坏人太多，所以只能相信和跟随神，而无法依靠任何人。我说我脑子的想法也很多，于是他说那我们都一样。

叙利亚人最终还是被老板赶到了另一个房间。房间里又搬进来一个魂不守舍的埃及人，是教授阿拉伯语的老师，在附近的一家语言培训机构做短期的志愿者。他有着丰硕而健壮的身体，穿着一身休闲西装，干净而利落，看上去不像是会住青年旅舍的人，如果青年的定义是 34 岁，那么他也应该超限了。

埃及人自称曾是一个拳击手，后来觉得拳击太暴力便转而教授中式按摩，我诧异地问他哪里学的中式按摩，他说在埃及这行很吃香，从事按摩行业的中国人很多，说着便和我过了几招。后来他在一所不错的大学里教阿拉伯语，据他说是那里最厉害的老师。

可现在他什么也不想干了。因为就在一个月前，一场车祸夺去了他妻子、儿子和女儿的生命，除了哥哥、姐姐外他再无其他亲人。

“那天是我把他们送上的车……”

当我们在旅馆的天台上谈论这些的时候，我始终无法相信，只当他是一名像叙利亚人那样的呓语者，特别是当这些故事用第三种语言诉说时，一切都显得那么的不真实。我开始试着理解他那些怪异的举动，有时候表达一些怪异的观点，有时候放一些粗俗视频取乐，有时候又靠义乌出口的智力玩具解乏，而大多数时候他又是沉默的、矛盾的。他试图通过旅行平衡自己的内心，但我明白，这样做根本无济于事。

“到埃及来找我，可以住我的房子，那房子现在就我一个人。”听完他的故事后突然觉得瘆得慌。

“我无法再爱别人了。”第一天他才告诉我，可第二天他又换了口气，“或许我应该再找个女人，我有靠海的房子，有不错的事业，我才三十几岁，还很年轻。”

是啊，有时候我们为之奋斗的一切，用心筑造的城堡，却被命运捉弄得不堪一击。人总是矛盾着的，选择这样的生活，选择那样的生活，而大多数时候，生活是无从选择的。

在离开伊斯坦布尔后，我一个人去了土耳其的其他地方，绕着它的整个海岸线走了一圈，到西边的伊兹密尔（Izmir），坐夜车去库萨达斯（Kusadasi）看爱琴海，在灰压压的海边读尼克·霍恩比（Nick Hornby）的 *High Fidelity*，叙述的是一场失恋的故事，在作者的情绪中独自哀伤。在保罗写下《以弗所书》的地方住了好几天，却没有写出劝人向善的金玉良言。

淡季的库萨达斯太荒凉了，旅行社大巴在这里晃了一圈就走，根本不会多做停留。只有被人抛弃的游乐场、海边一大块墓地、空荡荡的度假旅店——连单人间也没有，一切都很安静，夜晚隔着门听到走廊里男欢女爱的呻吟声。

库萨达斯与希腊只隔了浅浅的一道海峡，有一天突发奇想，搭车去地图上离希腊最近的海滨小镇，从这一端的海岬，眺望对岸的萨摩斯岛（Samos）——因为的确很近，只有1.6公里，感觉都可以游过去。没想到天公不作美，不仅没到达海边，还被一场

淡季海边的游乐场，库萨达斯

倾盆大雨困在小镇的中央。这里同其他小镇长得一样：街边贩售长面包的烘焙店，堆满中国商品的杂货铺，年老的戴头巾的妇人，穿着长筒皮靴的少女。小镇上最热闹的地方就是一间不起眼的茶馆，和记忆中的四川老茶馆差不多，收个茶钱就可以玩牌，玩法也和麻将类似，老人们四人凑一桌，旁边还有人观战，唯一不同的是茶馆门口放着一排欧洲蕨，卖的是红茶，而牌友们则是土耳其人。老人们在这里耗掉人生的最后时光，年轻人都去大城市了，让小镇变得暮气沉沉。

他们玩的是一种叫作“Okey”的骨牌游戏，与麻将有所不同，多了一个镶嵌着彩色几何图案的精致木质牌架用于齐牌，而牌的形状则似多米诺骨牌，万、筒、条也直接用颜色（红黑黄绿）和阿拉伯数字（1~13）代替，一共有106张牌。不过，洗牌、掷骰子、跳牌、鬼牌（Jokers）等规则看上去和麻将十分相似。关于土耳其“Okey”的起源，一种说法是源于十九世纪的纽约，而另一部分历史学家则认为来自中国麻将，到底是谁先将这种游戏带到土耳其，仍然是个谜。

库萨达斯的生活要比小镇丰富一些，周末的餐馆座无虚席，看土耳其超级联赛的人们聚在一起，同样是欢度晚年的一种好法子，无论我走到哪里，足球这种竞技性的体育比赛转播都深得全世界老人们的青睐。对我而言，库萨达斯的物价比伊斯坦布尔便宜一大截，点上“四菜一汤”也花不了太多钱，而且我一度怀疑这里的厨子都偷师过川菜，或者干脆掌勺的师傅就来自四川，因为菜谱里不乏茄子烧牛肉、土豆牛肉、茄辣西鸡块等中式菜肴。

后来我去了趟棉花堡（Pamukkale），又从安纳托利亚半岛南部的安塔利亚（Antalya）感受了不同味道的地中海——这里无论是建筑还是气温，都完全配得上度假胜地的称号。如果时间允许，我甚至可以顺道去一趟特洛伊（Troia），但我找不到理由去那，因为在我的知识结构里面，我完全不知道去那里要看什么，一个木马的复制品还是一片战争的残骸？反而越来越想两个人的旅行，有人说说话，胡闹一番，又迅速地对此失去兴趣。

旅行渐渐步入常规，却失去了往日的激情，像是到了要用技巧才能获得性高潮的年纪。或许更像是暴风雨来临前的宁静，因为我们永远也无法预知旅途中将会发生什么。我已经到达土耳其——亚洲的最西端，理应把这段旅程做个了结，而旅行的惯性又让人感到无所适从，不知道如何收场，该去哪呢？往欧洲基本不可能，拿不到申根签证，往南叙利亚和伊拉克又横在中间——现在去等于送死，走海路的话我的护照又不好用，一道微博留言给我指明道路：“来黎巴嫩吧！”

我们总是在为错过这个那个美景而犹豫，为匆匆而过的人而感到惋惜，顾此失彼。

33 海洋之心

贝鲁特的落日，像海洋之心，柔软地坠入海底。刚告别蓝色的土耳其，便拥抱了贝鲁特的夜，像小情人间的细语，这样的缠绵总让人感到窃喜。

去黎巴嫩，法式情调，再从那里去埃及，一切都想象得十分美好，好像顺理成章一样，就因为心血来潮，着了 Bob Dylan 的魔，听他用低沉的嗓音唱道："在尼罗河畔的金字塔，观看热带岛屿的日落。"所以想听着 *You belong to me*，看尼罗河的日落。

浪漫总是需要回归现实的，叙利亚的战火继续燃烧着，我不得不放弃陆上旅行，选择从空中进入黎巴嫩，没想到这一番决定，却让我费尽周折，差点让我滞留在机场，而被遣返回国。

本来从安塔利亚沿地中海海岸线继续前行，就能到达贝鲁特，是一条颇为理想的线路，不料叙利亚战火升级，那里的人民千方百计才逃了出来，估计我还没走到大马士革就已经沦为炮灰了。

乘廉价航空返回伊斯坦布尔，在中转机场里待了一整天，背着行李左右晃悠。陆侧总是没有那么多让你自由活动的空间，而我的值机时间还未到，继续看没看完的书，写没写完的文字。

一切进展得比想象中顺利，让我感到霉运就要到头了，换登机牌、盖章出境、到登机口、向土耳其正式作别。

临到登机时间，一位年轻迷人的地勤小姐发现了我，像发现了什么猎物："等等，你是中国人？"她取走我的护照，随后另一位倨傲的中年女士拿着护照回来，要对我特别关照。她把我的护照都快翻烂了，冷冷地瞪了我一眼说道："你的签证呢？"

“落地签。”我马上回答。

她像是第一次听说落地签这回事，不置可否，问一旁站着的随从人员：“中国人也可以落地签吗？”

“值机时你们已经确认过了——”值机人员会检验目的地签证，跟上级做汇报，否则我连登机牌也换不到，更不可能迈入登机口半步。

她发现不能蒙我，故意打了个电话，装作事态严重的样子。挂断电话改口说道：“两千美元[41]呢？”声音轻得只有我能听到。

“美元？现金？”我以为是自己听错了，或许是里拉或黎巴嫩镑，又或许是“Dollar”，但其实是港元或所罗门元——它们的英语都是“Dollar”。

“美国的美元！现金！”她放大音量说道。

“两百行不行？”

“不可能行。”

我一下子就懵了，我身上只剩下两张一百元面额的美钞，谁会没事携带两千美元现金坐飞机啊？这对我去过的许多国家来说都是一笔巨款——出境时不被罚没就算万幸了，而且要让我在起飞前三十分钟内证实我的游客身份——“出示两千美元现金，并提供返程机票证明”，后者更是无稽之谈，我根本就不会返回土耳其，即使我愿意，土耳其也不可能对我敞开大门。

这让我想到唐·吉诃德悖论：“桑丘·潘萨在他治理的岛上颁布一条法例，规定过桥的旅客必需诚实地表示自己的目的，否则就要接受绞刑。有一个旅客在见到桥上的告示后，宣称自己过桥是要接受绞刑的。”

桑丘·潘萨的法令虽然荒诞，但还算是一视同仁，可航空公司的规定好像是专为我而设，我前往黎巴嫩就是为了被拒绝登机似的。各国乘客们——其中或许还有不少难民——都已陆续登上飞机，这完全说不过去。

开始我以为她只是在趁机向我索要小费，于是据理力争，后来我发觉事情的严重性，以前那一套行不通，根本不能糊弄过去，眼看起飞时间就要到了。

“您的经理呢？”

“我就是经理！”女士的口气越来越强硬。

“有 ATM 机吗？”我无可奈何地做了让步。

“有啊，外面就有，但这里没有。”女经理对我打着哈哈，她知道我根本不可能返回去，我已然离境，盖完离境章就意味着不能再回到土耳其。

41：按当时的取款汇率约合人民币 13000 元。

“那我上哪儿去弄到两千美元现金？”

“这是你的事情。”

“麻烦您帮我取一下，或者他、他也行，我告诉你密码。”

“呵呵，没有用的，我们没有义务帮你，这里也没人会帮你。”女经理不留余地地说。我连问了几个看上去稍微友善一点的随从人员，他们都像避瘟神一样地躲开了。

“那我借总可以了吧？”

“那你借啊！”女经理似乎十拿九稳。

我奔向排队登机的旅客——借钱让我看上去像个悲哀的傻瓜，假设要问十个人才会有一个人肯施舍我一枚硬币，我就得把机场的每个人都询问一遍，才可能凑足这笔钱。

女经理怕哪位救世主真的给我两千美元，义正词严地说道：“即使你有了两千美元，按规定我也不能放你走。你的离境机票不是我们航空公司的，你还必须购买一张我们的返程机票。”

“谁规定的？”

“领导。”

我意识到现在已经不是两千美元的事了，这是个无底洞，我越挣扎就陷越深，但我不得不奋力一搏，不光是为我的处境，也是为了尊严。

“我是游客，我的旅行签证是一次性的，怎么可能再返回土耳其？”

“这我管不着。”

“我要联系大使馆。”

“请便！”她清楚她拿捏的权力，航空公司的规定，大使馆管不着，况且我也没有当地的电话，即使我借到了电话，也必定会错过此趟航班，并按照国际航空运输协会所制定的条例，承担误机的后果。

然后，我有可能被带到指定的“小黑屋”，等着已托运的行李随下一趟航班被送回。等待我的命运或许是两夜不能合眼，要先证实公民身份，再证明游客身份，像一个死循环。这不仅意味着我将无法前往黎巴嫩，甚至不得不放弃旅行，被遣返回国，并付上全部的机票。

而那些袖手旁观的乘客呢？他们无一不选择沉默，在中东谁没有目睹过几桩冲突，人们每天都在争吵，为不同的理念、国籍大打出手，也每天遭遇不公，甚至一个小小的官僚都可以任意将他们踩在脚下，他们连自身都难保，还怎么出来伸张正义？比起他们，女经理对我已经算是仁慈了。

双方僵持着，就在最后关头，几位受过高等教育的黎巴嫩年轻人挺身而出，一位瘦小的女大学生替我争辩道：

“他是游客，凭什么不让他上飞机？”

“他没有两千美元。”女经理仍在强持夺理。

“请问这里谁有两千美元？”女大学生赫然而怒，“你有吗？他有吗？为什么只针对他一个人？”

“因为他是中国人，黎巴嫩的法律有规定。”女经理理直气壮地说道。

“我就是黎巴嫩人，没有听过你说的规定，即使存在这样的法律，但恶法亦法吗？”她搬出了法学上一个著名的争论，让我感激的同时又感到惊讶。女大学生为我壮胆，嚷嚷着要帮我拨打大使馆的电话。

女经理紧锁眉头，拿起座机打了一个电话，挂掉后说道：“听着，我的经理答应了，只要你买一张我们公司的返程机票，事情就解决了。”

“经理？刚才你不是说你是经理吗？”我说。

“她就是经理，她工作三年了。”一旁的随从人员怯怯地向我解释。三年，意味着并非只有我一个人有这样的待遇，她每天都会对无数的人故技重施，什么架势都已见过，不少人或许就真的被遣送回国了。

“你说怎么买？我身上只剩两百美元，航班十五分钟后起飞。”

“这里就能买，你尽管登机，剩下的由我们来处理。”说完有一个人拿着 POS 机过来，金额都已设置好，只等我一付钱，他们就网开一面。我总算明白了，这原来是一笔交易。

“既然你们有 POS 机，那就能轻而易举地证明我的银行卡里到底有没有两千美元。”

“除非你现在就给我，否则这是最后的办法。”她丝毫不肯变通。

“我有正当的工作，是一名写作者。”——这也许是我最后的法宝。“我去过很多国家，还没有哪个国家对我拒签过。”说着我将护照递给了她。

她假装翻了翻，冷笑道：“越南？印度？尼泊尔？哼，你是去了很多国家，不过都是一些穷国家。”

这段对话触怒了在场的一位穿西装的黎巴嫩中年人，他冲过来向女经理申明，如果我在黎巴嫩入境时遇到任何问题，他可以全权负责。女经理的势利也惹了众怒，大伙儿跟着起哄，如果事态发展下去，航班为此耽误一分钟，损失她根本承担不了。她见势不妙，只好在起飞前一刻，让我上了飞机。从她满不在乎的表情可以看出，即便我上了飞机，那也是出于她的仁慈。

我深切体会到了叙利亚人所说的“不公平待遇”，或许黎巴嫩存在这样的法律，航空公司也有自由裁量权，但他们理应在我购买机票、值机时就告知我，而不是在我登机前一刻出尔反尔，并借此要挟我。法律面前人人平等，执法不应该有随机性，要追查起来也应当一视同仁。况且，正如黎巴嫩大学生所说的，恶法亦法吗？

每个国家的人都一样，他们高高在上的姿态和主权、人权这些形而上的概念关系不大。就算我们既懂礼貌，又守规则，就能换回公平的礼遇吗，我想未必。歧视是私人的、势利的，也是根深蒂固的，从我们的上一辈，到我们的下一辈。故乡、民族、国家，无关热爱，当你踏上异国他乡的那一刻起，就被贴上标签，被迫为它说话。

记得小时候去大都市，总想象有一条明确的时空分割线，如黑夜乘船横渡维多利亚港，不经意地眺望远方，仿佛渡口的另一端是一块漂浮的陆地，下船后你将获得新的身份，你的命运就此脱胎换骨。

贝鲁特——中东小巴黎，当我降临的那一刻起便惊呆了，这个距离战火纷飞的大马士革仅有一百公里的城市，竟然是一派莺歌燕舞的景象。天气变得炎热起来，我换上T恤、人字拖，坐在鸽子岩边喝杯咖啡，去比布鲁斯看一场壮美的地中海日落，品尝一席以纯净著称的黎巴嫩菜，让我有种旅行已经结束了的错觉，人们跟我谈论的是生活，是中国人的勤劳，是旁边新修的健身步道。什么签证、战争、挫折，都已经是过去时了。

星星广场上的购物中心与写字楼鳞次栉比，是时尚电视节目的布景，嘉宾们用法语谈笑风生，偶尔还会请到一只摇滚乐队——背景就是那些推着婴儿车散步的国际面孔，有欧洲人，也有非洲人。

站在街边抽烟的白领，那画面就像汽车广告里的一位绅士在憧憬未来。我羡慕他吗？也许吧，光是想象他身上的、身后的一切，我就已经完败了，我的生活一团糟，我的未来还存在于每天给自己注入的一针鸡血之中。是啊，女经理的提醒反复回响——我去的不过是一些穷国家，把自己搞得如此落魄，我路过衰败、疮伤的土地，这跟旅行杂志上天堂般的怡人风光大相径庭，很难不让人产生自我怀疑和自我否定。

我其实并不羡慕他们。我们在看轻别人的同时，都觉得自己过得还不错。或许她或他根本就没尝过一天自由自在的乐趣，在逼仄、压抑的候机楼或写字楼里，日复一日地重复着一样的事情，不管你情不情愿，换作我也得找个人出口气——谁叫你看上去比我快活。

如同国家一样，每个人都有自己的疆域，有自己的牢笼。

在贝鲁特的旅馆遇到一位比我年轻的中国背包客玛莉，一个人从印度误打误撞地来到这里，她的英语连正常交流都困难，但这丝毫不能阻碍她的脚步。她还有种超越年龄的成熟和自信，一度让我感觉有些可怕，后来我发现她向我描述的贝鲁特，很多压根就是错的，她神秘的年龄、职业和那些所谓丰富的经验，都像是随便从某个认识的人身上采集来的信息，根本就对不上号。

“我讨厌和中国人结伴。”相处不到一天她便对所有的中国人下了结论。

城市里的养马场，贝鲁特

城市里的养马场，贝鲁特

34 马太效应

繁华的贝鲁特让人无比渴望重回都市，我决定直接坐飞机到开罗。但命运好像跟我开了个玩笑，督促我不该偷这个懒。

飞往埃及的航班一时间成为叙利亚难民的包机，机票一天一个价，我赶紧用表姐的信用卡在网上做了预订。最后一程不敢掉以轻心，我还单独从旅馆包了一辆车，司机是旅馆老板的弟弟。那一天早晨我打算提前赶往机场，司机说不能再早了，保证没问题。但我心里却还是战战兢兢的，有种不好的预感。玛莉教训过我："你总往最坏的一面想，所以事情也朝着最坏的一面发展。"她不记得这句话的出处，正在为自己的创造沾沾自喜时，我补充道："墨菲定律。"

贝鲁特拉菲克·哈里里国际机场的安保堪称严苛，一共要通过三道安检，即便我提前赶到，时间还是特别紧张。过第一道安检用不了多长时间，许多难民都像是匆忙逃出来的，经过长途跋涉而没有敢带太多行李。来到值机柜台，一位态度僵硬的女士将我的资料翻来翻去。每次值机时我都有种被审讯的感觉，我的心思全落在如何辩解落地签政策或者该如何出示财产证明上面，不料这回她没有按常理出牌。

"抱歉你不能登机。"她把我的材料退了回来，像是已经做了最终决定。

"有什么问题？"

"购买机票的信用卡不是你本人的。"

"我没有信用卡，机票是我姐在中国替我预订的。"

"无法证明。"

"难道就不能别人代买了吗？"

"代买没问题，但你的姐姐必须和你一起过来，这是我们的新规定。"

"没听说过，什么时候改的规定？"

“上个星期。”

“支付时根本就没有提示。”

她给我晃了一眼航空公司的合同条款，又迅速地收了回去。

“埃及是我旅行的最后一站，开个恩吧。”

“关我屁事！”她有点不耐烦了。

“护照和信用卡扫描件能作为证明吗？”我突然想到之前还留了一手。

“也许。”

“我现在就有。”说着我便拿出电脑。

“有本事你打印出来。”

“能帮我打印一下吗？”

“没有义务。”

我换了一个柜台借打印机，一位职员指了指安检外面——“在卖机票那里。”

此刻距离起飞仅有20分钟，赶上飞机只存在理论上的希望。我提着行李飞奔出安检口——像《谍影重重》里的机场追踪画面那样。相反那些难民倒表现得异常冷静，没有人迫不及待地想去奔赴那该死的远方，也没有人用奇怪的眼神看我，在贝鲁特国际机场，任何一种荒诞都显得合情合理。我来到机票代售点，找到一位刚上班的销售小姐——来自同样的航空公司，但态度异常和蔼、热情，打印完护照和信用卡扫描件，再通过一次安检，奔到值机柜台。

还是先前那位女士，还是那样冰冷的面目，以为她会为我的神速感到惊讶，但我还是太天真了，她矢口否认了这回事。

“那你刚才为何要口口声声地答应我？你是在逗我吗？”我的耐心快要用尽。

“是啊，我玩你的！”然后她故意冲我做了一个假笑的表情。

我永远忘不了那个表情，原来我以为这样的表情只会出现在美剧里，她的面孔就像迅速变换的扑克牌，嫌弃而卑鄙的目光像对待一个失去国籍的可怜的难民。

我累了，我早已厌烦了这场游戏，错过飞机是意料之中的事——在脑中我演练过无数次，每一次都只是侥幸没有发生而已，我想到了足球比赛，无论保持多少场不败纪录，总要输上一两场让自己缓和一下，否则连你自己都要开始怀疑了。我甚至为赶不上飞机而感到欣慰，因为我已经学会如何去接受事实。

回到旅馆，一瘦一胖的斯洛文尼亚人见我灰溜溜地回来，忙问我怎么回事，假装关心我的样子，我把刚才的经历一五一十地讲了一遍，那个胖子有些幸灾乐祸，夸张地哈哈大笑起来，他说这太正常不过了，有次他在贝鲁特国际机场已经坐上飞机，被几个安保人员像对待恐怖分子那样地从飞机上拽了下来。后来他使了个计，让航空公司的负责人认识到后果的严重性，还登门道了歉，双倍赔偿了他的损失。我问他怎么办到的，他知趣地闭上了嘴，仿佛已和航空公司私下签订了保密协议。我知道这帮背包客什么都做得出来，换作我肯定办不到，也就没再追问。

斯洛文尼亚人愿意开车载我去航空公司办事处，让我叫上玛莉，我知道他的用意，但想着多个人多张嘴，总好过我一个人单打独斗。玛莉不喜欢这两个东欧人，碍于情面还是跟着我们去了。我本以为斯洛文尼亚人会帮我一把，他能说会道，又能讲当地的语言，可他说他现在忙着呢，问玛莉想不想一起去快活一下，玛莉没有理他。

办事处的工作人员见多了我这样的顾客，对我爱理不理的，跟机场的那伙人果然是一家。而玛莉一进办公室就蔫了，她根本没见过这样的阵势。问来问去才有个人说一定要见到机场柜台的书面证明才肯给我退款，而柜台人员压根就没跟我提书面证明这回事，我顿时感到自己被耍了。随后他们采取的策略就是跟我僵持，他们居然可以心安理得地继续工作，反正有的是时间。

“你们这里谁负责？总不能让我们傻等吧。”

“经理不在。”

“他什么时候回来？”

“说不准，也许下班前，也许明天。等着吧！”

等了半天我终于忍不住了，站起身来敲经理办公室的门，我的举动把其他人都吓坏了，畏畏缩缩地不敢吭声。百叶窗被拉了下来，一个鬼头鬼脑的中年人透过玻璃窗瞪着他的伙计们，一副比我更加愤怒的表情，似乎在责怪他们怎么还没让我这个讨厌鬼滚蛋。

下午四点，伙计们收拾东西准备下班，这时有一个老伙计——感觉已经开始安享晚年——说他忙完了，可以帮我打电话问问机场，机场那边当然死活不肯承认。老伙计倒也挺诚恳的，解释说官网上的预订需要联系官网的客服，那是另一班人马。

我被这帮人推来推去，终于发现他们不是要解决问题，而只是在敷衍我，或者干脆就是为了混下班。最后我自己联系了网站客服，说可以退一部分钱，但退款需要银行处理一段时间，后来也就不了了之。

回旅馆的路上，玛莉唠唠叨叨的，反过来指责我：“为什么你会遇到那么多破事？”

“旅行不都是那样吗？”说的时候我委屈极了。

“我为什么就没遇到？也没碰到你说的‘坏人’？”她说的时候带有一丝炫耀的成分。我想她一定没有读过保罗·索鲁之辈的任何一本旅行书，抛开国外的不说，《西游记》里不是还有九九八十一难吗？如果一本书里写的全是好事，那不就成颂圣诗了吗？

“我没有说都是‘坏人’，大部分人还是友好的。”

“你今天为什么被拒？”

“我没有信用卡。”

“你为什么没有？”她的逻辑是连她都有。

“我办不了信用卡，没上过一天正经班，银行规定学生不能申请。”

“那别人怎么没被拒之门外？”

“天知道，机场每天都有人被拒之门外，那个斯洛文利亚人也是。”

“所以我不喜欢他。”

……

“归根结底，你太理想主义了，我身边很多像你这样的人——出来旅行的男人，你们没用，你们都是一个下场。我认识谁和谁，你知道吗，你还不如他们，他们现在照样很失败。”年轻的女孩总是喜欢用这样的口吻说话，就像你刚迈入社会的第一年，跟自己的父母在电话里说的那些话，证明你已经长大了，而且比他们都强。

她接着教训道：“读书有什么用？你看我认识的那些有钱人，哪个上过大学？”她的话让我都开始有些动摇了，我无力反驳，在她眼中成功就跟注定的一样，和努力沾点边，但和运气完全无关。

玛莉对我而言就代表着“社会”，经过这些年我自以为已经见识过形形色色的人，但玛莉的出现还是将我带进一个完全陌生的人群，我听不懂他们说话，他们也无法回应我，我为我们身处不同的价值体系而感到悲哀。她让我突然不知道该如何相处，她不属于那一类上过大学的人——我知道怎么跟他们说话，也同样不属于那一类中途就辍学的人——我们可以用更为平实的语言交流。她显然不属于任何一类人，她是那些我无法触碰到的一些人，我在努力避免变成的角色，和我邂逅在美丽的贝鲁特。

尽快终结这场闹剧吧，等一切结束后，会有像欢迎英雄一样的花环和掌声在机场迎接我吗？——这值得我每天为自己打气。但那些花环和掌声的镜头背后呢，是更加狂热的远征，平淡无奇的生活，还是让现实致命一击，再开始下一场闹剧的循环呢？

我不知道答案。

X-70
MINOLTA
PASSED

35 因祸得福

事情总是好坏参半的，被阿曼皇家航空拒绝登机，弄得我狼狈不堪后，我倒不是那么急着走了。失去的心情可以在黎巴嫩找回来，就像那个斯洛文尼亚人说的，我还没有享受完黎巴嫩的大好时光，怎么就打算错过呢，这可是中东最美的国家啊。

我就像重生了一样，辗转在上了年纪的教堂和清真寺，一脚踩在阿拉伯的土地上，一脚又游移于西方世界。黎巴嫩对我来说是个完全空白的国度，在此之前我对它的唯一印象是来自内战、和以色列的战争、黎巴嫩真主党，几乎是冲突的代名词。因为文化的差异性，只能让我构成对中东的浅薄印象，这种印象还或多或少来自萨义德的《东方学》。

上研究生时，我的四周围绕着众多的中东研究者，在我看来，他们对中东甚至带有夸张的美化和向往，我敢说他们中有的人都没到过中东，那种情结就好像一个从未到过印度的嬉皮士对印度神秘主义的憧憬一样，当然他们的臆想可能会随着到达印度的那一刻而变得愈演愈烈。

一位教授还警告过我们：不要相信美国。但在中东，美国却是一个绕不开的话题，美国与黎巴嫩的关系可谓一波三折，以至于普通的黎巴嫩人对美国并没有太多好感。而另一些人就像马尔克斯所说的那样——“当美国是北方乐土，他们坚信，在我们自己的国家，连平安入土都不易。可到了那儿，他们才发现，那是一个鼠目寸光的帝国，哥伦比亚在他们眼里，既不是好邻居，也不是廉价可靠的盟友，而仅仅是帝国扩张的又一个对象。”

由美国教会创办的贝鲁特美国大学成了游客们必到之处，也作为黎巴嫩最好的大学之一，与阿拉伯大学、教授法语的圣约瑟大学呈三足鼎立之势。美国大学扮演得太像美国的大学了：学生们三三两两地聚在一起闲聊——一定要抱着一本什么书、端着可乐、微笑时露出一排牙齿。敞开式的校园、草坪上的橄榄球、透明的图书馆，都像是突然搭建起来的电影场景，让我一度怀疑这里还是中东吗？

在美国大学的门口我意外地发现几张醒目的印着中国字的海报——“中国式民主”，在我离开贝鲁特那一天枪花乐队（Guns N' Roses）将在这里开唱。

许多旅行者信奉的哲学是“越便宜，越好”。在每一个城市，旅行者们都蜂拥到一些众所周知的旅馆，像贝鲁特这样住宿费用昂贵的城市，更是纷纷聚集在了同一家旅馆。廉价旅舍虽然住宿条件恶劣，但不乏一些真的很不错的人，当然也会有一些无赖混迹其中，将一些恶习在周围环境中滋长和蔓延，最后你也会变成那一类人。

如果你觉得伊斯坦布尔的背包客还太小儿科，那么贝鲁特真的会令你大开眼界。这里各路人马都有，有刚从叙利亚大马士革逃出来、还有点神神叨叨的女记者，有一本正经跟你讨论怎么钻地道去巴勒斯坦的导演，还有没事干就自驾往巴勒贝克——真主党总部去的，感觉没有个三头六臂都别想在中东混。

在贝鲁特的青年旅馆里，我结识了一位在加沙拍摄纪录片的30来岁的爱尔兰人Daneil，他说话的时候带有浓重的爱尔兰口音，谦虚地说他的英文没有我好，我想他并不是在说玩笑话，这几年他都生活在巴勒斯坦加沙地区，拍摄一部叫作《加沙之路》（*The Road to Gaza*）的纪录片，似乎还没那么快从阿拉伯语的语境中转换过来。Daneil听说我要去以色列和巴勒斯坦但担心拿不到签证和许可，便说如果实在想过去，可以从埃及钻地道进入加沙地区，说着便拿出一张纸，一本正经地帮我绘制起地道的具体位置。

“靠谱吗？”我满怀狐疑地问道。

“只要别被他们抓住就行。”

我以为他是个疯子，后来我感觉他还是挺兢兢业业的。他说的一点没错，加沙南部边境与埃及之间曾有不计其数的地道[42]，这是一条条通途，是巴勒斯坦人幽暗的免税店和武器通道，连非洲雄狮也能通过地道弄过去。Daneil的纪录片就是关于这个地下国度的，为了拍摄纪录片，他长期深入地下，脸色也变得惨白，没了血色。此外，他还关注巴勒斯坦难民的生存问题，并在互联网上为他们声援。

青年旅舍里还有一位跟我差不多年纪的俄罗斯女战地记者，她刚从叙利亚报道回来，看上去有些精神不振，在旅馆房间里将自己锁了好几天。她喋喋不休地重复着在

42：作者的写作时间是2013年，拉法口岸封闭后地道曾一度成为加沙人获取物质的主要途径，但经过埃及和以色列方面的破坏，2013年以后大部分的地道都已被破坏。

叙利亚的采访经历——她平时很少出门，每天躲在房间里害怕极了，外面都是枪声、轰炸声，在大马士革的一个月就跟噩梦一样，不知道应该跟谁说话，也不知道可以信赖谁。

有天 Daneil 要到贝鲁特的巴勒斯坦难民营采访，女记者想趁机去收集点新闻素材，顺便出门透透气，正好我对难民社区也有兴趣，便跟着一块去了。

我曾经做过一段时间的跨国难民研究，但对巴勒斯坦难民的理解还只停留在书本阶段——难民社区中的难民不是自然存在的人群，避难的地位造成了他们非自然的、例外的、抗拒的、精神上危险、社区记忆脆弱和不健康的状态，这样的社区被称作“偶然社区”（Accidental Community），难民在地位上属于“弹性公民”（Flexible Citizenship）。

一进联合国难民营我傻眼了，这里完全是一派新闻联播中的画面。我们采访了难民营里的联合国公务员，俄罗斯女记者没问几句便对 Daneil 说我们走吧，Daneil 问她怎么了，她愤愤不平地抱怨道：“同样是巴勒斯坦难民，为什么坐在联合国办公室的人就可以一个月内往返好几次意大利探亲？还口口声声地说他们也没有钱，第一代难民才刚刚安顿下来，又有大量从叙利亚逃出的巴勒斯坦裔难民前来寻求帮助，他们管不了。难道说成为联合国难民营官员的好处就是可以将自己的近亲一一送到国外，脱离难民身份？这对解决国际难民问题根本无益。”

Daneil 像个饱经世事的过来人，安慰她道：“难民问题本身就是一个死循环。他们都是这样，你习惯就好了，把注意力集中在你关心的问题上，再看是否有报道的价值。”

“我可以不写批评性报道，但我绝不会帮他做报道。”女记者还在气头上。

叙利亚战争的爆发让许多寄居在叙利亚的巴勒斯坦难民重新陷入混乱中，他们同大量叙利亚难民一起涌入周边国家，让周边的国家忧心忡忡，害怕战事的蔓延，也怕引火烧身。他们的难民身份更为复杂，因为他们是双重难民。

Daneil 说今天有一些新难民会在联合国驻黎巴嫩办公室门前和平示威，没准那里更有新闻价值。于是我们赶了过去。

如果不是 Daneil 事先告诉我，我定会以为他们只是在建筑前面乘凉的一些人。男女老幼看上去都疲惫不堪，当发现有记者过来，才被招呼起来。示威就像是一场旷日持久的真人秀表演，他们都好像是经过长期职业训练的“演员”，知道怎么在镜头前摆出新闻事件式的姿势，孩子们从小就被训练成受难者的模样，当我表示我不是记

联合国驻黎巴嫩办公室前的巴勒斯坦裔叙利亚难民，贝鲁特

S REQUESTED TO:
الاونـروا
e Housing and Health
and Nutrition Services
رعاية الصحية
nian Displaced
om Syria

者后，他们就被大一点的孩子唤走了。

示威中的一部分人是为了领到免费的午餐和水，他们将食物盘子摆在水泥隔离带上，像在进行一项神圣的仪式。一个巴勒斯坦男人硬要分我一碟食物，我哪里舍得要，心里感慨他们本来是一个多么友善的民族，却被命运折磨成这样，业已习惯了这种无果的抗议和颠沛流离的生活状态，比我更清楚这就是一场“表演秀”，而人生又何尝不是一场无奈的表演呢？

几个年轻人半开玩笑地要我给一个头上缠着白色绷带的黑人小孩拍照，Daniel说他也是巴勒斯坦人，但他和他的父亲长得完全是非洲黑种人的模样。我好奇地问Daniel：“他的头怎么回事？”

Daneil 问后尴尬地回答：“玩的时候不小心摔破了头。”

抗议活动进行得非常有秩序，就跟预先排练过一样。如果不是紧闭的大门上写着“联合国”几个字，我以为可能是 Daneil 搞错了地址，这样的画面同样地出现在叙利亚大使馆门前——难民们在那里申领护照。

等到另一波记者到来前，我们离开了这里，彼此都再没有说话。

或许我并不是一个容易开心的人，在这样一个地方我实在没有理由开心，四处可见的难民和战争留下来的痕迹——布满形状不一弹孔的大楼、铁丝网和掩体，一座座崭新的摩天大楼从焚烧过的废墟旁拔地而起。有人告诉过我，在他的祖国，你有选择离开或战斗的自由，但没有一样是好的结果。只有在这里，你才会明白贫穷如何让人卑微，失去国籍如何让人失去尊严，让你更加珍惜眼前的一切，即便被人说成懦弱。

人年轻的时候，特别是当你踌躇满志时，会因为一次偶然的经历而变得意气风发，你会轻易改变你的想法，而且很快就将这些改变告诉他人，你的思维还具有片断性，所以很难达致充分而全面的思考。如果你是一个理智的人，这些都因为岁月的流逝而变得成熟了。你开始变得稳健，甚至谨小慎微，对周围的事物不会妄下结论，即便你已向别人透露了自己的观点，事后你也会认为你的想法可能不够全面，而你知道全面的思考应该是怎么样的。当你从混乱的思绪中苏醒，或许成就梦想的一刻才会到来。

我决定先不去埃及了，不想这么快地揭开谜底，到约旦似乎更稳妥一些，那是个旅游国度，还有几个认识的朋友，可以结伴走一段。一路上我拍了大量照片，每天提心吊胆的，要是单枪匹马再出点什么岔子，就前功尽弃了。如果能从约旦穿越以色列和巴勒斯坦到埃及，环亚旅行也算是圆满收场。

黎巴嫩签证就要期满，不能再继续拖下去，但怎么去约旦却成了问题，航空公司该死的规定已让我损失了一大笔钱，乘坐飞机我又不得不面对同一家公司，没准还会碰到上次的冤家，那样我宁愿穿越战火纷飞的叙利亚——我还真找到了一个去那里的车站，一位司机说他就在跑贝鲁特至约旦的班车，不过叙利亚局势变化后，他已经好几个月没这么走过了，不确定能否过境。“现在都往回跑，谁还去那里送死呀。”车站内的光线黯淡不明，说话的时候他语气平淡，让人感到害怕。

如果执意我的陆路行程，结果很可能会是保罗·索鲁在《火车大巴扎》里说的那样：“有些人，一路克服艰难险阻，忍受种种不便，日复一日地穿越丛林，风吹日晒，来到地球的最远端，结果就是为了登上一架注定失事的飞机，或是挨上一枪子儿。赶了大老远的路，结果却是送死，这实在是个耻辱。”

我看我还是做一个贪生怕死的人算了，买了一张全价机票，好歹能够在签证过期之前出境。

订完票我轻松多了，在一家比萨店门口碰到那两个斯洛文尼亚人，胖子示意让我上车。他是斯洛文尼亚旅行杂志的自由撰稿人，一年得来黎巴嫩两次，这回带上他的朋友——一个瘦高戴眼镜的斯洛文利亚人，看上去是个正常人，一个有点钱的“金主”——我想这是胖子和他结伴的主要原因。

“看来欧洲的旅行撰稿人收入不错呀。”

“杂志那点钱哪够用啊,所以把他拉来了。”他说的时候瘦子一脸无可奈何的表情。

车是租的，瘦子付的费，他们要去北方。胖子说你能不能上车得问他才行，瘦子没有吭气，意思是胖子做决定。

“我们得去两三天，你带了自己的帐篷和睡袋吗？”

“我晚上得回来，你丢我在回贝鲁特的车站就行。”

胖子和瘦子合计了一下，说了个我不知道的地点——“那里肯定能回来。”

一辆空间逼仄的现代牌红色小汽车——“符合亚洲人体型，但开黎巴嫩狭窄山道完全够用”，胖子肥硕的身躯已然装满这辆车的一半——载着三个大男人和一些帐篷睡袋朝东北方的山中开去。

“一面是大海，一面是雪山，此般美景你只能在黎巴嫩看到。”胖子介绍道，“更吸引我的是这里的姑娘。”说到姑娘胖子便兴奋起来，一副阅人无数的德行，说哪里的姑娘最好骗，哪里的姑娘又让他惹了麻烦，全是坑蒙拐骗的手段，跟喜欢对加油站

叙利亚驻黎巴嫩大使馆前的小贩，贝鲁特

的姑娘揩点油的货车司机没什么两样。

我们来到一座山上的教堂，胖子抓着一位开车兜风的年轻人问个不停，采访是他写作的素材，但他显然没把他的采访对象当回事，像是在无休止地利用对方的善良，问完后就开始不礼貌地取笑起当地人来，搞得对方最后有些窝火。

这里的房屋都是依山而建，比较密集，瘦子从没见过建筑在山上的房子，感到非常好奇，我说中国有很多这样的地方，比如香港和重庆，见怪不怪。瘦子不相信我的话，问胖子到过中国吗，胖子说没有。瘦子转而请教那年轻人，如果有大量降雨形成滑坡、泥石流或山洪怎么办？年轻人摇摇头表示不知道。

“在黎巴嫩，由于盖了不能拆迁，人们疯狂建楼的速度已达到极致，剩下的空地并非他们手下留情，那可能是内战留下的雷区。”黎巴嫩年轻人说道。

山下有一片广袤的灌木林，斯洛文尼亚人问那里怎么没有房屋，是不是可以徒步走过去看看，年轻人说千万别那么做，那附近都是地雷。

“难道你试过？”胖子不怀好意地问道。

“还是你自己去试吧。”年轻人冷冷地反驳。

“这里的姑娘怎样？说说怎么泡到你们的姑娘，教我几招，开你的车能钓到马子吗？”胖子戏谑地问。

“反正开你的车不行。”

胖子又问年轻人有没有吃的，黎巴嫩人出了名的慷慨，拿出一块新买的比萨饼和我们分着吃了。胖子嫌和我们解释费事，便和那个年轻人说起阿拉伯语来，大概是开了一些低级玩笑，弄得年轻人脸上的表情有些不悦，做出要动手的样子，我还没搞清楚状况，胖子便嬉皮笑脸地上前假装握手言和，对方也就忍了。

后来我们又开车到游客必去的黎巴嫩自然奇观——杰达溶洞，胖子托言采访，得到了免费的入场券，采访的时候我也顺便问了几句，这好像触犯到了他。

杰达溶洞分上、下两洞，上洞看上去深不见底，内战时这里是天然的弹药储藏地。下层溶洞里有一条巨大而错综复杂的地下河，需乘观光船，船只开了一小半就返航了，虽然灯光效果比不上国内五花八门的溶洞，但来访的中东各国游客的热情超乎想象，他们欢呼、鼓掌，兴奋得好像过了头。

出了洞，看见一群群周末出游的孩子，围着一辆辆巴士，尽情地舞蹈、歌唱，回想我的童年也从来没那么亢奋过，不由得有些羡慕。突然一群中学生发现了我，一窝蜂地将我围住，估计是从未见过中国人，上来亲亲我的脸，抓抓我的头发，又唱又跳的，那两个斯洛文尼亚人在一旁看得嫉妒极了。

最后我在 Harissa 山顶看了一场辉煌的地中海日落，让我觉得值回了票钱。璀璨的灯火顺着蜿蜒的道路蔓延，像一条大河俯冲入海。夕阳万丈，天空由红变紫，又变作深蓝，海与天完成了交接。海面上一艘寂寞的轮船，闪着光，最终变为岸边的一粒灯火，连它也归航了。瞭望塔上相拥的一对对幸福的恋人，在度过多么美好的一个周末啊！

我不打算走了，我要留在这里呼吸城市与人群的气息。斯洛文尼亚人要赶往更危险的“前线”，那里有终年不化的雪山，他们将在那里露营，邂逅当地的姑娘，把我一个人扔在了 Harissa 的山上。

当人们拥有安全，
他们想要幸福，
当人们拥有幸福，
他们想要尊严，
当人们拥有尊严，
他们想要体面，
当人们拥有体面，
他们却想着自由。

杰达溶洞外的旅游巴士，杰达溶洞

黎巴嫩小女孩，贝鲁特

PKB
STYL

36 比塔尔家族

和 Georges Bitar 的相遇是件机缘巧合的事情，我从 Harissa 山看完夜景后，独自乘坐高空缆车下山，正着急应该怎样回到首都贝鲁特时，恰好遇到同样乘坐缆车下山的 Georges 和他的妹妹，便向他打听回贝鲁特的巴士，Georges 爽快地说，若不介意可以搭他的顺风车回去。

在车上我们越聊越投机，可能是因为年龄相仿，都不到三十岁，又对彼此国家的文化感兴趣。快到贝鲁特的市郊，Georges 说正好他家与我入住的旅馆相邻，要是没事的话，可以带我去附近的餐馆品尝地道的黎巴嫩美食。我们在他家门口下了车，此刻一阵过雨云飘过，只能先回到家里避雨。我想借机看看黎巴嫩的传统家庭，没想到这一次无心的访问，却颠覆了我对这个国家的本初印象。

Georges 家附近是几排高档的酒吧街，也是贝鲁特夜生活最丰富多彩的地方，又因为毗邻长途车站，位置可谓城市的中心。然而就像黎巴嫩人时常说的那样，这些法式的街道和房屋不是在内战中被毁，就是被新的高楼广厦覆盖得一干二净，四处密布的建筑工地，让这座城市看上去百废待兴。

Georges 的邻居是一家亚美尼亚人，小楼修建得十分具有意大利情调，楼下停放着一辆老款大众甲壳虫，车身乳白色的旧漆衬托着湛蓝色的墙景。黎巴嫩的亚美尼亚人约占总人口数的 4%，过去因为种族屠杀而流亡到这个国家。我想起那个在亚美尼亚遇到的黎巴嫩年轻人，若非亲身到过这两个国家，则根本无法将二者串联起来。

刚进 Georges 家的门，一只白色的哈士奇便兴奋地冲上前来迎接客人，也许是因为来了新面孔，佣人 Dirshay 也显得不好意思起来，跟 Georges 相互打闹着上了楼。楼房从外观上看不出什么特别，墙上还有些掉漆，很难窥见里面的情形，但当我进入客厅，发现天花板竟有两层楼那么高，富丽大气的装潢让人耳目一新，像是尼泊尔旧式皇宫里的会客厅。这足以让我为没有携带广角镜头而感到后悔，无法用相机将其全貌完美地呈现出来。

客厅的一角悬挂着Georges的曾祖父和曾祖母的照片，照片的角落还题有摄影师那漂亮的拉丁文签名，两侧是蜡烛吊灯。雕花相框里两人的发型、西装、坠饰都非常得体，气质、打扮充满着西式情调，只有曾祖父脸上的八字胡须和曾祖母炯炯的双眸兴许能看出几分黎巴嫩人的相貌特征来。Georges的曾祖父曾拥有一个声名显赫的家具厂，家族在旧时的黎巴嫩兴盛一时。

现代黎巴嫩人是腓尼基人的后裔，如果稍加了解世界历史便可得知，这是一个善于航海和经商的民族，东面的黎巴嫩山区盛产轻质木材，为造船业提供了便利条件。用腓尼基人的历史来解释Bitar家族再合适不过，Georges的父亲和祖父，也就是老Bitar先生和他的父亲从事的就是海运事业。向上追溯得更远一点，老Bitar先生的祖父则是从事跟木材有关的家具业（两年后Georges到了非洲的莫桑比克，也在朋友的一家家具厂任职）。

而年轻的Georges Bitar从约瑟夫大学商学院毕业后，进入贝鲁特的一家法资银行工作，有意思的是这家名义上的法资银行，实际上法国人控制的股份只有25%。贝鲁特曾是中东名副其实的金融和商贸中心，但常年的战事让这座城市的经济疲惫不堪。一年半前Georges跳槽到一家投资银行做会计，他谈到在工作中处理商业信函全部使用英语，但日常交流却是英、法、阿拉伯语混合，和现在贝鲁特的城市面貌一样的国际化。

Georges的哥哥在经营一家户外俱乐部，他俩从小就热爱攀岩、滑雪和蹦极等极限运动，但不幸的是，Georges十六岁那年被检查出有心脏问题，随后动了手术，父母便坚决不让他再从事相关运动了。但他则不以为然，抱怨说一点儿也不喜欢当下的工作，整天窝在一个狭小的格子空间里，无法享受拥抱自然的乐趣。

Georges关注中国，通过互联网和报刊阅读过许多中国新闻，熟知譬如限塑令、两胎政策、环保筷子等热点话题以及今年中国两会的议题等。他说希望未来能在中国生活或学习一段时间，具体方式没有考虑好，或许会做国际贸易，比如黎巴嫩人不吃鸡爪，他便想着将黎巴嫩的鸡爪运到中国。比起他对中国的了解，我对黎巴嫩的知识显得苍白得多，这让我感到非常惭愧。

雨停后，Georges建议去附近的餐馆简单吃点，却出乎意料地点了一大桌菜，最后连开胃菜都没吃完，现在我明白了斯洛文利亚人为何再三要来黎巴嫩，这里不仅人很热情，菜也美味至极。

与 Georges 道别后，思忖着什么时候能够第二次造访。然而因为最近叙利亚局势动荡不安，大量难民涌入周边国家，造成机票供应紧张，我已提前预订了次日的机票，在离开前的几个小时，才以正式的采访者身份再次访问了 Georges 一家。

六点钟 Georges 才下班回家，我们便在家里共进了晚餐。米饭也是黎巴嫩人的主食之一，主菜肴则是 Sahtein（阿拉伯语），一种黎巴嫩的传统食物，看上去有点像中餐里的“茄子肉末”。还有一种叫作“黎巴嫩”的芝士酱，用薄饼蘸上一点，味道特别香浓。也不知道是世界食物本如此相近，还是不同文化圈的饮食相互交融，在不同国度里旅行，总会惊奇地发现和本国饮食文化的惊人相似之处。

佣人 Dirshay 替我们蒸好了食物，又布置完了餐具，从未让人如此伺候过的我，感觉不大好意思，大概是因为佣人文化在新中国成立之后便消失殆尽，总会觉得那是旧时代的产物，让我不禁好奇起来。

二十三岁的 Dirshay 来自非洲的埃塞俄比亚，已经在 Georges 家工作几年了，中途有一年回国生活，但又决定回到黎巴嫩。在贝鲁特雇上一个非洲裔的佣人，每月只需要两百美元，每周逢周日放假一天。我好奇地问 Dirshay 为何选择在黎巴嫩工作，她回答说因为不想去周边的穆斯林国家，不愿意戴头巾。

我记得去年有一部中国电影叫作《桃姐》，讲的是为一个家庭服侍一生的家佣的故事，在阿来的小说《尘埃落定》里也有关于家佣的桥段。在东方传统的印象中，如果一个女人选择服侍一个家庭，那就等于说让自己和青春都隶属于该家庭的一部分，则很可能终身不嫁。况且在非洲国家，二十三岁的 Dirshay 应该早已到了适婚的年龄。

当我把心中的疑惑告诉 Georges 时，这显然让他有些尴尬，他说并不称赞这样的制度，但是人们需要工作的机会，才能让她们离开原本贫穷的土地。他随口问 Dirshay：“你打算结婚吗？”Dirshay 笑而不语，转身躲开了这个问题。

谈到婚姻，让人不得不跟黎巴嫩的宗教牵连起来。在没有置身黎巴嫩以前，我印象中的黎巴嫩是一个穆斯林国家，因为常年的内战，新闻上也反复出现秩序混乱的黎巴嫩。但这确实是一个基督教徒和穆斯林共同掌权的国家，在议会的 128 个席位中，双方各占一半。而在内战之前，基督教徒的优势还更大一些，直到 1975 年，基督教和伊斯兰教两派爆发内战，内战一直持续到 1990 年结束，各方签署塔伊夫协议（Taif

Agreement），维持宗派间的势利均分。

黎巴嫩共有 18 个宗教派别，内战过后，黎巴嫩人试图平衡各种势力，建立起民主决策的政治体制。但这么做的后果往往是，基督徒和穆斯林各持己见，占据着他们各自的领域，这种领域的划分来自地理区域、政治和经济，甚至有少部分信仰犹太教的黎巴嫩人，也作为一个旨在昭示宗教平等的符号而存在着。

在法律和传统上，黎巴嫩是没有世俗婚姻（Civil Marriage）的，所有的黎巴嫩人只能选择在教堂、清真寺或其他宗教组织登记结婚，这就在程序上杜绝了不同宗教信仰的人们通婚的可能性。异教徒通婚过去的解决方法是更改宗教信仰，或者去另一个国家塞浦路斯登记结婚。不过就在 2013 年 2 月，情况有所改变，两个属于不同宗教的年轻人 Nidal 和 Kholoud，去教堂和清真寺注销了他们的教籍，并公开宣布他们要进行世俗婚礼，成为黎巴嫩第一例世俗婚姻，被媒体称为开创了一个新的时代。

关于婚姻制度的另一则有意思的法令是，假如一个黎巴嫩女人嫁给外国人，其子女是无法获得黎巴嫩国籍的，但是黎巴嫩男子却不同。这一条法律和印度的国籍法相似，在男女平等上面，许多国家的法律都存有对性别的偏见。

让我更为好奇的是，为何 Georges 会这么关心婚姻的法律呢？原来他有一个持加拿大和黎巴嫩双护照的女朋友，自从中学的夏令营认识后，已经交往了六年时间。现在女朋友在法国的欧洲商学院攻读 MBA 学位，不久前他们才在巴黎共度了半个月时光。当他谈起女朋友的时候，脸上总是会洋溢着自豪和幸福的神情。

最后 Georges 带我参观了他家不同的房间，还有一个偌大的会客厅和陈列室。参观令我惊叹不已，没想到这里收藏有一个世纪以来的飞机、船舶、汽车、火车模型，阵容仿佛一个庞大的模型博物馆，其藏品的来源遍布世界各地。

Georges 骄傲地说，这仅仅是他们家族收藏的一部分，因为祖父和父亲在船舶公司工作，到过世界各地，每次旅行都会带回不同的收藏品。他们收藏的方向也各不相同，比如祖父酷爱收藏火车模型，从横跨美国东西部的太平洋铁路，到日本的新干线、俄罗斯的国际列车；Georges 父亲则热衷于大型航海货轮、邮轮、各国军舰、各大航空公司飞机模型的收藏；而到 Georges 这一代，无论是装甲车、救护车、警车、机场大巴、吊车等以不同用途划分的汽车模型，还是奔驰、保时捷、法拉利等各品牌、时期的复制品，应有尽有，藏品估计有千件之多。从 Georges 家族不同时期的收藏品，也可看出一百年来，世界交通工具的改变和时代的变迁。

告别的时候，Georges 的父亲老 Bitar 先生和母亲坚持要送我到机场。在这一路上老 Bitar 先生格外兴奋，说他去过许多国家，但特别喜欢土耳其和中国。当话题转向自己的祖国时，则感叹说越来越多的年轻人正在离开这个国家，这让老一辈的人们忧心忡忡。他想让自己的儿子去其他阿拉伯国家闯闯，但又不愿意他走太远，他坚信儿子终会留恋故土。我沉默不语，心想现在的中国也存在同样的困境，年轻人想出国，有的却再也不打算回国了。

临别的时候，老 Bitar 先生眼含热泪，这也让我唏嘘不已。短暂的两次造访，却仿佛已在彼此心中存下了深厚的情谊。也许是因为种种不同，也许是因为种种相通，今夜的拉菲克・哈里里国际机场，让我久久地徘徊。

37 安曼的故事

昨晚做了一个梦，梦见我去了约旦南部的飞地，一个叫“瑙鲁”的地方，在梦境中那是个天主教国家，主教统治着一切，除了堂皇的教堂外便是无垠的废墟，有不少闲置的土地，也因此吸引了许多中国的移民，就连签证官助手都是华裔；签证需要记者证明，但对中国公民格外开恩，入境不仅一路畅通，购物还可享受机场退税，让我不再受签证之累；食物却以乔巴布（土耳其烤肉）为主，可口可乐和汉堡包已经充分说明了这里的西化进程，但至少我不再挨饿；在政治上，至今仍不被联合国承认，所以依靠旅游发展外交。

醒来上网一查，果然有这个国家，是个和梵蒂冈差不多大小的地方。梦中的世界看似如此的合理和完整，难道我在睡梦中偷查了维基百科？

但瑙鲁明明是在南太平洋，唯一的可能是因为我已经去过太多相似的地方，而在记忆深处将不同的地点混淆，或者这是梦境给我的启示，说明我已迫不及待地要开始下一段征程？

还是我已迷失了太久，所以“梦里不知身是客，一晌贪欢”？

老 Bitar 先生走后，我独自通过机场层层严密的安检，真是冤家路窄，临登机的那一刻，发现值机柜台的女士竟然也站在登机口，我故意躲着她，她却装作一副什么都没发生过的样子，继续寻觅着下一个收拾的对象。

机舱内拖家带口的全是叙利亚难民，那护照我已经认得出来了，他们表情漠然，没有人关心我要去安曼做什么，安曼对他们而言也只是一个中转点。到安曼机场时已经凌晨，找机场巴士的时候，碰见一男一女的日本旅行者，女生二十五六岁，男生也只有三十岁上下。

“你是日本人吗？”男生用日语问道。

“我是中国人。”我回答道。女生立刻露出惊喜的表情，说她学过中文，但他俩一句英文也不会说，问能不能跟着我去市区。我说我不坐出租车，要坐机场巴士。

“没关系，您慢慢找，我们听您的。”女生说着，拉着一个大行李箱紧跟我，男生却两手空空，什么也没拿。

费了好大劲才找到夜间运营的小巴，一路上女生对那男生唯唯诺诺的，每说一句话就要道一次歉，我心想这也太男尊女卑了点。下车时女生不好意思地解释道：“我太笨了。手机忘在了机场，对不起。”说完他们就又拦了辆车回机场。

第一天晚上我住的旅馆里全是各式各样的日本人，有人甚至自带了全套的理发装备，在旅馆里就开始营业起来，我还真想问他理个头发多少 JD（约旦第纳尔货币）。每过来一个人我都要解释一遍自己不是日本人，后来人多得我招架不住了，便搬到贵一点的青年旅舍。这回房间里只有一个日本人，他见到我还是像见到了同乡，我连忙摆摆手，说我不是。

下楼后我又看见了那一对日本男女，他们仍在争吵着什么，女生看到我后突然停住了，非常客气地向我问好，男生冲我假装笑了笑。第三天早上我只见到了女生，互相客套了几句，问他男朋友去哪了。女生解释说他们不是情侣，那“男人”生气后丢下她一个人走了。我更加纳闷了，不知道她为何一直对他低眉顺眼的，又对那个男人的大男子主义有点愤愤。

日本女生叫 Eri，她真正的男朋友在印度工作，Eri 为了他专程去瓦拉纳西大学，一边学习印度语，一边陪着男友，毕业后继续留在印度工作，一直瞒着家里人。

Eri 问我要不要去附近逛逛，便和她一道在雨中的安曼城散步，爬上古罗马遗址——城堡山。一支摇滚乐队在古罗马廊柱边自顾自地演奏着，旁边还有一对拍婚纱的新婚夫妇。

“你一个人旅行不无聊吗？”Eri 问我。让我回想起许多年前在拉萨时，我也问过别人同样的问题，这根本就是一个无解的命题，就跟旅行本身一样，我们千里迢迢地赶到这里，难道就是单纯为了淋一身雨回去吗？

后来当我们各自离开约旦的时候，Eri 给我来了一封信，她在信中写道：“谢谢你让我改变了对中国人的印象。”

而我对安曼的印象，却一直和日本交织在一起。周末有一场约旦对阵日本的世界杯预选赛，一时间安曼城的旅馆里住的都是日本人，街头顿时变成了日本旗的海洋。

比赛当日，红绿黑白的约旦国旗飘扬在每家每户的门前。我踏上了去 Abdullah 国王国际体育场的公交车，一车人诧异地瞪着我，车厢里一股火药味，他们分不清日本人和中国人的面孔，大概把我也划归为敌方阵营。

到达体育场后，向门口的黄牛买了张约旦区看台的球票，票价只要 1JD，约合人民币 9 元，另付了 1JD 给黄牛。日本区则是雷打不动的 35JD——约旦作为旅游国家，连球票也有“游客价”，然而日本球迷却觉得不以为然，如果打赢了这场比赛，日本国家队就将提前出线，这关乎国家的荣耀。许多人已经买了昂贵的往返机票，看完就得立刻赶往机场，只要付得起足够多的钱，还可以享受与国家队同班飞机，天价门票根本算不上什么。

我本来打算去约旦区为约旦队默默加油，结果被安保赶到了日本区，外国人都在这里，说是为了安全考虑，享受了 35JD 的“待遇”——位于球场最远的一角。

Abdullah 国王体育场设施简陋，据说还赶不上约旦联赛的主场，国王的头像理所当然地被挂在主席台中央，许多逃票的球迷爬满了四周的铁丝网。

虽然是客场作战，全场依然响彻着日本队的队歌，场内放置着全家、Nikon、朝日新闻的广告牌，场边的摄影记者也几乎是清一色的日本人，看台上军曹、太阳旗、太郎头和阿拉伯头巾一起在眼前舞动，让人感觉不到这里是安曼。比起日本球迷的团结，约旦球迷可谓是一盘散沙。

球赛略显沉闷，无聊的约旦球迷开始做起了人浪，但不一会儿，西亚人精湛的脚法就让日本人尝到了苦头，约旦队率先破门得分，场面开始越发精彩，最终将比分锁定为 2 比 1。

整个城市陷入了失控的状态，全城的约旦人都疯了，就像是他们赢得了世界杯一样。人们叫嚣着，在街上狂奔，扭打在一起，仿佛不是赢得了比赛，而是赢得了战争。我则暗自庆幸是约旦人赢得了胜利，我和一群同样有着东亚面孔的人在夜色中仓皇而逃。

虽然对约旦人的热情有所耳闻，但如果你去过伊朗、黎巴嫩后再来约旦，就会发觉约旦的热情仅仅停留在旅游宣传口号上。约旦发展旅游业有些年头了，全世界都知道这个游客云集的国家，微不足道的遗址也被圈起来收高价的门票，于是我打算去看看旅行指南上一个免费的博物馆。

正好 Eri 说她和一位日本高中生也想去，那个高中生才十七岁，就已经到过近五十个国家，光伊朗就去过好几次，我已经远远地被甩在了起跑线上。Eri 说后生可畏，她和我同龄，我们这一代人都没有赶上时候。高中生却不以为然，转而羡慕我护照上那一张张精美的签证纸，而他的护照上只有空空的入境章，我说我宁愿只要入境章。

杜克会客厅（Duke's Diwan）是一座位于市中心 King Faisal 大街上的黄色石砌建筑，和街上许多古老的民居一样。同参观其他画廊、博物馆不同，要先轻敲杜克会客厅的房门，用访客的姿态，等待年迈的管家步履蹒跚地从厨房里走出来开门，如果运气好你还能见到会客厅的主人 Mamdouh Bisharat 先生，跟他在阳台上喝茶、闲聊，但今天主人不在，只小坐了一会儿，喝了杯红茶就走。

会客厅建于 1924 年，最早是政府的中央邮政局。从 1948 年到二十世纪九十年代末，它是海法旅店，接纳世界各地的旅行者，所以在房间里能找到过去最时髦、新奇的玩意，如留声机、电话、钟表、风铃、印刷图章等，看到琳琅满目的外文书籍、艺术品也不意外，俨然一座旧式生活博物馆。如今，它已成为当代艺术家的长廊、知识分子的茶座和公共讨论的平台，被赋予了新的使命。

设想一下，如雨后春笋般崛起的青年旅舍，有一天等到创业者们人老珠黄，已经踱入暮年时，再将那些旅舍的故事、陈列品如收藏一般地展示出来，也是一件颇有意思的事情，并且会成为她的城市一座活着的博物馆。

在安曼住了好一阵，这座城市带给我的印象是长满蕨类植物的古代废墟和掩体，罗马歌剧院上长长的影子，市集上便宜的烤鸡、烤鱼和来自中国的小商品。停下脚步，在岌岌可危的图书馆里读一下午的书，然后到罗马歌剧院看一场日落。

安曼的青年旅舍不能和贝鲁特的相提并论，这里完全是正常的旅舍，社交范围被缩小到了我的房间。上铺住着一个二十岁左右的中国人——抱歉，他刚加入了澳大利亚国籍，来自侨乡福建，自幼便同父母一起在外闯荡，旅行经验不少。他的英文发音比不少欧美人还纯正，不知道从哪学会的一股伦敦腔，和旅馆里其他的外国旅行者谈笑风生。当我试图用中文跟他交流时，他总是表现得十分尴尬，后来干脆故意避开我。我只知道他和父母旅行过许多太平洋上的国家，住五星级酒店，充当他父母的翻译，当他厌倦了那种旅行方式后，一个人走中东，完成自己的救赎。

后来房间里来了一个西班牙人，他每天独来独往，似乎也没有朋友，澳大利亚人便说你可以和他聊聊——意思是别老缠着我。西班牙人性情有些古怪，他拒绝任何的电子设备，身上唯一随身携带的迷你电子闹钟来自垃圾堆，这样一来可以看时间，二来还不至于误了航班。他随身还带着一本崭新的《Lonely Planet 约旦》——他解释说这钱可不能省，他的详细计划全在上头。他除了南方人的喋喋不休外，还有点自卑和憨态可掬。

这名西班牙人实际上来自西班牙在非洲的一个外岛——加那利群岛（Canary Islands），读过三毛的书都知道。加那利群岛曾经一度想独立出西班牙。“我们本来就是一个自成一体的地方，但有什么办法呢，比起强大的西班牙帝国来说，我们太弱小了。”西班牙人无可奈何地说道。

那里的人们也热爱足球，每个岛都拥有自己的球队，却没有一支出现在西甲的赛场上，他归根结底地说：“我们太弱小了。”我想不仅是因为他们实力弱小，跟西班牙本土的距离也是个问题，不同岛屿上的人踢场球，都要乘船或坐飞机才行。

西班牙人曾在欧洲度过几年流浪汉的生活，住在别人因为欠债或搬家废弃的房屋，让我联想到《日落公园》（*Sunset Park*）里的迈尔斯，也非法入住日落公园里的废弃公寓。

“门的锁都极好打开，一般不会有人过问，若运交华盖，警察来了再搬出来。”西班牙人说。

直到现在他也没有房子，住在岛上朋友的山洞里，他们还在洞口筑起了一个树屋。

“树屋？天啊，那是我梦想拥有的。”我说。

“那也是我的梦想，虽然有些偏僻。”西班牙人说道。

他目前的工作是岛上的护林灭火员，他热爱这份工作，可以探索整个岛，享受生活，还有比别人更多的时间去阅读小说。他和岛上的许多人一样，害怕忙忙碌碌的生活。

“那岂不是岛上的所有人你都认识？”我天真地问，他的岛在我的想象中是一个像“楚门的世界”那样的地方。

“在我生活的岛，常驻居民就有十万人，不可能都认识。所以很自在，不用刻意去跟人打交道、维系社交。”他一下子将我拉回了现实。

这次他来约旦是因为与相处几年的女朋友分手，所以想独自出来走一走，走慢一点，能够忘掉痛苦。

一开始我不太喜欢这个有着皴裂的皮肤、齿黄和身上难闻异味的西班牙人，他的样子看上去有些粗鲁，没有什么文化，长相也看不出是西班牙人——“许多人说我是骗子，都以为我是约旦人。”但后来又觉得他十分的可爱、单纯，是我一路上碰到的最纯粹的年轻人了。

38 永远的贝都因人

为什么我要去以色列？大概是受到梁老师的影响，耳熟能详那些约旦河、死海卷以及圣经故事，但更有可能的原因是：旅馆里的所有人都要去以色列。

对于基督徒来说，约旦和以色列不单单只是旅行目的地，还是朝圣的地方。耶路撒冷、约旦河谷的圣迹比比皆是，圣经上的地名历历在目，感觉没到过以色列，就跟白来了中东一样，即便冒着可能无法再去其他中东国家的风险——如果护照被贴上以色列签证——也值得。而对我而言，从以色列去埃及，穿越亚洲大陆最后一站，意义非同小可。

可最近不知怎么了，再没有收到谁签到以色列的捷报，好几个去以色列大使馆的朋友都吃了闭门羹，只好亲自到以色列大使馆一探究竟。

以色列大使馆向来戒备森严。我按规定的时间来到使馆大院门外，却发现这里冷冷清清的，每当我准备往前挪一步，就有通勤的士兵示意我不要靠近。不一会儿一位长官叫我过去，告诉我今天不办签证。对于这个结果我欣然接受，一路上去过无数的使馆，常常有白跑一趟的经历。我转身欲走时，他接了个电话，突然说让我等等，挂掉后对我说："进去吧，你是最后一个，好运！"后来我知道了"最后一个"的含义，我不仅是本周最后一个外国人，也是唯一的一个外国人。

以色列大使馆无疑是我见识过的最机关重重的大使馆。要先穿过岗亭，将所有的物品寄存，然后按照指定线路——如果不想挨枪子的话——穿过几个关卡，第一次搜身、第二次搜身、第三次搜身，经验丰富的士兵连你身上的一张纸都不会放过。来到一个长形回廊等候通知，回廊旁有一辆坦克，坦克上的士兵荷枪实弹，枪口对准我通过的路线。接到通知后才能走到使馆建筑外，再等候下一个通知。进入使馆大厅后要经历一次更为严密的电子安检，最后见到有着迷人而温柔的声线的犹太女士，我整个气场都软了下来。

“祝你好运！”女神在冲我微笑，我仿佛得到了嘉奖一般，比获得签证本身还要高兴。我也希望我是真的幸运。

回到旅馆跟朋友一说，他们吃惊地问：“天啊，他们让你进去了？”

“是啊，就我一个人，挺奇怪的。”

“使馆已经放假了，现在是逾越节。”

“什么节？”

“逾越节，以色列最重大的节日，全世界的犹太人都忙着回家。”

一个星期后我再次来到以色列大使馆，按照原来的路线进入回廊，而这一次我的身边座无虚席，全都是巴勒斯坦人。见到我时他们感到非常诧异，以为是我走错了，因为很多东亚人不需要签证，而我正好来自一个处处需要签证的国家。

我的旁边坐着一位巴勒斯坦老人，他说这是他第N次申请了，每隔两三个月老人就会来碰碰运气，业已成为他晚年孜孜不倦的追求。老人的父亲曾在巴以冲突中捐躯，他在耶路撒冷还有一栋房子，但就是回不去了，上一次回家是三年前，他打算在盛大的节日到来之前，与他年迈的姐姐最后团聚一次。一切的悲剧在老人的语言里都显得那么平实，让我一度以为他只是在说一个故事，而这个故事或许来自他的道听途说。因为他说话时故作轻松，说得那么轻描淡写，好像没什么大不了的。

“要是今天我们都拿到签证，请一定到我家做客，我开车接你。”说这话时老人显得没有底气，像是在说一件毫无希望的事情，而我也对他是否还能开车表示怀疑。忽然，老人用他那张长满老茧的大手握住我的手，开玩笑地说：“你的手怎么这么小？”我的手引来所有人的围观，大伙儿都笑了起来，原本严肃的气氛顿时没有了。这本该是一个多么欢乐的民族啊，又或许是战争使他们学会了乐观。

欢乐的时光随即就停止了，也许是因为旁边矗立的警卫的眼神，还有那辆坦克，像一个符号，巴勒斯坦人在交谈中凡是提到以色列的地方，就指指那辆坦克。我们的交谈也被迅速制止了，一个老妇人认为不应该在这样的场合说太多话，和她的男人争吵起来，为了那一纸签证。

回廊里安静了一阵，直到有人说结果出来了，大家才纷纷站起身，脚步开始变得沉重起来，走到使馆的门口，像等待着末日的审判。

等候结果时一位大学生跟我聊了几句，像是临考前需要通过闲谈来缓解焦虑，大学生准备暑假去耶路撒冷探亲，顺便旅行一趟，他从未到过耶路撒冷，也没有经历那么多的苦难，说话时带着一副憧憬的神情，虽被拒签过好几次，但这次他说应该差不多了。

结果出乎所有人的意料，也似乎在每个人的意料之中——所有的人都被拒签了。我不敢直视那些苍老的面孔和沮丧的表情，比起他们，我的签证无足轻重，而他们因此有家不能回，就算是此生与亲人的最后一次见面，也再没了机会。还有那些被拒签了无数次的年轻人，他们下了很大的决心，因为当签证被贴在护照的那一刻起，也许就意味着从此将无法再前往其他的中东国家。

以色列签证的申请无疾而终后，我便和朋友一道搭车去了趟死海。K、P和我是在尼泊尔的旅馆认识的，后来他俩在途中成了一对眷侣。我们毫不费劲地搭到了便车，搭我们的司机只会几句英语——“是”、“不是”、“走吧”，他指着路边的警察说了半天，还是P反应了过来：“他是一名警察。”P说司机人不错，就是有点好色，一边开车一边盯着她的胸看。我说那咱们换辆车吧，她说不用。司机开到兴奋时，便随着收音机里的音乐手舞足蹈起来，当P告诉他K是她男朋友的时候，司机猛踩了一脚刹车，双手捂住头做出快要崩溃的样子，大喊大叫道：“哦，不！”

司机带我们到死海边一个免费的无人沙滩，好像是专门送我们过去的。当我漂浮在湖面上，仿佛与世隔绝，在脑中默念出初中语文课本里的一篇文章《死海不死》——“在亚洲西部，巴勒斯坦和约旦交界处，有一个死海。”那时候的巴勒斯坦和约旦交界处，已悄然地变成以色列和约旦了。

上岸的时候我不小心被一块锋利的岩石割破了脚，鲜血往外直迸，P说：“看，你在流血。”我说：“嗯，我在流血。”

在死海了却心愿后，我提前去了佩特拉（Petra），留K和P在安曼，他们仍不死心，想闯闯以色列使馆。

佩特拉是犹如蜂巢一般精细的纳巴泰王国遗址，体力好的人一天的脚力便可粗略逛完，如果觉得还意犹未尽，再夜游一次，或者买上一张多日票，每天日落前进来晃荡一圈，从蛇道走到卡兹尼宝库面前感叹一番，欣赏岩石构成的多种暗影和旋涡。

我一大早就和第一批游客一起冲了进来，如果想成功地避开那些马夫、导游、“明信片”们的骚扰，就得跑到所有人的前面，要是等到守陵人都苏醒的时候，就会有不知道从哪个山洞和岩石缝隙里冒出来的一群小孩将你团团围住。在太阳的炙烤下，我们将各种墓穴、纳巴泰人的住房、歌剧院、修道院都瞻仰了一遍，看着一个个皮肤被晒得发红的游客，他们也同样地看着你，相互问候："真热啊！"不时会有马队经过，马夫高喊着"让开！"

我和那个加那利群岛的西班牙人在日落时分的蛇道再次相遇了，仿佛两个初次旅行的人一般地感到诧异，因为相比安曼，佩特拉就像是到了另一个国度。我说你不去埃及、耶路撒冷了吗？他说这次不去了，原本计划在约旦待上一个月，结果发现一个月又有些无聊，日子很难打发。也许是因为时间太多了，他便买了佩特拉的四日票——在遇到他之前我一直以为佩特拉最多只有三日票——准备每天花上几个小时，静静地体会这里。

徒步了一天后，我已被晒得头晕目眩，勉强挪到旅馆，挤在十四个人的房间，心里却想着为何要来受此等罪。

面对佩特拉无垠绵延的山脉，黑暗在山间流淌，近处的灯火像一盏盏鬼火，点燃了夜色。每到夜晚，我双鱼的一半又悄然而至，寂寞像个时常光临的阿基拉尔，而水瓶的一半又在提醒我，人不是天生就应该是寂寞的吗？我想知道加西亚·马尔克斯，写《百年孤独》时的心情。

这里生活着许多贝都因人（Bedouin），他们在沙漠旷野里过着游牧生活，逐水草而居，放牧、狩猎、劫掠，帐篷可以随时迁移。他们是最古老的无政府主义者，也不肯过定居的城市生活，在自己的土地上也觉得是他乡人。这也许便是每个旅行者心中仍无比渴望的状态——"既可以像草木一样自然存在和生长，又可以像动物一样自由停留和迁徙。"

日子开始变得焦灼起来，去埃及，还是回国？本来还有些犹豫，佩特拉过后我完全没了主见。旅馆里的一个日本人说他现在死也不去埃及——"这么大的新闻你难道没有听说吗？日本大使馆、美国大使馆都接连发布了旅行警告。"原来埃及西奈半岛的贝都因人刚刚绑架了两名乘大巴的游客，据说已经一命呜呼了。接下来的每一天都会听到一件骇人听闻的事情——谁在开罗被人推下了悬崖，谁在火车站被砖头砸伤了，谁在街头碰上了枪战，又有谁在沙漠里被人强奸了。不同渠道的小道消息、新闻报道在耳边嗡嗡作响，丁点儿大的事情也会让人变得紧张，失去理性的判断。

埃及近在咫尺，走水路转陆路，还是直接飞过去，又成了大问题。但确定的是，我再也不想独自搭车了。K和P从沙漠里回来后，怂恿我走国王公路，诱饵便是他们连亚喀巴的免费住宿都已找好，跟着他们便是一路通途。我对搭车五千年历史的国王公路没有什么兴趣，只想路上有个伴，时间也过得快一点。接下来一路都是沙漠，连棵树都见不着，沙漠上搭车最要命的便是温度，就在我们快被烤焦时，终于搭上一辆大货车，前往亚喀巴。

离开约旦的时候，船被推向幽暗的海峡。在船上遇到大学校友，刚从叙利亚回来，在进埃及通关时帮了大忙。他是阿拉伯语系的，在整个中东有不少系友，顿时百感交集，两年前，我跟一个阿拉伯语系的朋友说要从中国搭车到埃及，朋友以为我在开玩笑，因为那时我连一国的签证费都付不起，而现在埃及就在眼前。这大概是另一个励志故事吧。

凝望着对岸以色列的灯火，想象耶路撒冷的一切，有人说那一扇扇绿色的小窗户，是安拉留在世上的门，而此刻橘黄色的海平面，又将我拉回现实。

再见亚喀巴，船已驶出海岸。

“所有的旅程都是归程。你走得越远，伪装卸下的越多，到了旅程快结束的时候，已没有任何风景能令你动心，此时的你最接近真正的你。……旅行写作（旅途刚开始的时候它的确充满乐趣），渐渐从纪实变成了小说，终于又飞快地变成了自传，速度犹如回声号列车般迅疾。从这一刻起，你直奔忏悔而去，每多走一步路，离忏悔就近一分，在一个荒芜废弃的市集中尴尬地喃喃自语。”[43]

43：摘自保罗·索鲁《火车大巴扎》。

从开罗带回的集邮册，开罗

39 非洲大陆

保罗·索鲁（Paul Theroux）在完成他横贯亚洲的旅行后写道：“旅程是圆的。我已经走过了亚洲，在半个地球上画出了一道抛物线。毕竟，纵然万水千山踏遍，开阔了眼界也开启了心灵，但它依然只是行者的归家之旅。”

我的归家之旅却好像无比漫长，淌过红海，穿越西奈半岛，通过苏伊士运河，进入非洲大陆。环亚旅行，因为坚持全程陆路（战争等不可抗力因素除外）而变得拖沓而重复，跌跌撞撞、屡败屡战。往十年前追忆，那时的我也在路上，是不是显得有些止步不前呢？昨日总总辛酸，或许只换作一则报章趣闻：“一失业男子搭顺风车和公交车环球旅行。”

福楼拜的梦想是抛下一切去埃及找一位有着橄榄肤色、上唇带有一丝幽怨的女孩；保罗·柯艾略笔下的牧羊少年圣地亚哥不远万里去金字塔寻找宝藏；奈保尔曾将埃及幻想成东方。每个人各取所需，对埃及充满了渴望。

在埃及，时间用朝代来计量，路程以落日来判断，那古老的神灵之地，如同将探险家吸引进去的精灵盒子。令人着迷的象形文字、巨型神殿和木乃伊、结合星象和尼罗河水位的古埃及历法、无数座宏伟壮观的世界遗产、密集得令人窒息的古老市集、鳞次栉比的教堂、修道院、清真寺和直插云间的高耸尖塔，以及上千条旅游格言……如果没到埃及，我定会受到这些旅游宣传词的蒙蔽，以为它还是一个法老统治的国度，其实埃及早已阿拉伯化，作为阿拉伯世界人口最多的国家，诞生了世俗、主流的阿拉伯文学，埃及的电影电视对整个阿拉伯世界播放，使得埃及方言被大多数人通晓。

开罗在我看来无比梦幻与美好，在十九世纪的洋房摇摇欲坠的阳台上张望喧闹的街巷，在伊斯兰古城里随着弥留的香味和揽客的客商移动，在埃及博物馆纷繁的文物百科全书面前感到卑微和茫然，在尼罗河边随意漫步、欣赏无边无际的绿色沙洲。

旅行就应该这样，浅尝辄止最好。设想我要是待上一个月，肯定会开始抱怨它的供电系统太陈旧、交通时常瘫痪、黑心的马车夫，从而引申出没有效率的民主、军人执政的弊端、基层官僚的贪腐、宗教之间的纷争，再到尼罗河治理问题、旅游从业者对游客一次性消费的诚信问题、无止境的人口膨胀、旧城建筑的老化、人口构成多元化的诟病，等等。

没错，旅人总带着他的偏见赶路，用不上一个月，才不到一个星期我就有所斩获：世界奇迹吉萨金字塔附近我发现了大面积的烂尾楼，其规模之壮观，堪比金字塔——在过去的经济衰退期，政府只能通过房地产来刺激经济。市中心还有许多贫民窟，比如一处被称为“Dead City”的地方，过去是富人的墓地，现在却成为无家可归者的家园。在开罗还不断被索要小费，就在登机离开埃及的前一秒钟，还被警察拦住示意我行贿。人们的贪欲让我倦怠，旅行收获了世界的美好，却让我陷入对人性深深的质疑中，这种质疑甚至又回到对世俗社会的厌恶上来。

在“阿拉伯之春”的影响下，埃及一直处于动荡不安的状态，但这个古老的国家从未对游客关上它的门，低廉的物价、热情的当地人吸引着源源不断的旅行者，响应埃及旅游局的口号“一切从此开始”，将这里当作通往非洲大陆和中东的大门。

我住的旅馆是一座上百年的建筑，看上去比年迈的守门人还要老，守门人的设置在我看来完全没有必要，他走路时颤颤巍巍的，感觉一拳就能将他击倒。后来我理解了他的作用，电梯是一个铁笼子，里面的人要手动关上轿门，守门人再从外面帮你拉上厅门，古老的电梯才能苏醒。

住此间旅店的人都不是背包客：一位联合国驻达尔富尔的巴基斯坦籍维和警察，他一直在不停地找人说话；两个打扮得一模一样的荷兰女学生，每次见到她们，她们都在用同样的姿势写日记，而且越写越快，就像故意给大伙表演一样；一个胖胖的新加坡华人，他的背包里有一整套茶具，没事就请人喝茶，他在越南农村有一位隐秘的女友，每年会去那里待上几个月。跟他们交谈我感觉自己正常了许多，我没有告诉他们这一路上的经历，此刻的我更像是一位刚从北京—开罗的航班上翩翩而至的游客，耐心地听他们聊起埃及、印度或者约旦，并不时投去羡慕的目光。

第二天，大厅里一位年轻的法国语言学家吸引了我的注意，他一直在用法语与阿拉伯语喃喃自语，在两种全然不同的语言之间交替转换，发出断断续续的爆音，用法

解放广场，开罗

إتجاه المنيب
Direction
El Monib
Ladies
سيدات
الجيزة
No Smoking
ممنوع التدخين

地铁站，开罗

Alarm

语做笔记，又用早已遗弃的英语回答我：“对了，今天有个当代艺术展，有中国的艺术家艾未未……我本来打算去，但我要采访一位埃及的历史学家……用阿拉伯语，我的课题是阿拉伯语……”

第三天，旅馆里来了一对从印度赶来的英国情侣，两人的模样打扮就像是刚从电影荧幕跳下来的一样，男生背着一把在印度买的古典吉他——“价格不错，在英国也许会便宜一些，但在印度没办法。”某一天我惊奇地发现我的 *High Fidelity*[44] 出现在男生的手上，这本书我在伊斯坦布尔的一家旧书店里淘到，代替另一本《百年孤独》消磨时光。那男生忙解释道：“你也在看 *High Fidelity*？这本书太棒了，我随身带着，才发现你有同样的一本。”

第四天，我打算去看法国语言学家所说的当代艺术展，正巧一位落单的美国女孩 Lindsey 说她有空。她很漂亮，我们才刚开始相处，就发现这是我们最后的一天了，她明天就得启程去别的城市。我们在一起闲逛了一整天，从艺术展出来后赶上一场壮丽的尼罗河日落，Lindsey 突然问我：“你猜我在想什么？”“那首歌？”“我们一起唱吧。”我们仿佛心有灵犀，一起哼唱起来：

看着尼罗河旁的金字塔
注视太阳从热带小岛上升起
亲爱的你要自始至终
记得你属于我
逛老阿尔及尔的市场
寄给我照片和纪念品
当你做梦的时候
记得你属于我[45]

夕阳像落幕的帷帐，让旅行的孩子闭上眼睛，旅行对她而言，不过是一次短期的 Vogage。而我，已无任何念想与期盼。我终于明白，人类的情感、语言是共通的，其实并没有什么地域差异，都是我们臆想出来的疆界，我正慢慢地学着释然，学会原谅，也就收获了乐观。

晚上，Lindsey 在西班牙留学的妹妹姗姗来迟，在欧洲的机场，她被要求重新打印一张纸质机票，还必须随身携带三千美元现金，否则不予登机。

“简直是无理要求！”妹妹愤怒的脸上似乎写着“公平”、“正义”二词。

“看来我们一样。”听完我得到些许安慰，无独有偶，有时候我们不应该抱怨我

44：作者是英国人尼克·霍恩比（Nick Hornby）。

45：这首歌是 *You Belong to Me*。

们的护照，而要归因于那些该死的制度。

“最后你给了吗？”Lindsey 问道。

“当然给了，否则我怎么出现在这里？现在我包里装的全是现金，我得提防着点！”

我的旅程以一次在开罗郊外富人区的 Shopping Mall 结束，四处是亮晶晶的橱窗，穿着体面的人士这一刻都涌了出来，我在那里逛了足有一天，什么也不买，就是待着吹冷气也很舒服。傍晚时分，我才依依不舍地离开，和一群购物回家的中产阶级一起等出租，那感觉就像我在上海刚刚步入某个繁华的郊外，一点也感觉不到战火纷飞的气息，人们的生活一如往常，打开车门、关上……

……

半个月前，我在 Dahab 住了十天。

旅行久了的人，梦醒总会有幻象，一切都那么的不真实，就像飓风来临前的征兆。打开窗是无垠的大海，我可以凭空捏造出无数的场景，失焦，对焦，失焦，幻灭。我回想起昨日的一切，昨日，又遁入我无尽的梦呓中。我听着雷鬼入眠。这不过是日复一日的生活，如同你在远方睁开眼睛。

我把胡子彻底地刮干净，像个刚进入成年的孩子，要急于证明自己已具备成人的体征。房间被海水包围，那么的静谧，惧怕再次陷入密集城市的恐慌。有时我坐在阳光下看书，有时到海边潜水，看水中五彩斑斓的世界——美丽而诡异的沉船和蓝洞中的珊瑚悬崖，有时又沉浸在自己的思绪里。对面天台的日本餐馆，有个漂亮的女侍，可她从来没有注意到我。快回国了，我得找个地方喂我的马。

在异乡独自醒来，飓风席卷了一夜，风吹着棕榈树沙沙作响。走得太久，竟然忘记了出发前的生活，很难说不是一件悲伤的事情。我想找一个人安定下来，又怕有个人让我真的安定下来，过循规蹈矩的生活。

我想有一天，我们都会忘记去过哪里，遇见什么人，或发生过什么。只是那个住在物件、票据、日记簿中的人那么鲜活，仿佛他才是你，而你不过是一个装满回忆的躯壳罢了。

红海，是蓝色的。朝着金字塔的方向启航，却没有人等我在远方。早知道没有人，就不该去撒哈拉牧羊。

我们是永远的贝都因人，旅行就是从一座沙山，走向另一座沙山。

终于，我坐上了开罗 - 北京的航班，没有告诉任何人。

Laura 在那里等我。

轮回
A Grand Tour of Asia

My feet are wandering neath the alien star,
My native land, - the road is far and long.
Yet the same light of Venus and Mars
falls on the small green valley of Rebkong.

——更敦群培

40 圣城

2012年9月11日

我放弃了冗长的火车旅程，匆匆踏上飞往拉萨的航班。与以往不同，这一次的抵达只是为了离开。几年前的西藏之行就已经治愈好所有我对她的向往，即便如此我还是会每年前往藏地，与其说是想从俗世中脱身，倒不如说这是一条通往异乡的捷径。

飞机上的人们热情期待着他们的“朝圣之旅”，那些关于拉萨变迁的谈论、故作神秘的描绘与对海拔高度的攀比听上去毫无意义，这些人瞩目的是珠穆朗玛峰，而不会真的去探讨马卡鲁峰旁边的斜坡叫什么名字。他们拿着同样的旅行指南，去同一个地方、吃同样的食物，连拍回来的照片都是相同的。旅行者就像被装进实验容器的仓鼠，结论很快便能得到检验。

咖啡因的兴奋剂被气压冲淡，身子耷拉在舱壁，舷窗外已是一片被施了魔法的鎏金大地，绵延的贫瘠山脉和孤悬山上的红色寺庙，雪峰下波光粼粼的狭长湖泊，深邃得像一块翡翠。

法国导演路易·卡拉克斯曾不厌其烦地描述他的生活：“我旅行，我看书，我谈恋爱，我还要生病。”热爱生活的人往往同病相怜，爱得无可救药，看书、旅行都像是在花时间治愈；而旅行则是另一种病，于是旧病复发，独自回到熟悉的地方，开始拼接回忆的碎片。

再度踏上拉萨的土地，紫外线穿透机场大巴的玻璃车窗，几粒雹子也从窗框渗透进来，幸福地做着加速运动。在八廓街附近找到一个便宜旅店住下来，隐隐感觉有些头痛，等待着天亮前往大昭寺。

清晨的八廓街是最淳朴的，睡眼惺忪中桑烟弥漫，铅灰色的天空笼罩着曼陀罗般的大昭寺，寺院仿佛一夜之间建造了起来。《西藏生死书》里说：“西藏人起得很早，为着能充分使用自然的光线。”经络一般的小巷里，人越来越密集，顺时针地汇入“坛城”般的心脏——大昭寺，像环绕着整个宇宙的繁星，“万象森列，融通内摄的禅圆”。由此衍生的天文、历法、占卜、医学、音乐、营造，一一渗透着佛理。即便是在这样一个“末法”的时代，生老病死、婚丧嫁娶，也得依法而行。

人潮的奔流中，无论是甩着铃铛、身躯臃肿摇晃的拉萨犬[46]，还是拴着红绳、享受宠物待遇的放生羊，无论是刚撑开店铺、目光愚钝的生意人，还是手持玛尼、嘴里念念有词的老人，甚至路边的乞丐、顽童，都让我恍若隔世。

阳光在一缕一缕地跳将出来，就像躲在幽暗角落里准备随时袭击你的恶犬。不一会儿，大昭寺门外已排起长龙，寺门静静等待着叩开它的人。没人在乎你是真的信徒还是普通观光客，就算你是擅闯禁地的大卫·妮尔[47]，人们也会彼此原谅，只安静地等待，准备进入另一个世界。

也不知过了多久，身后的阿妈唤醒了陷入迷思的我，我便随着奔流，钻进一个狭长冥暗的过道，“8”字状绕过两个古旧的大经筒，再跨入两扇精致的木门。没有人注意到我，大家只专注地继续跟着激流一起向前跑，越跑越欢快，直到突然被堵塞在前一拨朝拜的队伍中。

每个人有秩序地将供品沾上桑烟、点酥油灯、往大殿的每处缝隙里塞钱、抚摸沾满酥油的门柱、听石孔里的海浪声、拜无量光佛、进觉康佛殿献上黄色的哈达。纵然有人不小心乱了序列，也会有警卫前来提醒。虔诚的人们心灵无比空灵，是千年塑像的力量，还是耳濡目染的习惯？

待我从前世今生中苏醒，回到大街上，阳光突然有些炽烈，我茫然地望着来来去去的游客——在“艳遇墙”边自拍的年轻背包客，气喘吁吁的老年摄影团，一位臃肿的中年游客匍匐在地，像是一只硕大的毛毛虫，不时向前蠕动，用长焦镜头拍地上的野狗。

我的头痛症正在加剧，像一只蚂蚁在撕咬自己的眼睛，旅行的第一天，贪婪地奢求会有什么好事发生，所以拖着沉重的步伐，漫无目的地四处游荡。

相比模样谦恭的寺院，甜茶馆则是一个可以容忍喧嚣嘈杂的“俗世”。茶本来是一种平民化的饮品，不论皇宫贵族，还是马背驮夫，可以不分阶级、种姓地饮茶。英

46：拉萨犬（Lhasa Apso）一种在拉萨常见的短腿、多毛的守护犬。

47：大卫·妮尔（Alexandra David-Néel），法国著名的藏学家、探险家，著有《一个巴黎女子的拉萨历险记》。

国人把喝茶当作了优雅的社交仪式，回到西藏，它又变得闹哄哄的了。

自取盛茶的杯皿，在拥挤不堪的茶馆里挤出位置，散放一把零钱在桌上，待盛满，或慢抿，或一杯下肚。方才抬起头看见对坐的藏族少女，棕色的瞳孔，脸上的隐隐血丝，像玛瑙宝石一般，她腼腆地问道："博米？"[48]

我尴尬地摇了摇头。也许她正和旁边的人打赌，我不过是游戏中硬币的正面反面罢了。我迫切地想知道周围人在谈论什么，是琐屑的生活，还是来自远方的奇闻逸事？此刻我似乎明白了教授强调的语言问题。

甜茶馆外依旧是亘古不变的节奏——湛蓝的天空、玛吉阿米灯光昏黄的阁楼、装潢得金碧辉煌的雪域餐厅、花花绿绿的手工艺品商铺、发光二极管映射出的红色光芒。像回到了几年前，又不再是从前了，许多地方已不复存在，或是以另一种形式继续存续着，连名字都还来不及换，店主人却比门口的招牌还换得频繁，只剩下店里面孤零零的佛像在和商业社会斡旋。

雪域圣城显得神秘又古怪，一切皆流，无物常住。"未被现代化驯服的地方"，似乎只是一种幻觉，也许是刻意营造出的气氛，吸引年轻的旅人们接踵而至。旅人们纷纷将拉萨当作了久别重逢的故乡，他们重新书写了这里的历史，将它精心耕作成自己的秘密花园。有的人其实并没有来多久，就跟度过很多很多年一样，都恨不得再早出生几年，或者干脆就含糊、捏造自己的经历，混淆道听途说的探险故事和知识，有时候仅仅只是为了赢得一场口头的胜利。

这里没有人会认识原来的你，你在这里撒欢，不再拘束，一切都如同拉萨河日出和日落那样的脱俗、自然。艳遇本是世间可遇不可求的一件事情，可人们将它衍化为便利店货架上包装得花枝招展的商品，可以任由选购、讨价还价，太容易就找到了真爱，于是将幸福写满青旅的墙壁——相遇、开始、结束、义无反顾、再见、再也不见。

在拉萨的日子里，时有铅云密布，翻滚如脱缰的野马，不过我更喜欢那样的天，留有一缕蓝光，藏在高原的深处，那里有人念经、喝茶、过林卡。我喜欢看着波澜不惊的天，就像我内心一样的平静。

一一走过大小昭寺的释迦牟尼等身像、宇妥路上的大门酒吧（显然他们是慕了大门乐队的名）、丹杰林用酒供奉的怒目金刚护法神、罗布林卡。品尝过仓姑寺的素菜包、陈胖子土豆的酸辣粉、雪域餐厅的半价蛋糕。跟当地人半藏语半汉语地聊天，从拉萨的天气谈到过去噶厦政府（即西藏原地方政府）冬夏装的更换时间，从"阿克"[49]

48："藏族"的意思。

49：安多方言，代指喇嘛。

聊到“古修拉”[50]，再比较达孜和拉萨地区的不同方言。

遇见不同的人，甚至比谁以往见到的旧友更多，一时间大家涌入藏地，是赶时髦，还是物以类聚？

青旅里的上海人一直念叨着要打篮球，后来我们真的在加德满都打了一场篮球，他难得大方了一次，包了个场，感叹地说马上就要结束晃荡了，女朋友等着他回去结婚。一对北京来的情侣趴在床上看小说，男生手上拿着本艾茵·兰德（Ayn Rand）的《源泉》，我一直认为能在路上还手不释卷的，是真正热爱旅行的人，他把旅行与生活两不误。果然一聊就有种相见恨晚的感觉，他们要去尼泊尔、印度，坚持不用社交软件，为了让自己不随波逐流。

青旅真是个神奇的地方，竟然让我又碰上喀什旅馆的那位越野赛车手，那天他喝得烂醉，看上去有些落魄，根本不记得我了。我们在天南海北的不同城市碰见过三次，他乡异客，谈不上交情，也算有点缘分，我还是打了招呼，他“哦”了一声，假装跟我很熟，却完全弄混了，将我认成他住的旅馆里的小伙子。

“你怎么不住了？”他说。

“不是我。”

“那你为什么不住那边呢？”

“太贵了。”

“搬过来吧，那边多好玩。”

“住这里挺好。”我谢绝了他的邀请。他又问我有没有电脑，“明天带过来，我要传点东西。”最后他留了个电话号码给我，说如果要包车的话，给我打个折。

眼前一切的一切都显得那么的陌生，我每天都在期盼着什么，又很快对此感到了厌倦。我不能再待下去，在拉萨我什么也不想做。我拿到了尼泊尔签证——大概是我最轻松的一次，完全是没必要的走过场，签证官和游客都心知肚明，没人会被拒签，但每个人都要装作煞有介事，甚至觉得这是个多余的程序，有些搞笑的成分在里面。

我要离开，越快越好。

后来我跟随朋友见了些大人物，他们都是德高望重的艺术家，好像在拉萨随便问一个人便知道。但我是个外行，一天下来听得我云里雾里的。晚上来到布达拉宫下的藏餐厅，碰到普华杰布——《太阳总在左边》的美术导演，我们攀谈到深夜，他的身上不自觉流露出年轻气盛的自豪，又有种超越年龄的坚定与沉着。听说我即将启程去往尼泊尔，普杰说如果见到优秀的唐卡壁画，可以拍下来给他，又说他想要一片菩提

50：拉萨方言，代指尼姑。

树的叶子。

在回去的路上我似乎看见了藏学家查尔斯·兰博（Charles Ramble），那花白而时髦的藏式贵族发辫，像对最后的一代嬉皮致敬，但他的背影渐行渐远，最终消失在虫草市场的茫茫夜色中。

夜深了，玛波日山在头顶看上去摇摇欲坠。徒劳无获求久劫，有漏乐中睡未央。[51]

旅行是现代人的一种病。我们生活在一个莽荒的世界，旅行被认为是缥缈、虚妄、奢靡的幻境。许多人心存幻想地逃到了拉萨，让自己始终沉溺在一场盛大的狂欢之中，最后将这里变成一个被滥用、虚构的城市。看多了像“猿猴”[52]一样的观光客，听多了半真半假的故事，我眼前的这一切，又有几分似真，几分如幻影，如浮云城堡，如梦，如魅？

大多数的人都活在某种幻象或者期待之中，迷恋西藏的人尤为如此，又何必做讨厌的人，将他们的梦敲醒呢？再也感受不到世界高地探险乐趣的人们，已经忘了在几百年前要越过天堑壕沟，易容乔装才能进入这块禁地。好奇一百多年前的西藏，是什么模样，于是我步入达孜县的山谷，窥视她的过去——成片的牧场，牛、马、羊、狗慵懒地融入画框，厚沉的过雨云悬在天边，过沐浴节的人们趴在河滩的石堆上，喝甜茶聊天，这里没有被滥用的敬语，甚至没有人关心你要做什么，因为一切都是自然的，是逆来顺受的，是上天赐予的礼物。

关于拉萨的信息支离破碎，充满着个人感官，分化出无数个拉萨。而我，又在哪一个拉萨呢？

51：这是五世达赖喇嘛赞美布达拉宫的一句诗，意思是说宫城顶上的金幢像火焰一样，照耀人间，连日神也含羞地趁黑夜逃向北方了。

52：这是西方人对旅行者的一种比喻。

41　生死

旅行就是如此，当你做好了准备，仿佛一脚已经踏在瓦拉纳西，你的未来在暮色中隐隐浮现，穿着夹脚拖鞋、热情洋溢的男男女女，你将和他们一道踏上火车，赶往下一个淡蓝色、忧郁的天空，而现实却好像跟你开了个玩笑，你千里迢迢地赶来奔赴的伟大前程，却不得不在起点中止。什么时候再启程，也似乎变得遥遥无期。

一个无比寻常的午后。我踱步到一个废弃的院子，院门油漆剥落，里面杂草丛生，几个小孩趴在地上玩耍，五颜六色的花簇散发着淡淡清香，看得出曾是个精心修葺的花园。

一阵急促的犬吠让我从陶醉中回过神来，但我丝毫没有领会到这是危险的征兆，多么安静的一个所在，有谁会去联系到森怖呢？不远处接二连三的狂吠，声音越发密集，一步步向我逼近。草丛中一股暗流在涌动，一只大黑狗嗖地蹿了出来，我躲了几步，一个踉跄摔倒在地。黯淡不清的密林里又蹿出一道闪电，是另一只身强力壮的藏獒，咬住了我的腿。惊慌中我扑腾着相机包，像挥舞着流星锤，将它们挡了回去。一波攻击结束，倏尔又出现了三四只凶猛的狗，张着白森森的牙齿朝我袭来……

我心想这次完蛋了，坊间传言獒犬十分凶残，不置人于死地誓不罢休。即便我在这场搏斗中勉强胜出，也难免不落下一伤半残。这一刻，我的灵魂和肉体是抽离的，身体发肤，受之父母，突然我感到无所畏惧了，奋力地一搏，竟然成功挣脱了出来。我的衣服已被撕得粉碎，身上也遍体鳞伤，小腿还在流血。

电影里通常会用无声、摇晃的镜头描绘这一画面——在一个灯火通明的急救室里，一排刺鼻气味的药水瓶旁边，站着一位楚楚动人的护士……

但这一切都没有发生。我自己打了一辆车到市防疫站，发现大门紧闭，门卫说今天休假，你去区防疫站；我又辗转到了区防疫站，没到上班时间，门卫说你可以先上医院止血；我来到拉萨最大的一家医院，可急症室里空无一人，要等到三点才上班。

排队候诊的患者们都整齐划一地戴着牛仔帽，每个人脸上的固有笑容不在了，但没有人为此愁眉不展，要是在平时，他们一定会高兴得跳起来，他们就像得了某种欣快症，对任何事情都呈现出一种情绪高涨的状态，人们保持着乐观的心态，以对付恶劣的自然环境。也许这便是真实的西藏，最终的一切都归于神秘。

“我被藏獒咬了！”我发现了一名医生模样的人。

“犬伤找防疫站。”值班医生司空见惯，已有了回答的套路。

“我在流血！”

值班医生指了指外面的水龙头，我理解了他的意思，拖着受伤的双腿来到水槽——似乎是专门为我设计的水槽，拿出被犬齿拉开一道深深口子的手机——它帮我挡了一口，按照手机上搜来的土方法，忍着疼痛拨开腿上的结疤，冲掉几处瘀血，用冷水清洗伤口。

我又查到一些说法，如果被携带狂犬病毒的动物咬伤，死亡率几乎是百分之百，我得立刻注射冻干人用狂犬病疫苗，虽然我从来没有意识到过我需要它。米拉日巴有句箴言：“当你强壮而健康的时候，从来不会想到疾病会降临；但它就像闪电一般，突然来到你身上。”

我再次走到自治区防疫站，门口多了个内地来的年轻女人，她是某机关大院的家属，已经是第二次被野狗咬伤了。“那狗见人就咬，”她不停地抱怨，“野狗越来越多，就是没人敢管。”我同情她。

“即使打了疫苗也不保险，狂犬病潜伏期长达 20 年。”[53]听到后我都快要绝望了。人在健康的时候，计划美好的未来，憧憬着某一天会有什么地方带给我不一样的生活。我对命运的设想、清贫中的等待、幻想过的家庭、尚未出现的妻子、还没有诞生的儿子，这一切都好像与我无关了，最后我想到了父母。

有时候人们刻意避讳死亡，说得那么的轻描淡写，可谁也知道不能回避，谁都害怕梦进一片幽暗，就再也无法找到出路。这让我感到非常恐惧。《西藏生死书》里提到：“为什么我们会生活在死亡的恐怖中呢？因为我们的本能欲望是要活着，而且继续活下去，而死亡却无情地结束了我们所熟悉的一切。”

我就像一个重症患者，想就这样吧，生死由命。

53：这其实是一种讹传，临床上未得到证实。

第二天早上醒过来，发现自己还活着，可身体像灌入铅一样，脸上青筋暴突，胃里有什么东西在不停翻滚，我想也许是疫苗的药物反应。最后胃里面的一切倾泻而出，吐得满街都是，好在秽物第二天又被游客的喧嚣抹去了。

我实在太需要找一个人倾诉了，滔滔不绝地向她诉说我的故事，我想一直到我拥有中年男人的发际线前，这种紧迫感会愈加强烈。也许我什么也不会说，每个人的故事都是属于自己的，但每个人都渴望对方，就像渴望孤独一样地渴望对方。

我开始重新审视青旅的每一个人，感觉他们已经目睹了我的滑稽表演，我仿佛已成为别人眼中的笑柄，他们在背后谈论着我的伤痛，添油加醋成又一个有关那年拉萨的段子，这不过是人们在晒太阳、喝茶之外唯一的乐趣，虽然在别人看来其他人也都是段子。

在旅途中，最常见的辩论便是，谁更幸运或者谁更惨。旅途中到底谁更幸运或者谁更惨呢？这取决于说话者对痛苦或者喜悦的感知能力，人的幸运多半来自他的预知无法承受的那一方面，痛苦亦是。比如有亿万资产的人中了小额彩券，或穷人丢失了等额数量的财产，悲喜都是无法等同的。我们在不知不觉中进行的旅行赛跑，和别的竞争没有两样。

我再无心欣赏拉萨河的日落、八廓街上人来人往的虔诚信徒、青年旅舍里谈笑的人们，一切都突然变得失去意义，我不过是一个想要迅速逃离的过客，我什么都没有，有的不过是一些欲望，也正在失去光芒。我得去下一个站，即便只离开拉萨 260 公里我也愿意，至少证明我启程了。

在网上认识的林帮我联系到了日喀则的沙发主晏子，晏子是新进藏的公务员，最近在驻村，就把市郊的公租房让给我住。我还搭晏子单位的车从拉萨到了日喀则，一路顺着风光怡人的雅鲁藏布江，日落时分光芒四射，让我感到无比放松。

我为疫苗的事情跑过好几次日喀则市防疫站。防疫站的女医生是一位藏族姑娘，人还不错。她惊讶地问我为什么要来日喀则打疫苗，我苦笑着说我要去尼泊尔，不想再倒腾回去了。

“你最好回拉萨，既然你已经在自治区防疫站打了两针。”

“那不是你们的上级单位吗？那里的医生向我保证日喀则可以注射。”

“他们不了解情况，我们疫苗的厂家和他们的不一样。”她帮我打电话给自治区防疫站，确认了冻干疫苗的厂家、种类和生产批号都不一样，“一家是辽宁的，一家是广东的。”

“总不能让我再坐上七八个小时的车回去吧。”

“你可以找人把疫苗从拉萨带过来。”

于是我打电话给自治区防疫站，问能不能托人把疫苗带过来，他们说根本不可能，疫苗要用专用的冷藏车运输，自己不能带。

女医生只好帮我分别联系到辽宁和广东的药厂，求证这两种疫苗能不能混打，药厂不愿承担责任，给她的回答模棱两可。女医生反过来问我网上怎么说。

我打电话给一位医学博士求助，她说这属于预防医学，而她的专业是口腔，只能帮我再打电话问问厂家。最后还是防疫站的女医生痛快地说：“要不我给你打吧。”

但新的问题又来了——“我们的冷藏柜坏了，稀释液瓶全都碎了，疫苗必须使用稀释液稀释后才能进行注射，不知道甲型肝炎疫苗的稀释液能不能用。”女医生抱歉地说，但从她的表情来看，出这样的事情似乎一点也不意外。

“下一批不知什么时候运到，只有先到了拉萨，我才能让他们尽快地安排冷藏车运过来。”

日喀则是西藏第二大的城市，让我感到惊讶的是这么多狗，却没有人需要注射狂犬疫苗，难道他们都不害怕咬伤吗？我只好先回去等消息，等到注射的那天，我打电话过去，女医生说：“新的疫苗和稀释液都到拉萨了，但我们现在放假，明天凌晨有个便车，我让司机从拉萨带过来。”

第二天冷藏车在半路上堵了，下午才到，因为缺少人手，我帮司机将一箱箱疫苗从车上搬下来，总算圆满地打上了疫苗。

林和晏子的家只隔了一幢公寓楼，但我们几乎很少见面，她也害怕那些晚上四处流窜的狗。周末我会去找她聊上几句，她笑起来咯咯的，颈后有一处醒目的红色文身。林是电影专业的毕业生，我原以为她会跟我谈论钦哲诺布，可她偏偏说的是塔可夫斯基和尼基塔·米哈尔科夫——“电影本身是娱乐，可并不乏深刻的东西，对生命与宗教的沉思和探索。”

“工作两年后，我有些改变，变得现实了许多。日喀则不是旅游城市，跟拉萨不一样，这里没那么多好玩的人。有新人来，有旧人走，来的时候都是为了工作，留下来的都是有了家庭的。”林抽了一口烟，接着说道：“到西藏之前我没有民族的概念，但现在做什么都要先讲民族，我才意识到我是汉族。”

林喜爱旅行，为了休假她连续工作了一个夏天，好不容易熬到了休假，却被通知要留守岗位，去泰国的计划只能泡汤。林决定去一趟珠峰大本营作为补偿，可身边的人有的已经去过，有的不感兴趣，林临时起意，与两位自驾来西藏的北京驴友结伴。然而她与珠峰的邂逅，却成为最终促使她离开西藏的理由。

从珠峰回来的路上，自驾车与另一辆车发生了碰撞，林的眼镜片被撞碎，在她的脸上划了一道三厘米长的口子。定日县人民医院没有能力处理，只简单清洗了伤口，便星夜赶回日喀则的大医院。由于正逢节假日，外科急症室根本无人值班，只好让一名牙科医生牝鸡司晨，缝了十几针。

“在当地人的概念里，破个相或许太平常了。”林绝望地说，“但我还没有结婚，还没有男朋友，我还想生个萌萌的女儿，我的人生不要这样结束。”

“领导希望我私下解决，对方是某单位领导的司机，家里在当地多少有些势力。他说如果我真的去找他们闹，指不定拖上十年八年的，又不是没有这样的先例。”

这里的人们对待生命的态度消极而漠然，让我想到彼得·海斯勒形容东方人的一段：“他们目睹着这些遥远的、无法掌控的事件，设想了最糟糕的情况，并在其中寻找慰藉。”而现在，商业化大潮也起到了推波助澜的作用，令许多事情都可以用钱来解决。

一星期后，林回到成都治疗。

日喀则城并不大，我平时很少出门，偶尔进城采购东西，逛过几次老城，城里的年轻人喜欢玩一种叫作克朗棋（Carrom）的撞球游戏，这是一种风靡南亚的游戏，最早起源于印度次大陆。

我还去扎什伦布寺后的尼玛山转过两次山，爬到山腰上的阿尼寺院喝甜茶，望着窗外耸立的宗山博物馆。偶尔还能在途中碰上几位西藏七日游的外国游客，和一个个日光下的行脚僧。扎什伦布寺门口用泥土拓“擦擦”的老人，全神贯注地用放大镜检查自己的每一件艺术作品，以免因为自己的失误而亵渎了神明。我还是避免误入陌生的小巷，我不知道那里有什么在等着我。

回去的路上，我坐上开往城郊的小巴，阳光静悄悄地遛入车厢，摇摇晃晃的，尘土在空中轻舞飞扬。前座的老人悠然自得地喝着青稞酒，他身穿镶着银边的黑色氆氇袍，头戴绿色的巴拿马毛毡帽，发辫也巧妙地藏进帽子里，颈后的毛发被刮得干干净净。一侧耳垂被红线穿过，另一侧耳垂被扯成了两瓣，估计是某次酒醉后留下的“恶果”。

晚上，到处都能听到成群结队的野狗厮杀的声音。夜越来越黑，越来越黑，只有漫山遍野的野狗，是这个世界的王。

老城，日喀则

42 曲美乡

林走以后，我变得更加孤独了，甚至有种被所有人抛弃的感觉。房间像一个牢笼，幽静的生活并没有令我静下心来摆脱烦躁，却逐渐地让我失去了动力。外面的太阳依然炽烈、缓慢，又有些荒唐，直到我的等待变成一种奇怪的东西。

我到晏子驻村的曲美乡去住了几天，曲美乡是一个不大的藏族村庄，离日喀则只有十几公里。东西向的道路连通别的村庄，南北向狭窄的小路，一头通向 318 国道，一头扎进大山里的俄尔寺。

西藏的基层公务员都要在村里待上一年，以巩固群众基础。同晏子驻村的还有一个刚毕业的山东小伙子，两位藏族干部和两位年轻的藏族女孩。其中一个干部听说我被狗咬了，笑着说几年前村里的一个小孩被野狗咬掉了命根，听得我不禁发瘆。

除了日常的行政事务，其他时间所有人都待在村委院子里，把在日喀则买的连续剧影碟一部接一部地看，这些影片大多是冗长的抗日战争剧，还有一些谍战片，他们对剧中的故事情节深信不疑，并随跌宕起伏的剧情，时而愤慨，时而感叹。

“日本人真坏！”藏族干部说道。

晏子教会了我使用鼻烟壶和打骰子，鼻烟粉被放入牛角鼻烟壶里，壶口有一个金属拨片，小心翼翼地将金属片拨开，打开后有一针眼大小的小孔，右手食指半弯，将拇指嵌入食指肉中间，把鼻烟粉倒在指甲盖上。吸食时，一手堵住一侧鼻孔，另一只手护住另一侧鼻孔，用力吸入，不注意会打个喷嚏。

打骰子是一种多人追击的桌面游戏，游戏者每个人拥有九颗铜钱，途中或攻或守，以九颗铜钱走到终点为胜，嘴里还要不断念念有词，在气势上压倒对手。打骰子的目的是喝酒，喝青稞酒，再放上一首《北京北京》。

由于上级暂缓了检查，大伙儿返回日喀则的日子也被推迟了，这让山东小伙子感到非常恼火，他平时不怎么和别人交流，把自己完全封闭在这里，一年时间对他来说是煎熬。晏子则表示欣然接受，虽然看上去也有一丝失望，但他比较乐观，说至少可以多打两个月的骰子，而且这里能躲开频繁的社交酒局，获得暂时的清静。

当我问起晏子为什么要选择西藏时，他跟我回忆了他以前的生活，我们竟然有惊人的共同点：来自同一个省，高中休过学——在我们看来是件很平常的事情，大学也是在民族院校念的法律专业，而且我们都是汉族；他大学时留着长发，骑行到了西藏，并在这里支教，同样有一颗不安分的心。工作让他变得务实起来，我丝毫想象不出他留长发、流浪的样子，只听说他上一任女友是位藏族姑娘。

晏子的选择似乎是顺理成章的事情，对大多数年轻人来说，回归传统，并迅速转变为一个坚定的捍卫者，是时代使然。他没有勇气打破常规，于生活，于爱情。只是听到我要去印度时，眼神里流露出一丝羡慕的神情，说如果碰上宝莱坞歌舞大碟，给他寄上一张，他迷恋印度歌曲，宝莱坞是他向往的地方。

晏子与林都是自愿来西藏择业，试图逃离某种平庸，像他们这样的并不多见，大多数人单纯因为工作、收入的原因进藏，或者仅仅出于定向的结果。但与林的格格不入不同，晏子融洽得更好，对他的现状乐观接受，甚至有些毫无保留地接受。

这些天是村民们没日没夜打青稞的农忙日子，空气里都是扬起的浮尘。妇女的藏袍耷拉着，方便随时拉到腰间干活。曲美乡是一个纯农业村，村民的收入依附于土地，村里的富人大多是因为多少有点畜牧业，最富的是村长家，拥有一座藏式宅院，一台拖拉机，若干牲口，最穷的是妇女主任家——我开始以为晏子是在开玩笑，他喜欢开玩笑，却很少对我开玩笑。有天我们一块去妇女主任家扶贫，亲眼所见她的家只剩半间土夯的小屋，另外露天的半间用作客厅，几张简单的桌椅，还有一张真的会用来睡觉的床，风餐露宿。她显然还不懂得从这一官半职中捞到半点。主人将我们带来的青稞酒装满酒壶，在壶柄撒上糌粑，向客人的杯子里倒三次，每一次客人都需要喝完或者喝掉一部分，然后再将酒添满，举杯三次。

村里的小孩看上去有些木讷，在城里上学的小孩回来后，想要一个篮球场——他们见过标准的、上海援建的塑胶篮球场，建篮球场便成为晏子最雄心勃勃的一件事。规划中的篮球场迟迟没有动工，太阳能浴室倒是修建起来了，费了大伙一番工夫，但村民们洗澡的习惯还未能及时培养起来，所以一直闲置着。驻村干部还为村里带来了温室大棚、养殖试验地、一条路和一座桥，准备迎接视察组的验收——一般会提前几天得到消息，偶尔视察组也会突击检查。

某一天凌晨，我睡得迷迷糊糊，隐约觉得窗外火光通天，还有人哭喊的声音。后来我问是怎么回事，晏子淡然地说有人不小心把青稞秸秆点着了，他提着水桶冲出去救火，一宿没合眼。

“一年的收成没了。”

“损失了多少？”

“两三千吧，对村民来说是个大数目。所以我们想办法把钱凑上了给他。”

夜晚的风吹得房子砰砰作响，气温降至零下，一夜过后院子里的水桶全结了冰。头痛常让我难以入睡，白天什么都不想干，像一个恶性循环，手机没有信号，只能用办公室的电脑连上专用的卫星接收器，和外面的世界取得联系。

就在这几天，新闻上报道中国作家莫言获得了诺贝尔文学奖，这是最近我听到的来自远方的唯一令人振奋的消息，但院子里几乎没有人关注这件事情，一个藏族干部对我说：“你可以写写我们的生活，没准也能拿个什么奖。”可我什么也写不出来，思绪仿佛已经停滞，我开始变得不再关心外面的花花世界，就像要永远地留下来，日复一日地辛勤工作。

清晨的薄雾笼罩着村庄，远山靡靡不清，又像青稞酒醉后的微醺。村庄里装满来自远方的木叶清香，青稞穗飘浮在空中，从窗户缝隙钻进来，落满院子里的空地。午后我躺在布满阳光的院子呷着啤酒、看书，偶尔困了，就钻进羊毛氆氇里，睡到自然醒，不用考虑明天的旅程，也没有思念的人，人生中难得有如此悠然的时光，时间如尘埃不值一文。夜晚，混混沌沌的大地上升起一曲金色的旋律，星光是协奏曲，我像儿时一样望着满天星斗，仿佛在欣赏史诗中的某个篇章，流星已倏然离去，只留下星帚下独坐的我。年少时渴望远行，在陌生的地方，遇见流浪的旅人。后来，我成了那个游旅四方的人。

若不是因为旅行，我会在哪里度过一生，和谁？躺在沙发上，翻阅速食店的杂志，观看快过放映期的电影；或是在十月的海边一间装饰复古的咖啡店，夏季刚好过去，沙滩上都是滞留的垃圾，像刚过去了一场瘟疫。我看见了你，你从屋外走来，我们就这么坐着，开始随意地交谈，从伦敦聊到喀布尔，我们才刚开始认识，就仿佛已过了很久，值得在咖啡馆的墙壁上写上到此一游。

……

风依然不停息，刚睡着的我又被吵醒，梦中的场景瞬间崩塌，我望着天花板上的图案怔怔发呆。

曲美乡

我所居兮，清埂之峰。我所游兮，鸿蒙太空。谁与我逝兮，我谁与从。渺渺茫茫兮，归彼大荒。[54]

跋一

大多数人的人生，在他出生的那一刻便定格了，因为出生和死亡都不是自由意志的结果，婚丧嫁娶、闲言碎语、春秋大义、儿女私情，看似毫无关联的事物支配着我们每日的抉择，循规蹈矩的生活，唯唯诺诺地工作，庸庸碌碌地活着。当你准备好打破一种生活，或迫于压力而改变时，无数双眼睛都在背后盯着你，就像赌桌上有一个人突然决定不玩了，众怒难犯。

人类似乎还有归类的洁癖，所有事项都要列单注明，以免因遗忘而失去。每个人的一生好像都在做一个时间规划，什么时候出生，什么时候相爱，什么时候死亡。有的人甚至连逃跑都要做一个计划。

在我决定做一个自由作家之前，度过了生命中一段无拘无束的日子。生活的巨舰平淡无奇，一切归于正轨，人变作习惯的动物，每日例行公事。走出宾馆房间、走廊，走到电梯、拐角、前台，再走向文字外的世界。比起群居，我更喜欢茕茕孑立的独处，下午在阳台上喝咖啡、晒太阳、做白日梦，夜晚在昏暗的灯光下一个人敲字、看书、打盹，就像是在度过一个无比悠长的假期，不用工作、不谈恋爱，也不去旅行，只有在夜晚睡梦惺忪中听到远方火车的汽笛声，或是翻书读到富兰克林探险队的双陆棋，才能再次激发出我冉冉升起的梦想。

偶尔我也会陷入混乱无序的生活状态中，察觉到负罪和不安，当清晨窗外的光线弥漫进房间，冷暖空气相互问好，然后在迷糊中起床裸奔进浴室。像是大脑记忆体产生了 Blackout，想不起昨夜和什么人在一起，说过什么话，是怎样回到自己的房间，又对浴室镜子里赤身裸体的陌生男子感到困惑。

后来，宾馆的工人们也都认识了我，比我更清楚我每日出门的时间、频率，行走

54：摘自《红楼梦》。

轨迹、来访者、来电都被监视器记录在案，毫无秘密可言。而最为可怕的是，每个人都礼貌地扮作陌生人，从你的身边经过，低声说句：先生您好。

一开始旅行、写作，只不过是因为喜欢走路、喝咖啡，写字恰好弥补了在咖啡馆不能信口开河的那部分。而旅行太久的人，多半不再想拥抱这个世界，而是被自由所束缚。

频繁的社交活动终会让人感觉厌倦，开始无底线的衰老，好像找不回那种信马由缰的生活了。特别是长时间地沉浸在靡靡之音、走马一般的诗歌、狂妄而虚无的交谈，但又或许并不交心，让我深深地为自我的贫瘠与匮乏而自责，物质、情感、欲望在这座城市冉冉上升，爱恋的恐惧和旅程的孤独反扑，欲言又止的忧伤挥之不去，像一种猛烈的化学反应。

过去我希望一切能慢一点，读书、旅行、立业、成家。但事情远不是预先设定的那样，它们交错、提前、失控，让人停不下来。不想交那么多朋友，可是人群里弥漫着新鲜的血液，他们的附和与反馈让你热血沸腾。犹如刀头舔蜜，过后还是一个人，孤独感袭来。也怪我自己，陷入社交的怪圈，似乎这是理所应当的，想逃出来，却又已经千丝万缕了。

沉闷的时候，不会有人跟我谈论制陶的技艺、牧羊人的口哨、田野中的牧师和努尔人[55]。当我每每感到无力和缺乏归宿感时，便会想要去远方开一间理想主义者的咖啡馆，只接待流浪者与诗人，将年轻的梦和浪漫延续。可这样田园般的梦境很快就被打破了，当我一想到还要选址、股东招募、办理证件、应付一成不变的日常和不苟言笑的官僚、去巴西购买咖啡豆、请美国教授做语言学讲座、参加左翼诗人的沙龙，我就烦躁不安。即便我的兴趣没有随着多巴胺（Dopamine）的过度分泌而迅速消逝，但由于沙龙讨论的趋向性和两极分化，我的咖啡馆逐渐成为异见分子的聚集地，最后这些人因为争夺女人而作鸟兽散。

或许我生来就乖张、格格不入，不愿用世俗的方式入世、对陌生人缺乏耐性和伪装、对异性不会讨巧与幽默，以获得某种世俗的成功。道理我都懂，但我天生就厌恶这些。在这个没有威权的时代，个人也被拘束在时代盲流的外壳当中。人们开始期待平庸，好似它是稳定的保证。也许等我年龄再大一些，我可以不用再想自我，和那些与流浪、爱情、生存有关的事。

正如葡萄牙诗人佩索阿写的那样：“我希望能够远走，逃离我的所知，逃离我的

55：《努尔人》，英国人类学家埃文斯·普里查德（Evans-Pritchard）的代表作，常作为人类学中的例子被引用。

所有。我想出发，不是去缥缈幻境中的西印度，不是去远离其他南大陆的巨大海岛，去任何地方，不论是村庄或者荒原，只要不是这里就行。我向往的只是不再见到这些人，不再过这种没完没了的日子。我想做到的，是卸下我已习惯的伪装，成为另一个我，以此得到喘息。”

而我想做的，只是为了逃走。

还是说说我去印度的事吧。

在此之前，我有半年时间寄居在不同人的家中，狡兔三窟。有时候主人不在，便顺便帮忙照料家中宠物、收拾房间，鼓捣咖啡机和唱片机，翻阅各种奇怪的藏书、日记、地图，熬夜写自己的小说或接受一些莫名其妙的采访——在报道中我被描绘为旅行家、旅游达人、作家、文艺旅行者，但大部分内容连我自己都没看到。独居一室，偶尔见几个朋友。我就像是一个吉卜赛人，从来没有在一个可以称之为“家”的地方，真正安顿下来。倒是深刻体会到了里尔克那首诗的内涵：“谁此时没有房子，就不必建造，谁此时孤独，就永远孤独。就醒来，读书，写长长的信，在林荫路上不停地徘徊，落叶纷飞。”

我没有房子，看来我注定将选择远方。

夜晚，我半窝在沙发上打盹儿，两只可怜的流浪猫，总是会爬到我的身上，发出咕咕的声音，浑身上下有节奏地颤抖。它们有固定的出逃路线，从我的书桌到外面的逍遥世界，只需经过书、咖啡杯、纱窗、布满尘土的窗台、梧桐树枝、院墙的墙脊阶梯、一楼的空水缸，再优雅地跳到地面，发出“咕”的一声，表示平稳落地。两只野猫是父子，老猫得到了主人的庇护，享受着家猫的待遇，小猫依然四处飘零，像我一样居无定所。

我对狗则不那么感冒，大概是因为另一位宿主的家里有一只被精心呵护的狗，每当我写作的时候就跑过来咬我的脚，还在我的床铺上撒过三次尿。研究证明，爱狗者（Dog People）代表着外向、合群、亲和、幽默、依赖、富有人情味，爱猫者（Cat People）则代表着内向、自我、敏感、开明、创新、哲学和非传统。显然，我更接近于后者。

我还寄宿过一位地理学博士的宿舍，帮他饲养乌龟、热带鱼、泥鳅和螺蛳。或许每个理科生都拥有《雪国列车》中维尔福德那样的梦，博士为他的“宠物们”筑建了一套完整的生态系统，结果这套系统和我相处了两天便不攻自破，证明了永动机并不存在的理论。除了变温动物，博士更热衷于观察鸟类，他的书桌上放置着一本*Birds of East Asia*（《东亚鸟类》）彩图版，翻开每一页都会惊奇地发现，里面有相对应的真实鸟类羽毛，获取渠道至今是一个谜。“我从来不制作活体标本”，博士一本正经地说，但我并不相信他的鬼话。博士对南亚和亚洲腹地有着同样浓烈的兴趣，常跟我就一本书攀谈到深夜四五点钟，第二天再睡眼惺忪地去参加一个国际学术会议。

这些品位独特的主人们让我学会了饲养各种生物，在北京的一位前卫画家的家里，我看到了更多令人吃惊的稀奇玩意——品种不一的爬行类动物和昆虫：哥伦比亚红尾蚺、棕黑锦蛇、蜘蛛、巴西白膝头、智利火玫瑰、智利红玫瑰、橙八布、所罗门捕鸟蛛、委内瑞拉红绿橙、橙嘴、洪都拉斯卷毛、墨西哥红尾、云南巨蟹蛛、中华狼蛛、海南捕鸟蛛、巴西金直间、中华草龟、虎纹蜥蜴、蛙眼守宫、杜比亚蟑螂、樱桃蟑螂、海南间脚蜈蚣、少棘蜈蚣、东亚钳蝎、南美绿角蛙、蜗牛……还有泰鳄、大王蛇、尖喙蛇、雨林蝎、颈棱蛇、蛤蚧、巴西龟、带鱼、牛蛙、枫叶龟、锯缘龟等的标本，以及饲养它们的小白鼠、蛐蛐、各类爬虫。它们是来自不同大陆的流浪者，和我拥有一个共同的寄主。

但所有这些无聊的乐趣，都不足以比拟在异国的旅馆里邂逅一个在单人床上哭泣的人。

跋二[56]

当我改完这本书的最后一稿，我搬进了新家，不用再去考虑那些流离失所的日子，躺在松软的大床上，去安抚那颗尚未平复的心，当旅途中痛苦的记忆远去，醒来时阳光普照，觉得世间的一花一木皆是美好。

文字成为我理想的居所，一间简陋旅舍，一张桌子的温暖灯光下便是吾乡。但此刻，我更想要瘫在床上，桌边放着一瓶起泡酒，风从纱帘飘进来，窗外是潮湿的、鸟鸣的森林，我想就这样一动不动，就像现在。不再担心护照的安全——至少不用抱着它睡觉，不再为现金、电脑、硬盘提心吊胆，对了，还有昂贵的相机、手机、手表，太好了，这一切都在这里，随我安全到达。

很多东西正在令我丧失兴趣，一切总会趋于平静，像在大海里行船，无聊的日子是最多的，我渴望风暴，但风暴来的时候我又会想停下来，在我还没想明白的时候，生活变得一团糟。

但我依然热爱着远方，去看营火、神庙、异族人的手势、姑娘和异国风情的街区，从冬日里一切停滞的北方到热带的火山海岛，旅途即是归途。我想做个谜样的人，有时候承担狂野的痛楚。

其实，我也不知道自己要去哪儿、最终会到哪儿，我的心思早已变得不再缜密。而异乡的味道又是兴奋的，充满蛊惑，让人迷醉。那感觉就像在机窗里俯瞰海面上星罗棋布的船，你迫不及待地想要亲自探寻这个世界，幻想自己拥有神奇的故事，譬如和当地土著展开一场决斗，再夺取情窦初开的异族少女的芳心，这让我觉得一辈子都值得在路上。

环亚旅行持续了 217 天，旅行结束后我写道：“一段危险的旅途结束，不过是另

56：因为环亚旅行的出版搁置了几年，我又完成了第二篇后记。

一场旅行的开始。相信有一天，我们会掀起再一次出走的高潮，让背叛的回归背叛，让孤独的重属孤独。我会带着那份年轻的荣耀，永远在路上，像扑火的飞蛾，宣告理想主义的胜利。”

我的运气好像在那一两年耗尽了。由于我的惰性，这些文字在三四年后才得以重见天日。这几年我一直在到处跑，经历了很多事，想法也有一些改变。背包旅行的风潮似乎是过去了，人们谈论的是大环境、股灾、互联网+，偶尔还会聊到美签，同时有更多的年轻人走出去，签证正在变得容易。环球旅行不再是什么新鲜事，倒是和发现美洲大陆一样，成为一个历史名词。作家们纷纷开始书写旅行，旅行家已成为一类职业人群，远方被写进歌词、拍成电影、放在汽车广告里，个人的旅行被放大到需要公众的审视。这让我更有紧迫感把这些故事写下来，在它们统统腐烂之前。

我要感谢我书中出现的每一个名字，如果你不确定有没有你，可以从头再读一遍。感谢我的读者。感谢亲友、The North Face 对环亚旅行的资助，感谢 Lonely Planet 的朋友们，另外要特别感谢中国地图出版社的于至堂编辑，以及负责我的上一本书《搭车十年》的编辑夜莺、李云枭、郜宇辉。

如果没有从事旅行与写作，我也许能在其他方面取得辉煌的成功，但我仍不后悔，我也在等待我的时代。也许只有旅途中的风沙，才能磨平我的年少轻狂。

原来，旅行那个姑娘，也会偷走我的青春，偷走我爱的人。

附录Ⅰ 地名中外文对照表

拉萨 Lhasa

日喀则 Shigatse

樟木 Zhangmu

科达里 Kodari

加德满都 Katmandu

巴德岗 Bhaktapur

纳加阔特 Nagarkot

帕坦 Patan

博卡拉 Pokhara

苏诺里 sonauli

瓦拉纳西 Varanasi

德里 Delhi

达兰萨拉 Dharms ā la

沙迦 Sharja

德黑兰 Tehran

卡拉季 Karaj

加兹温 Qazvin

大不里士 Tabriz

霍伊 Khoy

乌尔米耶 Orumiyeh

卡利萨 Kalisa

焦勒法 Jolfa

诺杜兹 Norduz

梅格里 Meghri

卡潘 Kapan

埃里温 Yerevan
赛凡湖 Lake Sevan
第比利斯 Tbilisi
巴统 Batumi
里泽 Rize
特拉布宗 Trabzon
伊斯坦布尔 Istanbul
伊兹密尔 Izmir
库萨达斯 Kusadasi
代尼兹利 Denizli
安塔利亚 Antalya
贝鲁特 Beirut
比布鲁斯 Byblos
杰达溶洞 Jeita Grotto
朱尼耶 Jounieh
安曼 Amman
死海 Deadsea
佩特拉 Petra
亚喀巴 Aqabah
努韦巴 Newabaa
达哈卜 Dahab
苏伊士 Suez
开罗 Cairo
多哈 Doha
北京 Beijing

附录Ⅱ 原声

缘生

Desperado - Johnny Cash

雪山之国

Life Is Shit - Mademoiselle K

In My Place - Coldplay

A Whiter Shade Of Pale - Procol Harum

水手 - 张玮玮和郭龙

次大陆

Rule My World - Kings of Convenience

一个人 - 张玮玮和郭龙

波斯的礼物

Salah-e Kar - O-Hum

Yaad Baad - O-Hum

Cigare Soorati - Zed Bazi

Khodesh Midoone Khoobe - Zed Bazi

Love Song (Azari From Iran) - Ibrahim

高加索

Dance of Tamir Agha - evorg Dabaghian

白银饭店 - 张玮玮和郭龙

地中海巡礼

Civil War - Guns N' Roses

You Belong to me - Bob Dylan

雾都孤儿 - 张玮玮和郭龙

轮回

The Voyage - The Mountaineering Club Orchestra

Yukiho - 时过夏末

这些曲目都是我在路上、在一个人的房间里写作时听的歌，
如果环亚旅行是一张专辑，我认为它的曲目应该是这样的。

扫码获取更多旅行经验